W0312224

CHRISTOPH SALCHER

ICH UND KEHLMANN

ROMAN

MILENA

FÜR NINA

»Wichtigkeit ist nicht wichtig«, sagte Kaminski.
»Malen ist wichtig.«

Daniel Kehlmann

»Nicht hinter alle Geheimnisse kann der Mensch kommen.
In unserem Dasein bleibt zum Glück so manches fremd.«

Kevin Fellner

I

Ich erwachte weit von mir selbst entfernt, so weit von mir selbst entfernt, dass ich mich nicht erinnern konnte, wer ich war. Wo bin ich?, fragte ich mich in einem Zustand äußerster Erregung.

Landschaft zog vorüber vor meinem italienischen Brillengestell, Berge und Almwiesen – vermutlich waren es noch etwas mehr als zwanzig Minuten bis Salzburg. Ich putzte mit einem Taschentuch meine Brillengläser und schaute mit zusammengekniffenen Augen aus dem Fenster: Am Horizont huldigten die ersten Sonnenstrahlen dem anbrechenden Tag. Das hübsche Mädchen an der Tür, ein dünnes, unscheinbares Büchlein in der Hand, blätterte gerade um, als der Schaffner die Abteiltür öffnete. In wenigen Augenblicken, sagte er, seien wir in Salzburg. Die junge Frau legte ihre Lektüre zur Seite, fischte wie verlangt ihr Ticket aus ihrer Westentasche und streckte es dem Schaffner entgegen. Mir entging nicht, in welchem Buch sie las. *Der fernste Ort* von Daniel Kehlmann. Da musste ich schmunzeln … als verfolgte mich dieser Mensch.

Die Glühbirne in der Zugtoilette war defekt, sie flackerte. Ich hielt ein paar Sekunden lang inne, betrachtete das Gesicht im Spiegel. Das bin ich also, dachte ich. Das rhythmische Rattern, der unsichere Boden, das irritierende Licht, die Stimmen auf dem Gang. Für einen Moment erkannte ich mich selbst nicht wieder. Nicht wegen irgendeiner äußeren Veränderung, sondern weil ich mich fühlte wie in einem Traum. Mir war, als sei alles Unwirkliche hier in diesem einen Raum.

Erneut nahm ich die Brille ab, um die Gläser zu putzen. Eine Ansage des Zugführers erklang, doch bei mir kam nichts als Rauschen an. Ich dachte an mein Manuskript, an die schöpferische Leistung, an Literatur im Allgemeinen und dann an die Weltliteratur im Besonderen. Das beruhigte mich; reflexartig klemmte ich die schwarze Aktentasche zwischen den Beinen noch fester ein. Mit der Zunge fuhr ich mir behutsam über die Oberlippe. Im Spiegel blitzten mir scharf meine Augen entgegen, wie Glaskugeln, als wären sie von jemand anderem. Schließlich war Eile geboten. Daniel Kehlmanns Durchbruch lag mehr als zwei Jahrzehnte zurück. Seine Koexistenz, seine Unantastbarkeit, sein epochaler Weltruhm: All das war seit geraumer Zeit im Begriff, sich aufzulösen wie Schäfchenwolken am Himmel. Manche Experten sprachen bereits öffentlich von einer Krise in seinem Schaffen, vom Absturz, vom baldigen, endgültigen Niedergang.

Die Gegenwartsliteratur war gewaltig ins Wanken geraten. Das spürten alle. Die Welt war unruhig. Und diese Erschütterung musste ausgenutzt werden. Man lechzte förmlich nach Veränderung. Es brauchte einen Neubeginn. Ich dachte an *F* und es packte mich Schüttelfrost. Mir blieb nicht mehr viel Spielraum, meine Zeit war gekommen. Die Zeiger sämtlicher Uhren waren auf Anfang gestellt.

Jetzt, dachte ich, jetzt oder nie.

Wie ein aufgeregter Held in einer wichtigen Geschichte fühlte ich mich, als umstülpte mich liebevoll das Epische. Dieser Gedanke trieb mir vor Rührung ein paar Tränen in die Augen. »Du hättest gehen sollen.« Diese Erzählung war, von ein paar Verrissen im Feuilleton abgesehen, medial kaum noch wahrgenommen worden. Mein Buch durfte keinesfalls erst nach seinem endgültigen Dahinscheiden erscheinen und freilich nicht zu weit davor.

Für eine kurze Zeit würden wir beide im Mittelpunkt des allgemeinen Interesses stehen. Und dann nur noch ich.

Ich würde dann ein anderer sein.

Aus den Lautsprechern: Rauschen. Im Spiegel: ein Gesicht, glatt und kalt – als wäre ich bereits dabei, mich zu verwandeln. Es kam mir unwirklich vor, alles, die gesamten letzten Stunden. Als gehörte ich schon nicht mehr ganz dazu. Für einige widerspenstige Augenblicke wusste ich nicht, wo ich mich befand, als flöge mein Geist körperlos durch Raum und Zeit. Noch im Finsteren war ich von zu Hause aufgebrochen, mit dem Gefühl, dass die Anreise beendet war. Dann fiel es mir wieder ein und ich fühlte mich auf einmal frei. Das also, dachte ich, das also muss die Freiheit sein, und ich war ganz von dem Gedanken eingenommen, gerade etwas Entscheidendes begriffen zu haben. »Das also«, murmelte ich vieldeutig, als wäre ich hinter ein großes Geheimnis gekommen. Kurz glaubte ich, tatsächlich fliegen zu können. Ich bin eben, dachte ich ernst, aus einem völlig anderen Holz geschnitzt.

Als ich mir die frisch geputzte Brille wieder aufsetzen wollte, bremste der in die Jahre gekommene Regionalzug der Österreichischen Bundesbahn ruckartig und mit lautem Quietschen. Im Gang fielen mehrere Koffer um, eine ältere Dame schrie vor Schreck schrill auf. Ein schwerer Körper klatschte von draußen gegen die Toilettentür. Und mir fiel die Brille aus der Hand.

»Hilfe, meine Augen!«

In einer panischen, überaus ungeschickten Drehbewegung, in der oben und unten nicht auszumachen waren, trat ich auf mein Brillengestell. Durch die Schuhsohlen deutlich zu spüren: das Zerbrechen von Glas.

»Hilfe!«

Mit einem letzten Ruck kam der Zug zum Stehen. Hektisches Stimmengewirr vor meiner Toilettentür. Das Licht flackerte. Ich blinzelte. Menschen verließen übereilt, lärmend den Waggon. Andere quetschten sich von draußen hinein. Ich ertastete derweil am Boden unterhalb des Waschbeckens meine italienischen Augen und setzte sie wieder auf. Das linke Glas war zerbrochen und vollständig aus der Fassung gesprungen. Diese war zu allem Überfluss auch noch verbogen. Mit dem rechten Auge sah ich einwandfrei.

Ich atmete auf, aber vorsichtig, als sei noch nicht sicher, ob ich mir diesen Atemzug erlauben durfte.

Dann griff ich nach meiner schwarzen Aktentasche und entsperrte die Toilettentür. Ein kleiner Junge mit einem Gesicht voller Sommersprossen warf mir einen entgeisterten Blick zu und deutete auf mich, ehe er von seiner überforderten Mutter energisch nach draußen gezogen wurde. Ich stolperte über etwas und stieg aus.

In der Bahnhofshalle wuselten die Reisenden wie Verirrte herum. Alle waren auf der Suche nach etwas oder jemandem und dabei offensichtlich zu spät dran. Idioten, dachte ich und suchte auf der Anzeigetafel nach meinem Anschlusszug. Mit der freien Hand hielt ich mir geschickt das linke Auge zu: *Railjet RJ* 260, Gleis 2 A–C. Abfahrt um 08:56 Uhr. Mir blieben also noch genau zwei Minuten.

Unverzüglich eilte ich zu meinem Gleis, die Koordination der Füße war mit einem Auge echte Arbeit. Bei jedem Schritt schlug mir die Kante meiner Aktentasche gegen das Schienbein. Aus allen Richtungen irrten die unmöglichsten Menschen, allesamt nutzlose Hindernisse. »Schon bald werde ich nicht mehr derselbe sein«, sagte ich, um mir neuen Mut zu machen. »Vergangenheit.

Gegenwart. Zukunft«, murmelte ich gedankenvoll. Eine Frau rempelte mich von der Seite an, aber ich verlor bei diesem Zusammenstoß meine Aktentasche nicht. Schnell mühte ich mich weiter. Ich hatte keine Zeit für sinnloses Geplänkel.

Nach mir stieg niemand mehr in den Zug. Schon wenige Sekunden später fuhren wir mit einem kräftigen Ruck los. Erneut zog die Landschaft an mir vorüber, braches Ackerland und trübe Seen; ich schob mich entgegen der Fahrtrichtung den überfüllten Gang entlang, vorbei an vollgestopften Koffern, Taschen – und Passagieren. Ob ich keine Augen im Kopf hätte! Ob ich wahnsinnig sei! Ob ich nicht aufpassen könne! Jemandem musste ich auf die Zehen getreten sein.

In einem Abteil ließ sich schließlich doch noch ein freier Platz finden – und ich mich fallen. Schweißperlen glänzten auf meiner Stirn. Um mich herum saßen die eigenartigsten Geschöpfe: ein älterer Herr mit Anzug und Krawatte, Glatze, ausgestreckter Zunge, wichtigtuerisch, geradezu geheimnisvoll an seinem Smartphone hantierend. Eine elegant gekleidete Dame mittleren Alters mit türkisfarbenem Lippenstift, mehr als nur vertieft ins Feuilleton der FAZ. Eine sehr dürre Gestalt mit hohlen Wangen und spitzem Kinn, fast wie erfunden – eine fragwürdige Erscheinung, als stammten ihre feinen Lederschuhe, ihr geschecktes Wams und ihre Pluderhosen aus einer längst vergessenen Zeit –, blickte mit funkelnden Augen, die durch das Fensterglas überlegen hinausblitzten, in die Ferne, geradewegs hinein in eine ganz andere Welt. Ein offensichtlich sehr betrunkener Fahrgast mit einem Dosenbier in der Hand, ein trüber und trauriger, leerer, *sinn*leerer Blick. Niemand sprach. Alle spielten, jeder für sich und verbissen, mit ihrem Telefon. Durch den Raum trällerten die unsinnigsten Melodien, aus denen schnell die hartnäckigsten Ohrwürmer wurden.

Ich wühlte in meiner Aktentasche herum, in der sich neben den Büchern von Daniel Kehlmann ein zweites Hemd (weiß), ein Paar Socken (schwarz), eine frische Unterhose (beige) und selbstverständlich ausreichend Toilettenartikel befanden. Ich rechnete mit *einer* Übernachtung – auf der Suche nach einem Ende für mein Manuskript – und stellte mir sein Gesicht beim Lesen meines Romans vor. Bei dieser Vorstellung breitete sich schlagartig eine wohltuende Wärme in meinem Körper aus. Das habe ich mir verdient, dachte ich, und ließ mich völlig ein auf dieses behagliche Gefühl. Daniel Kehlmann würde meinen Roman lesen. Ich war zufrieden, ich war mit mir selbst zufrieden.

Eine Erinnerung durchtrieb meine Gedanken: Eile war geboten! Die Tage seiner Unantastbarkeit im Elfenbeinturm waren gezählt, das war ein unbestreitbares Faktum. Er war angreifbar geworden. »Die Zeiger umstellen«, sagte ich mir, »die Uhren auf Anfang stellen.« Er war nicht mehr der, der er einmal gewesen war. Die Dame mit dem türkisfarbenen Lippenstift, das Gesicht gänzlich versteckt in der FAZ, kicherte indes vor sich hin.

Ich versuchte in aufrechter Position wie Kehlmann zu sitzen, zu atmen, zu denken, mich für einen Augenblick wie Kehlmann zu fühlen, Kehlmann zu sein. Tief atmete ich zugleich durch Mund und Nase ein und spürte seine elementare Aura. Ich würde ins landesweite Fernsehen kommen, man würde mich in quotenstarke TV-Shows einladen – zuerst in deutsche, danach in österreichische. Das schweizerische Fernsehen würde sich am längsten zieren, mich erst nach monatelangem Tauziehen auf Kosten des Senders nach Zürich bestellen. Ich würde in *Willkommen Österreich* bei Stermann und Grissemann sitzen: Man würde mir miserablen Weißwein anbieten, den ich dankend ablehnen würde, ich müsste inhaltslose Fragen beantworten zu meinem grenzenlosen Ideenreichtum, zu meiner spektakulären Biografie und zu dem plötzlichen Ruhm. Ich würde am Bildschirm eine gute Figur abgeben, vor allem wegen meiner Ausstrahlung. Ich würde mit meiner italienischen Brille intellektuell aussehen, man würde mich beneiden. Man würde mir gratulieren. Man würde mich und mein Buch fotografieren. Man würde mich nur noch mit Kehlmann assoziieren, später dann ihn nur noch mit mir. Ich würde nicken und mit den Schultern zucken. Man würde meinen Roman *Ich und Kehlmann* in die Kamera halten, das würde meine Position in der Weltliteratur festigen, als gäbe es keinen anderen Platz für mich auf der Welt.

Wie ein Auserwählter war ich in einer Gesellschaft, die längst zu einem reinen Transparenz-Dasein verkommen war. Ich war derjenige, auf den man so lange gewartet hatte. Zugleich würde man sich mancherorts, auch das war mir bewusst, auf den Schlips getreten fühlen. Mein Auftreten würde für manchen eine harte Nuss darstellen, die es erst einmal zu knacken gälte, die sich so einfach aber nicht knacken ließe. »Unerhört!«, würde es da und dort heißen. »Das darf doch nicht wahr sein!« Aber niemand würde sich angesprochen fühlen, wie so oft im Leben würde man einfach mit dem Finger auf andere zeigen. Man würde so tun, als wäre alles normal. Ich würde im literarischen Geschehen der Gegenwart ein Zeichen setzen; der Welt, dieser schrecklichen Welt den Spiegel vorhalten.

Noch war es mir möglich, unerkannt im Zug zu reisen. Noch war ich nicht der, der ich schon bald sein würde. Das musste ich mir immer wieder sagen. Ich bin noch nicht der, sagte ich, der ich dann sein werde. Ich befinde mich augenblicklich in einem

Stadium der Veränderung, sagte ich, in einer Metamorphose. Ich bin das eine nicht mehr und das andere noch nicht.

Ob ich etwas konsumieren wolle. Das fragte mich von der Seite her plötzlich der Zugbegleiter hinter dem Getränkewagen. Er schaute mich besorgt an. Ich hatte sein Kommen gar nicht bemerkt und ließ das Manuskript wieder in die Aktentasche gleiten. Das Ende meines Romans war noch immer nicht geschrieben. Der krönende Schlusspunkt meines Werks, der Abschluss, die Katharsis war noch nicht vollbracht. Noch immer nicht. Was würde mein letzter, dachte ich, mein allerletzter und damit alles entscheidender Satz wohl sein? Mein letzter Gedanke?

Dann bestellte ich eine Dose Heineken.

Entspannt lehnte ich mich zurück, stellte die Nackenstütze ein und nahm einen großen Schluck. Mein Ende, dachte ich, würde die Wirklichkeit schreiben. Es würde sich alles fügen. Mit etwas Glück würde ich gleich am Bahnhof in München einen Optiker finden.

Die Dame mit dem türkisfarbenen Lippenstift erklärte dem Bahnbediensteten, man möge ihr bitte ein Glas hochwertigen Schampus bringen. Es gebe etwas zu feiern. Dabei hielt sie den Kulturteil der FAZ fest an sich gedrückt. Sie grinste wie jemand, der im Casino gerade seinen gesamten Einsatz verdoppelt hat. Etwas zu feiern gebe es nämlich, wiederholte sie. Der Lippenstift der Dame war ungenießbar. Was es denn zu feiern gab, verriet sie allerdings nicht.

Der andere Fahrgast mit dem Bier bestand wortkarg auf einem weiteren, auf einem großen diesmal. Der Herr in Anzug und Krawatte bestellte nichts, er schien selbst zum Aufschauen keine Zeit zu haben. Der Dürre mit den hohlen Wangen und dem spitzen Kinn war verschwunden; er musste vorhin unbemerkt aufgestanden und auf die Toilette oder sonst wohin gegangen sein.

Ich nahm einen weiteren Schluck und schloss die Augen, um mich ganz meinen Gedanken zu überlassen. Es würde sich schon alles fügen. Ich dachte an Kehlmanns David Mahler und das Geheimnis der Zeit. *Mahlers Zeit* war ein typisches Frühwerk, voll von Fehlern. Wann war es gleich noch einmal veröffentlicht worden? Für das morgige Gespräch mit Kehlmann musste ich mich besser vorbereiten. Wer weiß, dachte ich, vielleicht würden sich diese Informationen noch als nützlich erweisen. Während ich im Zug saß und mein Heineken trank, dachte ich, würde Daniel Kehlmann gerade ebenfalls auf dem Weg nach Frankfurt sein. Zeitgleich. Mit mir, wie ich, jetzt. Womöglich trank er gerade jetzt ebenfalls eine Dose Heineken.

Ich nahm noch einen weiteren Schluck und steigerte mich zusehends in diesen faszinierenden Zeitgedanken, in diese allumfassende *Zeitgleichheit* hinein. Zwar sehr unwahrscheinlich, dachte ich, doch nicht gänzlich ausgeschlossen: Vielleicht saß Daniel Kehlmann gerade jetzt in demselben Zug, nur einen Waggon weiter, von Salzburg nach München. Ich *bin* Daniel Kehlmann, dachte ich erregt, ich *bin* es, ich *bin* Daniel Kehlmann, ich *bin* es *wirklich*. Bloß wusste er gegenwärtig noch nichts von meiner aufsteigenden Gegenwart. Oder spürte auch er meine vibrierende Aura, unsichtbar, geisterhaft? Kaum zu fassen, trotzdem nicht zu leugnen? Fühlte er mein Kommen, meinen Aufstieg? Fühlte er mich? Daniel, dachte ich intensiv, fühlst du mich?

Und spürte er seinen Fall? Sein Verschwinden, seine Auslöschung, verursacht durch mein Erscheinen? Das alles fragte ich mich und für einen Augenblick beschlich mich der Verdacht,

Daniel Kehlmann hätte sich in jeden meiner Gedanken eingenistet, um gleich darauf zu denken, *ich* hätte mich in jeden seiner Gedanken eingenistet. Dann dachte ich an weitere Zeitgleiche, an Barack Obama, an Mick Jagger, an Boris Becker, an Michel Houellebecq, an Arnold Schwarzenegger, an *Terminator*, an Johnny Depp. Wir alle leben zeitgleich, dachte ich, gerade jetzt. Das war das Wesen der Zeit. Jetzt. Putin, Pamuk, Merkel. Alles war jetzt. Sokrates, Platon, Aristoteles. Alle Zeiger waren auf Anfang gestellt. Nietzsche, Schopenhauer, Wagner. Jetzt ist jetzt, dachte ich. Dasein hieß nichts anderes als Vergehen, als Vergänglichkeit; als das einmal Dagewesene. Wie der 14. Dalai Lama, dachte ich, *Kundün*, Seine Heiligkeit. Und Lionel Messi, der Fußballspieler. Und Charles III., der König. Und Kevin Fellner, der Schriftsteller. John Lennon war leider niemals ein Zeitgleicher von mir gewesen, von meinem Vater schon, Patrick Swayze dagegen sehr wohl.

»Entschuldigung, wissen Sie, wie spät es ist?«

»Alles ist jetzt«, murmelte ich, kaum hörbar.

»Entschuldigung?«

»Alle Zeiger sind auf Anfang gestellt.«

»Was?«

Der betrunkene Fahrgast, der mit dem Bier, schaute mich mit vorgebeugtem Oberkörper und glasigen, geröteten Augen von hinten an: fragend, irgendwie benommen, als schaute er geradewegs durch mich hindurch. Das war der traurigste Blick der Welt.

Mir fiel es schwer, die Situation adäquat zu deuten. Mir war, als befände ich mich irgendwo dazwischen in einem konturlosen Raum, luftleer und schwerelos, irgendwo zwischen Vergangenheit und Gegenwart fühlte ich mich auf einmal wie stecken geblieben, eingesperrt.

Ich fühlte mich auf unheimliche Weise in Kehlmanns Geschichten verstrickt, die allesamt nichts anderes als Plagiate waren.

»Wissen Sie, wie spät es ist?«

Man sollte sich vor Zufällen hüten, dachte ich.

»Die Uhrzeit. Wissen Sie die Uhrzeit?«

In der Zukunft würde ich nicht mehr derselbe sein.

»*Hallo?*«

»Ich werde dann ein anderer sein«, sagte ich und tat so, als müsse ich dringend einen wichtigen Schluck nehmen. »Zeit. Die Zeit, die alles verschlingt und niederringt. Diese Verzehrerin und Benagerin aller Dinge.« Und dann nahm ich wirklich einen Schluck und rückte die verbogene Brille auf meiner Nase zurecht. »Niemand kennt die Zeit«, sagte ich und starrte aus dem Fenster.

Ich dachte an David Hasselhoff und dann an Hansi Hinterseer und in der gespiegelten Scheibe erkannte ich mich wieder und ärgerte mich darüber, in meinen Gedanken gestört worden zu sein. Schief, schräg, verzogen und verzerrt, verlogen stand das falsche Lächeln in meinem Gesicht. Wieder einmal war ich gestört worden, wieder einmal, und ich dachte: gerade im entscheidenden Moment.

»Sie haben doch eine Armbanduhr!«

Ich schaute auf meine Armbanduhr.

»Könnten Sie mir«, sprach er übertrieben langsam, als spräche er mit einem Kind, »bitte sagen, wie spät es ist?«

Ich hatte weder Zeit noch Lust für eine derart banale Unterhaltung. Ich hasste es, in meinen komplexen Gedankengängen gestört zu werden. Schon bald würde man mich nicht mehr so einfach in aller Öffentlichkeit ansprechen. Schon bald würde man sich vorher sehr gut überlegen, ob und wie man zu mir spräche. Mein nicht uninteressanter Einfall von vorhin, der ohne jeden Zweifel einer Erkenntnis gleich war, war jedenfalls verloren; es half nichts, ich fand den Gedanken nicht wieder. Meistens waren es diese stumpfsinnigen Alltagsaffen, die einen am Denken und Schlussfolgern hinderten.

»Könnten Sie mir«, wiederholte er, »bitte sagen, wie spät es ist?«

Alle Zeiger sind auf Anfang gestellt, hätte ich jetzt fast laut gesagt. »Kurz vor halb elf«, entgegnete ich so knapp und barsch wie möglich.

Der Betrunkene bedankte sich, indem er mit dem Daumen nach oben zeigte. Dann lehnte er sich wieder zurück. Er sah aus dem Fenster. Ich observierte ihn dabei genau. Es war mir mit meiner abwehrenden Haltung wieder einmal gelungen, ein längeres unnötiges Gespräch gar nicht erst aufkommen zu lassen. Das war eine meiner Stärken. Also nickte ich anerkennend und zwinkerte mir im Spiegel der Scheibe zu; spiegelverkehrt zwinkerte mir das Gesicht aus dem Fenster freundlich zurück, offenkundig jemand, der wusste, wie der Hase lief.

Mit dem nächsten großen Schluck trank ich die Dose leer. Dabei verschluckte ich mich, hustete. Dann wollte ich die Augen für ein kurzes Nickerchen schließen. Ich war ausgelaugt bis in die Knochen; fast zu müde, um Erleichterung zu spüren. Die Erschöpfung war überwältigend, wie eine Klarsichtfolie, die alles überzog. Immerhin stünden mir noch anstrengende Stunden bevor, die meine volle Geistesstärke verlangten; etwas Ruhe schadete mir sicherlich nicht. Da stellte ich überrascht fest, dass der Zug in den Münchener Hauptbahnhof einfuhr.

Ich stieg aus und suchte schnellen Schrittes die Bahnhofshalle nach einem Optiker ab, konnte allerdings bei dem Trubel keinen finden. Bis zu meinem Anschlusszug blieben mir sechsundzwanzig Minuten.

In der weiten, hohen Halle war es um diese Zeit noch unangenehm frisch, auch wenn der schier wolkenlose Himmel einen schönen Tag versprach. An einem Stehcafé orderte ich einen Becher Kaffee und ein Croissant. Gierig biss ich hinein, spätestens in Frankfurt würde sich bestimmt ein Brillenfachgeschäft finden lassen. Es würde sich schon alles fügen. Ich hielt mir das linke Auge zu und beobachtete entspannt das Getümmel der Masse, das Gewimmel, das Geschwafel, die Geschäftigkeit – was für eine pulsierende Metropole!

Ich liebte den bayerischen Dialekt, diese ursprüngliche Lebensart, diesen einfachen Humor. Und obwohl der Kaffee recht wässrig schmeckte und das Croissant alles war, bloß nicht frisch, fühlte ich mich sogleich bestärkt und zuversichtlich, was das mir bevorstehende Wochenende betraf. Fest umklammerte ich mit den Beinen die Aktentasche und verschlang den Plunderteig mit einem letzten großen Bissen. Ob ich wahnsinnig sei, hatte mich der Passagier im Zug gefragt. Jetzt schnalzte ich mit der Zunge und lachte laut.

Auf dem Weg zu meinem Gleis blieb ich vor der Auslage einer kleinen Buchhandlung stehen. Eine Reihe mit Taschenbüchern stach mir bereits aus der Ferne ins Auge: Kehlmanns *Unter der Sonne*, Kehlmanns *Lob* und, natürlich, sein *Ruhm*. Ich habe den Roman so oft gelesen wie nichts anderes Gedrucktes in meinem Leben. Schier unermüdlich studierte ich all seine Texte, sein Gesamtwerk, über Wochen und Monate sog ich seine Sprache in mich auf, seine bescheidenen Beschreibungen und Bilder, die allesamt Trugbilder waren; auswendig lernte ich Zeile für Zeile, bevor es mir mental überhaupt erst möglich gewesen war, mich ans Schreiben meines eigenen, meines für mich und die Weltliteratur, für die Menschheit als Ganzes so wichtigen, so bedeutungsvollen Romans zu machen.

Direkt neben Kehlmanns *Requiem für einen Hund* sah ich im Regal mein *Ich und Kehlmann* ausgestellt, und es fiel mir ausgesprochen schwer, dem Drang, danach zu greifen, zu widerstehen.

Eine Formulierung, auch nur eine einzige Formulierung im Kehlmann'schen Schreib- und Denk-, also Schaffensprozess, die ich nicht kannte, gab es nicht. Aber es hatte sich ausgezahlt. Ohne mein Buch, sagte ich mir, wäre ich nichts; dann wäre ich wie tot, wie niemals geboren. Die Arbeit hatte sich gelohnt.

»Ich bin der Autor von *Ich und Kehlmann.*« Das sagte ich, vor der Vitrine des kleinen Buchladens stehend, mehrmals und laut.

Ich sagte, ich sei es. Ich, sagte ich. Ich sei es wirklich.

Ein Geniestreich, ein Kunstwerk, das förmlich brannte für die Welt. Und mein Buch war nun überreif. *Ich und Kehlmann.* »Ich bin überreif!«, schrie ich wie von Sinnen, »ich bin ein Bestseller!«, und dachte zugleich: Alles, was ich denke, entstammt meiner Fantasie. Er denkt wie ich, dachte ich. Kehlmanns Gedanken sind meine Gedanken, sagte ich. *Wo ist Carlos Montúfar?* kaufte ich – aus einer diffusen Erregung heraus.

Der ICE war hoffnungslos überfüllt. Es gelang mir nicht, einen freien Sitzplatz zu ergattern. Über drei Stunden Stehen also. Alle auf dem Weg zur Buchmesse, dachte ich. Bei diesem Gedanken durchströmte ein fiebriges Zucken meinen Körper und umfasste für einen Augenblick mein gesamtes Dasein. Mir schien, als segelte ich schwerelos über weite Täler, über dichte Wälder und tiefe Seen. Zum ersten Mal reiste ich nicht als Besucher an. Diese Zeiten waren endgültig vorbei. Ich griff nach meiner schwarzen Aktentasche, umklammerte sie mit beiden Händen und stellte mir vor, in einem von der Masse abgetrennten Separee bei einem Glas Rotwein und sanfter Musik im Hintergrund mit Peter Handke über das Finanzchaos in Kärnten zu philosophieren. Ich sah mich in einer versteckten Nische mit Richard David Precht zukünftige Abstandsregeln aushandeln. Flüsse und Felder zogen unterdessen vor dem Fenster vorüber und ich erkannte mich wie elektrisiert mit Konrad Paul Liessmann in einen heftigen Diskurs verwickelt, debattierend nicht nur über die zukünftige Asyl- und Verteidigungspolitik Deutschlands, Frankreichs und Europas. Ob nationale Zäune aus rostigem Stacheldraht oder mit Starkstrom wohl die politische Antwort, patrouillierende Drohnen die geostrategische Gesamtlösung waren?

Ein asiatischer Passagier, der ebenfalls keinen freien Sitzplatz gefunden hatte, etwa anderthalb Meter entfernt, sah mich von schräg unten übertrieben lange an. Ich tat so, als störte es mich nicht. Er schaute mit seinen Schlitzaugen an mir vorbei, mich wieder an, wieder an mir vorbei. Ich kratzte mich an meiner Wange; obwohl sie nicht juckte, kratzte ich mich an der immer gleichen Stelle, sodann runzelte ich die Stirn zu dicken Falten und täuschte vor, nachdenklich aus dem Fenster zu blicken. Er schaute mich weiterhin an. Ich kniff die Augen fest zusammen, als suchte ich angestrengt etwas in der Landschaft dort draußen. Er schaute mich immer noch an.

Am anderen Ende des Waggons tauchte ein übergewichtiger, auf der Brust und unter den Achseln völlig durchgeschwitzter Schaffner auf. Mühsam kämpfte er sich durch den Gang. Die Herbstsonne stand jetzt im Zenit, sodass ich aufgrund der stechenden Reflexionen im Glas geblendet wurde und für mehrere Sekunden beim Hinausschauen überhaupt nichts sah. Dann kramte ich mein Ticket hervor.

Selbst im Bordbistro waren alle Sitzplätze belegt. Ich ärgerte mich, bestellte ein Glas Veltliner (9,50 Euro, Kreditkarte) und blieb an der Bar. Der Ansturm auf die Buchmesse, sagte die Dame am Ausschank, sei in diesem Jahr enorm. Ihren ostdeutschen Dialekt fand ich furchtbar und unverständlich. Wohin ich denn wolle? Frankfurt, sagte ich. Die Stadt, in der sich meine Verwandlung vollziehen und ich zu meinem Ende gelangen würde. Ich sei auch auf dem Weg zur Messe, aber nicht als Besucher.

Ich spürte den Alkohol beim Sprechen. Ich musste mich nach diesem Glas etwas zurücknehmen.

Was für ein schöner Herbst das doch sei, sagte sie, dieses Licht, mein Gott, diese Farben, was für ein unfassbarer, unvorstellbarer Trubel. Sie kenne sich aus, man könne ihr nichts mehr vormachen, ich würde schon sehen. Das dürfe man nämlich nicht unterschätzen: Überall Menschen bedeute überall Warteschlangen. Und überall Warteschlangen bedeute überall Hektik und Wirbel und Frust. Und überall Hektik und Wirbel und Frust bedeute überall … »Nicht als Besucher!«, fiel ich ihr ins Wort. »Als ein Mann *vom Fach*.«

Ob ich bei einem Verlag arbeite, wollte sie wissen. Sie lächelte ein kleines bitteres Lächeln. Ich sagte, ich arbeite *für* einen Verlag. Wir schauten uns an. Meine Augen wurden leidenschaftlich. »*Für* einen Verlag arbeite ich«, wiederholte ich.

Ich fragte mich, wieso sie mir nicht ansah, ein Schriftsteller zu sein. Ein bedeutender noch dazu. Ein bedeutender Schriftsteller! Das musste man mir doch sofort ansehen! An meiner Kleidung, an meiner Gestalt, an meiner ganzen Erscheinung.

Man musste doch sehen, dachte ich, dass ich in meiner schwarzen Aktentasche etwas Bedeutungsvolles transportierte.

Ob ich Kritiker sei?

Ob ich Rezensionen schriebe?

Ob ich Interviews führte?

Ob ich …

Ich rückte mir vielsagend die verbogene Brille auf der Nase zurecht, räusperte mich gehaltvoll und schüttelte vehement den Kopf.

»Nichts von alledem.«

Theatralisch nahm ich einen Schluck. »Ich bin die Weltliteratur«, sagte ich nicht. Dann sah ich ihr direkt in die Augen, die blutrot unterlaufen waren. Sie erwiderte etwas, das ich nicht verstand. Ich antwortete, jetzt verstand sie mich nicht. Sie schüttelte den Kopf, sie kenne sich nun wirklich nicht mehr aus. Ich wiederholte meine Antwort, die sie wieder nicht verstand. Sie schüttelte erneut den Kopf. Dann sagte sie wieder etwas, das ich nicht verstand. Ob ich in Frankfurt Verwandte hätte? Ich nickte, verneinend. Ob ich auf der Durchreise sei? Ich schüttelte den Kopf, bejahend.

Etwas stimmt nicht, dachte ich, immerzu muss ich umständlich erklären, was ich eigentlich sagen will. Ich mit meiner lyrischen, onomatopoetischen Sprache! Ich denke in Metaphern, dachte ich, ich spreche in Ellipsen, ich drücke mich in Bildern aus, die erst aus einem gewissen Abstand betrachtet einen Sinn ergeben. »Ich werde«, klärte ich schließlich ganz ungezwungen alles auf, »mich mit Daniel Kehlmann treffen. Ein Kollege«, sagte ich streng. »Ein Freund.«

Sie schaute mich lange an, während ich das Glas in einem Zug leerte. Das hat gesessen, dachte ich. Vermutlich war sie von mir, von meinem ganzen Auftreten schwer beeindruckt. Dass Kehlmann ein Kollege von mir war, ein Freund, damit hatte sie nicht gerechnet. Es war mir spontan eingefallen, ich war von meinem Einfallsreichtum begeistert.

Die Kohlensäure stieß mir auf einmal unangenehm durch die Nase auf, meine Augen tränten unverzüglich. Einen Rülpser konnte ich gerade noch unterdrücken, den darauffolgenden Hustenanfall nicht. Die Dame vom Ausschank klopfte mir mit der flachen Hand so lange auf den Rücken, bis der Anfall überstanden war. Ich schaute auf, wischte mir mit dem Hemdsärmel die Tränen aus dem Gesicht und hustete noch ein letztes Mal.

14:04 Uhr, Ankunft in Frankfurt am Main, Hauptbahnhof. An einer etwas ruhigeren Ecke stellte ich meine Aktentasche für einen Moment ab, ließ die Massen vorbeiziehen und atmete durch. Ich hatte es geschafft. Ich fühlte mich schwer und gewichtig, wie ein olympischer Sieger. Das Schwierigste war gemeistert. Jetzt konnte mir nicht mehr viel passieren. Wenn es nach mir ging, durfte es losgehen.

14:09 Uhr. Vollends im Hier und Jetzt fühlte ich mich, als sei die Gegenwart einzig und allein für mich gemacht. Mir war, als könnte ich mit einem Blick *alles* erfassen: die schwarze Aktentasche neben meinen neuen Leinenschuhen, zahlreiche zertretene Zigarettenstummel auf dem Asphalt, die vielen Straßenlaternen und den ganzen Verkehr, einen übervollen Mülleimer und dahinter mehrere Ampeln, Zebrastreifen, das gleißende Licht, den Obdachlosen im Schlafsack dort drüben und den Gestank, der von ihm ausging, eine Gruppe Jugendlicher, den großen breitschultrigen Mann, der sein winziges Haustier an der Leine führte und im Gehen ein Foto von sich machte.

14:10 Uhr. Ich schaute auf meine Armbanduhr. Um 14:30

Uhr war ich mit Judith Thurner, meiner Ansprechpartnerin bei Rowohlt, im Foyer meines Hotels verabredet. Es lief alles wie am Schnürchen.

14:11 Uhr.

14:12 Uhr. Ich schaute erneut auf die Armbanduhr.

14:13 Uhr.

Das erste Taxi, auf das ich zusteuerte, war zwar nicht belegt, doch offenbar für jemanden reserviert. Der Fahrer schüttelte den Kopf und zeigte mir etwas – etwa einen Vogel? Ein anderes fuhr mir direkt vor der Nase davon. 14:16 Uhr. Dem Fahrer des nächsten Taxis, es fehlten ihm beide oberen Schneidezähne, schleuderte ich direkt den Namen meines Hotels entgegen: Hotel Innside, Niederrad, sagte ich mit Nachdruck in der Stimme, Herriotstraße 2.

Bis halb, meinte er, nachdem ich auf dem Beifahrersitz Platz genommen hatte, werde das aber nicht funktionieren. Er stank nach Zigaretten. »Wenn wir hier noch länger quatschen«, sagte ich genervt, »dann sicher nicht.« Und sogleich fuhr er mehr als rasant dahin. Und hupend. Und fluchend. Und gestikulierend. Von einer roten Ampel zur nächsten. Der innerstädtische Verkehr – das hier war jetzt nicht mehr Zell am See. In den Kurven drückte es mich abwechselnd nach links und rechts in den Gurt, beim Beschleunigen wuchtig zurück in die Rückenlehne.

Im Innside hatte ich zuvor noch nie genächtigt. Per Zufall war ich im Internet auf die Website des Hotels gestoßen.

Mir schien es, der Fahrer nähme nicht gerade die kürzeste Route. Als wäre ich nur irgendein beliebiger Fahrgast, als wäre ich nur irgendwer, dachte ich, mit dem er alles anstellen könnte. Doch ich bin ich, dachte ich. Die grell aufschimmernden Ziffern auf dem Taxameter sprangen derweil munter und, wie ich mir selbst ironisch sagte, *fröhlich* vor sich hin: 38,40 Euro – 40,60 Euro – 52,80 Euro. Eine weitere rote Ampel, mich zog es nach vorne in den Gurt. Und die Kohlensäure des Veltliners stieg endgültig in mir hoch. Ich rülpste ungeniert. Dann fiel mir ein, dass ich kein Bargeld mehr bei mir hatte.

»Passt Kreditkarte?«, fragte ich.

Er schien zu überlegen. Von der Seite sah sein Schnauzbart lustig aus. Die Ampel sprang auf Grün, er hupte. Der Fahrer des rostigen Skodas vor uns hupte zurück und stotterte gemächlich los. Ein Blick auf meine Armbanduhr zeigte 14:36 Uhr. Ich hielt mir das rechte Auge zu.

14:38 Uhr. *Menschen, auf die es im Leben ankommt, sind wenige.* Diesen Satz hatte ich einmal irgendwo gelesen. Judith Thurner jedenfalls war für mich einer davon. Von ihr hing für mich alles ab. Von ihr hing meine Zukunft ab. Von ihr hing es ab, ob ich eine Zukunft hatte. Von ihr hing es ab, ob ich in Zukunft noch ein Jetzt haben würde. Für den wahnwitzigen Bruchteil eines verdichteten, zugleich unheimlich gerafften temporären Zustands sah ich vor meinem geistigen Auge eine Zukunft, die ich eben noch gehabt hatte und die gerade im Begriff war, sich aufzulösen, sich zu verfärben, zu verschwimmen und zu verrinnen. So schnell geht das also, dachte ich. Wie kann es so still sein beim Sterben, wunderte ich mich und mir graute vor dem Ablaufdatum meines Daseins.

Die Zeit bleibt nicht stehen, dachte ich, die Zeit holt uns alle einmal ein. So schnell also schmilzt eine ganze Uhr.

Ohne mein *Ich und Kehlmann* taumelte ich unvollständig durch die Tage, leer, als hätte ich etwas verloren, das mir nicht nur am Herzen lag, sondern mein Herz *war*. Vor so einem Schicksal hatte ich Angst. In diesem Gespräch mit Judith Thurner, begriff ich, würde die größte Aufgabe meines Lebens liegen. Von ihr hing mein *Ich und Kehlmann* ab. Und somit meine Existenz, meine Daseinsberechtigung, mein Leben und mein Sterben, mein ganzes Ich, *alles*.

14:40 Uhr. Ich dachte an seinen David Mahler, an sein Wesen der Zeit und daran, wie schnell die Zeit verging. Ich dachte an den Lauf der Zeit, an den Lauf eines menschlichen Lebens. Ich dachte an die Geschwindigkeit des Tages- und Stundenlaufs, an die Farbe und Form, an den Geruch und Geschmack, an die Richtung und Gegenrichtung der Zeit. An die Zeit als solche dachte ich, es war nun wirklich an der Zeit. Alles auf Anfang. Ich war bereit. Von ihr hing es ab, ob ich in Zukunft …

»Ok«, murmelte er.

… noch ein Jetzt hatte.

»Kreditkarte okay.«

Beim Durchforsten meines Telefonbuchs fiel mir auf, dass ich nur die Büronummer von Frau Thurner eingespeichert hatte. Ich konnte ihr also nicht einmal eine SMS schicken. Daran hätte ich vorher denken sollen. Vielleicht, dachte ich, hätte ich doch einen früheren Zug nehmen – oder vielleicht noch besser: doch gleich gestern schon anreisen sollen. Vielleicht. Jetzt würde sie sich eben noch ein paar Minuten gedulden müssen. Vermutlich würde sie jeden Augenblick anrufen und sich nach meinem Verbleib erkundigen. Die Verspätung war mir unangenehm.

14:42 Uhr. 61,60 Euro. Wir bogen in eine dunkle, verlassene Seitengasse. Reflexartig griff ich nach meiner schwarzen Aktentasche. Im Radio lief sehr laut *Man in the Mirror* von Michael Jackson. Nichts zu machen: Ich war bei ihm eingestiegen, nun war ich ihm ausgeliefert. Zwei Kreuzungen und mehrere vulgäre Flüche später tauchte links vor uns wie aus dem Nichts ein bestimmt mehr als fünfzehn Etagen hohes, von außen recht modern designtes Glasgebäude auf: das Hotel Innside Niederrad.

Mein mit sich und über Menschen im Besonderen schimpfender Taxifahrer hielt direkt vor dem Haupteingang, der selbst um diese Uhrzeit mit Scheinwerfern beleuchtetet war. Wir schauten uns lange an. Kastanienbraun, fast schwarz waren seine Augen. Sehr finster waren sie, wie Knopfaugen von Stofftieren. Sie schienen geheimnisvoll aus den Tiefen der Höhlen zu schauen.

Ich war von Ehrfurcht ergriffen. Ich fragte mich, welche Wünsche und Sehnsüchte, welche Hoffnungen und Ängste, welches Schicksal hinter diesen Augen stecken mochte und brauchte lange Sekunden, um zu begreifen, wohin ich überhaupt wollte, weshalb ich eigentlich hier war.

Die Rezeption war unbesetzt. Ich nutzte diese Gelegenheit, um das Foyer näher in Augenschein zu nehmen: ein insgesamt sehr hoher, beeindruckender Raum mit dunklem Parkettboden, sanfter roter Beleuchtung und angenehmer Klaviermusik aus gut versteckten Boxen im Hintergrund. Ich vergaß schlagartig alle Reisestrapazen und fühlte mich zu Hause, war angekommen.

Endlich, dachte ich.

Rechts neben dem Eingangs- und Empfangsbereich befand sich auf einem roten Samtteppich eine überaus noble Sitzecke: acht tiefe Lederfauteuils, ebenfalls in kräftigem dunklem Rot gehalten, die in einem Oval in gleichen Abständen um einen lang gestreckten Glastisch angeordnet waren. Der Tisch war mit zwei kleinen Nussschälchen und bunten Blumen bedeckt. Ich stellte meine schwarze Aktentasche ab. Auf einem kleinen Beistelltisch ganz hinten in der rechten Ecke stand ein eleganter Kerzenständer mit drei weißen schmalen Kerzen. Nur die mittlere brannte.

Drei der acht Sessel waren von älteren Männern mit schütterem grauem Haar besetzt, alle mit ihren Smartphones beschäftigt: drei parallel wischende Zeigefinger, wie drei stecken gebliebene Zeiger auf einem porösen Ziffernblatt. Nur einer von ihnen schaute kurz zu mir herüber. Er schien dort nicht hinzugehören mit seinem spitzen Kinn und seinen hohlen Wangen. Irgendwie hilflos, traurig, irgendwie verloren sah er aus und wie aus der Zeit gefallen, als suchte er etwas oder jemanden – als wäre er sich fremd oder Teil einer falschen Geschichte. Und zugleich wirkte er vertraut auf mich, wie ein Mensch, dem man im Leben zum ersten Mal begegnete und dessen Gesicht einem trotzdem bekannt war.

Ich überprüfte das Display meines Handys. Judith Thurner hatte sich noch nicht bei mir gemeldet.

»Ich bitte vielmals um Entschuldigung«, entschuldigte sich der Rezeptionist und breitete majestätisch seine Arme wie Flügel aus. Sein Dialekt war beim besten Willen nicht zu ertragen. »Ich hatte Sie von hier hinten aus gar nicht bemerkt.« In kleinen, aber schnellen Schritten kam er an die Theke.

»Keine Ursache«, sagte ich.

»Sie haben reserviert?«

»Eine Übernachtung. Kevin Fellner.«

Der Portier wandte sich seinem Bildschirm zu. Er nuschelte etwas Unverständliches, wahrscheinlich nur zu sich selbst. Die drei Herren in den Lederfauteuils beachteten uns nicht. Ich würde als Erstes das Manuskript übergeben, überlegte ich, das Vertragliche gleich von Anfang an regeln, überlegte ich mir. Dann wäre das erledigt. Man würde mir vermutlich weniger als fünfzehn Prozent anbieten – für das E-Book würde ich aber mehr verlangen –, damit würde ich leben müssen. Selbst für Weltliteratur galten die

Gesetze des Buchmarktes. Die Verlage waren nicht mehr das, was sie einmal waren.

Dann würde ich eine lange Dusche nehmen, mich im Zimmer etwas erholen. Ich würde von da an nicht mehr derselbe sein. Das musste ich mir immer wieder vorsagen, um es auch wirklich zu begreifen – mit allen Konsequenzen. Ja, ich würde danach nicht mehr derselbe sein!

Nach der Dusche würde ich ein kurzes Nickerchen einlegen. Ich freute mich auf das Abendessen bei einem Italiener in der Stadt, womöglich Lasagne oder Spaghetti alle Vongole, passender Wein und dazu ein gemischter Salat mit Balsamico-Essig und Oliven. Den Hunger würde ich bis dahin schon überbrücken können. Morgen schließlich zur Buchmesse, zum Gespräch mit Daniel Kehlmann. Ich würde mich in meinen Ausführungen sehr kurz halten, auf jede seiner Fragen würde ich nur knapp und mit kryptischen Worten reagieren, um noch geheimnisvoller zu wirken. Schon nach wenigen Augenblicken würde ich mich zwar höflich, aber mit angemessener Dringlichkeit entschuldigen. Mit Sicherheit würde ich einen starken Eindruck bei dem Schriftsteller hinterlassen. Ich würde mit *Ich und Kehlmann* seinen Platz an der Sonne einnehmen, ihn vom Thron stoßen.

Ich würde ihn ersetzen! Die Zeiger aller Uhren, dachte ich, die Zeiger der Zeit auf Anfang stellen.

Zahlreiche Glückwünsche minder talentierter Kollegen würde ich noch auf dem Messegelände dankend entgegennehmen, diversen Medienvertretern Interviews geben, ein bisschen Smalltalk betreiben, sodann neidvolles Schulterklopfen und eifriges Händeschütteln genießen; das kannte man ja alles, danach gleich wieder zum Bahnhof, sagte ich mir. Die Heimfahrt würde doch recht lange und mühsam genug sein.

Mehrmals klickte der Rezeptionist mit der Maus, nuschelte Geräusche vor sich hin.

Auf einmal veränderte sich die Hintergrundmusik: Statt des stimmungsvollen Klaviers tobte nun ein einzelnes aufbrausendes Saxofon. Das war mir nicht geheuer. Auch ein Herr im Lederfauteuil schaute ob dieser Veränderung kurz auf, schielte apathisch in die Luft, als hörte er dadurch besser, und kratzte sich mit seinen dicken Fingern grob, gedankenschwer am kahlen Hinterkopf. Dann widmete er sich wieder seinem Smartphone und wischte weiter; sein ausgestreckter Zeigefinger wirkte bedrohlich auf mich, wie ein stecken gebliebener Sekundenzeiger, und ich fragte mich, ob ich einen Fehler gemacht hatte.

Es fehlte – und dieser Gedanke war wie ein zerbrochener Spiegel –, es fehlte noch immer das Ende. Ich hörte meine eigene Stimme. Ich hörte, wie still es in mir war.

»Ein junger Mann wartet da drüben auf Sie«, sagte der Portier auf einmal. Er gab sich sichtlich Mühe, so deutlich wie möglich zu sprechen. Ich verstand ihn trotzdem kaum. »Er sei hier mit Ihnen verabredet.«

»Wo?«, fragte ich.

Er deutete über meine rechte Schulter, direkt auf einen leeren Lederfauteuil. Nervös rückte ich meine desolate Brille zurecht, kniff die Augen fest zusammen. Doch ich erkannte nichts. Je näher man dem Ziel des Lebens kommt, dachte ich erregt, desto gefährlicher wird es. In mir war ein Schmerz, als würden stählerne, eiskalte Messer mein Herz aus mir herausschneiden. Erst nach längerem Hinsehen glaubte ich schließlich, dass da jemand saß, aber halt ganz tief versunken.

II

Mit tiefer Bruststimme stellte ich mich vor. Der Junge, mehrere Pickel im Gesicht, besonders auf der Stirn und um die Nase herum, war in seinem roten Lederfauteuil offenbar eingeschlafen. Jetzt richtete er sich langsam auf. Schlaftrunken rieb er sich mit beiden Fäusten die Augen. Dann schaute er mich an. Ich schätzte ihn auf nicht älter als siebzehn Jahre. Vom Liegen waren seine buschigen schwarzen Locken um den Kopf herum an mehreren Stellen eingedrückt. Ich wiederholte meinen Namen und fragte mich, wer dieser Knabe eigentlich war.

Gerade als ich meinen Namen ein drittes Mal sagen wollte – womöglich verstand er meine Sprache, meine mundartliche Färbung nicht –, behauptete er, Jürgen Schneider zu sein. Er habe über eine Stunde hier im Foyer auf mich gewartet und dabei ununterbrochen versucht, im Sitzen nicht einzuschlafen. Weshalb ich so spät käme, wollte er wissen. Punkt 14 Uhr sei ausgemacht gewesen. Er habe ununterbrochen versucht, wiederholte er weiterhin sehr aufgebracht, aber mehr zu sich selbst als zu mir, im Sitzen nicht einzuschlafen. Er kenne jetzt jeden Artikel der heutigen SZ, und zwar in- und auswendig. Erst vor wenigen Augenblicken, versicherte er, sei er dann eben doch eingeschlafen.

An dieser Stelle wollte ich etwas erwidern, ihn darauf aufmerksam machen, dass er mit dem vereinbarten Zeitpunkt falsch lag, doch ließ mich der bedauernswerte Bursche nicht mehr zu Wort kommen. Er sei Jürgen Schneider, fuhr er fort, Azubi beim

Rowohlt Verlag. Er brauche jetzt dringend einen Kaffee, schwarz, ohne Zucker. Ohne Milch und ohne Zucker. Das betonte er eindringlich. Kaffee trinke er nämlich schwarz, sagte er, immer. Man habe ihm von höherer Stelle aus mitgeteilt, heute um 14 Uhr hier auf mich treffen zu sollen.

Nach einer kurzen Pause und einem beiläufigen Blick auf seine zitronengelbe Swatch meinte er, ich sei also wohl *etwas* zu spät.

Außerordentlich verärgert darüber, dass es Frau Thurner nicht möglich gewesen war, mir persönlich mitzuteilen, bei unserem vereinbarten Gespräch verhindert zu sein, ließ ich mich in den roten Lederfauteuil fallen, der dem des Praktikanten am nächsten stand. Dann dachte ich einen Moment lang nach. Vermutlich war die Tatsache, dass dem jungen Mitarbeiter irrtümlicherweise der falsche Zeitpunkt genannt worden war, in dem Umstand zu finden, dass Judith Thurner gerade unter unsagbarem Stress stand. Es war schließlich das Wochenende der Frankfurter Buchmesse. Das bedeutete eine Ausnahmesituation für alle Involvierten, sogar für all jene, dachte ich, die sich erst am Anfang ihrer Karriere oder am äußersten Rand des Literaturbetriebs befanden: wie dieser Jürgen Schneider hier vor mir. Man stand in diesen Tagen in dieser Stadt eben unter enormer Belastung. Es geht für viele um viel, dachte ich, wieder einmal geht es für alle um alles.

Wir saßen etwa anderthalb Meter voneinander entfernt. Doch Stress als alleinige Entschuldigung wollte ich nicht gelten lassen. Immerhin war ich extra aus Zell am See angereist. Ich freute mich auf die Spesen- beziehungsweise Fahrtkostenabrechnung und dachte an mein verbogenes Brillengestell. »Diese Absage wird ihr noch leidtun«, sagte ich und addierte im Kopf schon einmal das Kilometergeld mit den Preisen meines Optikers im Pinzgau. »Das wird eine Rechnung«, ergänzte ich.

Zudem missfiel es mir sehr, die vertraglichen Eckpunkte nun mit diesem minderjährigen Sprössling, einem der untersten Mitarbeiter im Verlag, vermutlich einem der letzten, allerletzten Assistenzhilfskräfte, aushandeln zu müssen. Dennoch war er jetzt mein direkter Ansprechpartner, das begriff ich sofort, meine unmittelbare Verbindung zu Judith Thurner – und damit zu Rowohlt.

»Kannst du mir«, fuhr ich fort und beugte mich dabei mit meinem Oberkörper langsam, sowohl elegant und geschmeidig als auch bestimmt und vehement, im Fauteuil nach vorne. Wie James Dean, dachte ich, wie Ralf Tanner in der einen Bar, »die Handynummer von Frau Thurner geben?«

»Das ist völlig ausgeschlossen«, entgegnete der Jüngling. Und er fragte mich, seit wann wir per Du seien.

Natürlich, dachte ich unverzüglich, da hatte er seinen Satz noch gar nicht zu Ende gesprochen, natürlich, das war eine unglückliche Formulierung meinerseits gewesen. Ich räusperte mich und korrigierte: »Können Sie mir ihre Handynummer geben?«

»Niemals«, war die Antwort.

»Ah«, machte ich nur. »Dann werden das Notwendige, das Vertragliche eben wir beide regeln. Inwieweit bist du«, sagte ich.

»*Sie!*«

Ich korrigierte mich sofort. »Sie. Also Sie. Inwieweit sind *Sie* bezüglich meines Falls informiert?«

Der Praktikant gähnte. Mitten auf seiner Stirn war ein rot angeschwollener Pickel. Er tat mir leid. Alle Jugendlichen konnten einem nur leidtun, sie waren ihren Trieben, ihren körperlichen

Gelüsten ausgeliefert. Wann würde er wohl zum ersten Mal ein Mädchen ausführen, fragte ich mich, ein Mädchen aus seiner Klasse zum ersten Mal zu einem Blockbuster ins Kino begleiten, ein paar Jahre später dann zu Brecht oder Jelinek ins Theater?

Er hatte sich dieses Praktikum mit Sicherheit anders vorgestellt, wahrscheinlich wurde er nicht einmal bezahlt. Bestimmt hatte man ihm beim Vorstellungsgespräch gesagt, er werde wichtige Erfahrungen fürs Leben sammeln, und die seien nun einmal wertvoller als alles Geld der Welt. Der wird sein Lehrgeld noch bezahlen, dachte ich, was für ein Naivling! Denn ich galt allgemeinhin als ein durchaus unangenehmer, mitunter sehr hartnäckiger Gesprächspartner. Es war nicht leicht, mit mir Verhandlungen zu führen. Um im Literaturbetrieb Fuß zu fassen, sagte ich mir, benötigte man eben ein dickes Fell.

Einer der drei Herren am Glastisch schaute von seinem Smartphone auf und zu uns herüber. Es war erneut der mit den hohlen Wangen und dem spitzen Kinn. Was war denn mit dem los? Was wollte der von mir? Etwas umständlich griff ich nach ein paar Nüssen und tat so, als sähe ich sein Herüberschauen nicht. Doch als ich die Nüsse zu meinem Mund führte, fielen sie mir etwa auf der Höhe meines Kinns aus der Hand. Ich schüttelte sie von der Hose möglichst diskret auf den Boden.

Er beobachtet mich, dachte ich, und in meinem Nacken stellten sich die Härchen auf. Es war das Gesicht, es war dieser dürre, abgemagerte Körper. Mit dem stimmte irgendetwas nicht. Es war die Kleidung, die nicht hierher passte, als käme sie aus einer anderen Zeit. Vor allem die Augen waren es: blau, blendend, bedrohlich, zugleich scharf und beißend und giftig und gefährlich.

Auf den muss ich achtgeben, dachte ich.

Jürgen Schneider gähnte, ohne sich die Hand vor den Mund

zu halten. Dann meinte er mit lauter, geradezu aufmüpfiger Stimme, wie es die typische Eigenart von Jugendlichen war, wenn sie mit Erwachsenen kommunizierten: Frau Thurner habe sich über mein aufdringliches Verhalten in den letzten Wochen, eigentlich Monaten, über alle Maße geärgert. Überhaupt empfinde sie meine penetranten Anrufe und E-Mails nur noch als Provokation, sagte er, sie werde nicht mehr davor zurückschrecken, fuhr er fort, beim nächsten Mal zu anderen Mitteln zu greifen. Sie würde sich, sie würde sich …, sagte er und hielt für einen Moment inne.

Aufmerksam hörte ich ihm zu.

Sie würde sich von mir dazu genötigt fühlen. Und was ich überhaupt wolle? Ich begäbe mich auf sehr dünnes Eis. Wir seien ein Rechtsstaat. Ich solle mir genau überlegen, betonte der Praktikant, ob ich wirklich wolle, es so weit, es in einem Rechtsstaat so weit kommen zu lassen. Das möge ich mir bitte noch einmal genau überlegen. Und wer ich eigentlich sei. Man könne mich und meine Forderungen nicht mehr ernst nehmen, schon längst nicht mehr. Ich müsse mit den entsprechenden Konsequenzen, *strafrechtlichen*, betonte er, rechnen.

Ich wurde aus dem Knaben nicht schlau. Er drückte sich mit seiner eingeschränkten Wortwahl, seinen hölzernen Formulierungen sehr unklar und viel zu vage aus, sodass die ganze Angelegenheit in Wahrheit doch bloß ein einziges großes Missverständnis sein konnte. Bestimmt war das hier sein allererstes Vertragsgespräch, er war nervös. Ich wollte ihm seine Unsicherheit und sein allgemeines Unverständnis bezüglich so mancher Gegebenheiten in Bezug auf meine Personalie deshalb nicht weiter übelnehmen. Sein Job war auch nicht einfach, das konnte ich mir vorstellen. Er würde in den nächsten Jahren vermutlich noch viele Gespräche dieser Art führen müssen. Und dabei würden nicht alle meine Kollegen so verständnisvoll und umgänglich reagieren wie ich.

Allerdings hatten gerade beim Klären vertraglicher Paragrafen inhaltliche Mehrdeutigkeiten nichts zu suchen. Das musste dieser Praktikant erst noch lernen: Gerade im Abstimmen juristischer Nebensätze und heikler persönlicher Unterpunkte durften subjektive Empfindlichkeiten keine Rolle spielen.

Durch mein konsequentes Handeln – und selbstverständlich übersah der Bursche dieses wichtige Detail – war es mir ja schließlich gelungen, bis zu ihm zu gelangen. Das war nicht zu bestreiten, daran gab es nichts zu rütteln. Aber dieser Perspektivenwechsel gelang dem Pubertierenden nicht. So weit schon war ich bereits in die Tiefen und Untiefen des Verlagswesens vorgedrungen: Statt Hüttengaudi und Après-Ski hatte ich mir gesagt, ab heute und für alle Zeit die Weltliteratur.

Jürgen Schneider war jetzt noch meine letzte Hürde. Und zugleich war er für mich nicht unbedeutend. Durch ihn bestand immerhin meine direkte Verbindung zum Verlag.

»Warte!«, rief ich.

»Also! Also!« Jürgen Schneider war im Begriff aufzustehen.

» …n Sie!«, schrie ich ihn an. »Warten Sie!«

Von schräg oben fiel ein Sonnenstrahl durch die Glasfront genau auf mein Gesicht. Für Sekunden sah ich nichts. Dann sprang ich mit einem kräftigen Ruck auf, hechtete zu ihm hinüber und drückte den Knaben, ehe er mir entwischen konnte, von oben hinunter, tief in den roten Lederfauteuil zurück.

Ich kam mir mit dieser Aktion geschickt, gesund und kräftig vor. Er dagegen erschien mir verschreckt und verschwitzt, als er sich von mir auf einmal so fest niedergedrückt sah.

Uneinsichtig wie er war, versuchte er sich von dort unten loszureißen, einmal nach links, dann wieder nach rechts auszubrechen. Obwohl ich ihm physisch überlegen war, musste ich doch alle Augenblicke auf der Hut sein, dass er mir nicht entkam. Erst nachdem ich seine beiden Arme vollständig zu fassen bekommen hatte, waren sie einigermaßen unter Kontrolle gebracht. An eine Flucht war jetzt kaum noch zu denken. Einer der drei Herren schaute von seinem Smartphone auf. Ich indes fand ausreichend Platz auf der Armlehne und ließ seinen Nacken nicht mehr los.

Er möge noch einen Augenblick warten, sagte ich, ich hätte da noch etwas für ihn. Er wolle es nicht haben, erwiderte er. Ich konterte, er wisse ja noch gar nicht, was es sei. Das sei ihm egal. Er solle sich nicht so kindisch verhalten, insistierte ich und griff mit der freien Hand wieselflink nach meiner schwarzen Aktentasche.

»Lassen Sie mich los!«, schrie der Praktikant tief unter mir. »Sie haben mir gar nichts zu sagen! Ich werde das Frau Thurner melden!«

»Gibt es ein Problem?«, fragte einer der drei Herren. Es war der Dürre. Er klang spitz und scharf. Sein Smartphone hielt er wie eine Waffe in der Hand, als wäre er jederzeit zum Schuss bereit. Alle drei schauten jetzt zu uns herüber. Ob es ein Problem gebe, wiederholte die ausgemergelte Gestalt mit roten, toten Augen und fleischlosen Wangen, die nach innen zuliefen.

Es gebe kein Problem, ergriff nun ich das Wort. Nein, nein, ganz und gar nicht, sagte ich. Es gebe kein Problem. Ich müsse diesem kleinen Jungen hier nur noch etwas Wichtiges mitgeben, rief ich mit betont gelassener Stimme. Denn ich wollte normal erscheinen für alle Anwesenden am Glastisch, in dem sich die

Gesichter von uns allen spiegelten. Ich schüttelte liebevoll seine schmalen Schultern, als wäre er mein Sohn, tätschelte ihm lächelnd auf den Hinterkopf. »Und damit hat sich die Sache auch schon wieder erledigt«, resümierte ich.

Einer der drei Herren richtete sich daraufhin umständlich aus seinem roten Lederfauteuil auf, streckte die Brust wie ein aufgedunsenes Huhn nach vorn und schaute fragend in das von der Adoleszenz entstellte Gesicht des Praktikanten. Auf seinem Kopf trug der Mann eine bunte Schellenkappe. Sie war mir bis jetzt nicht aufgefallen, er musste sie sich gerade eben erst aufgesetzt haben und ich fragte mich für einen Augenblick, weshalb er das wohl getan hatte. Es fehlte mir aber die Zeit, um mir darüber noch länger Gedanken zu machen. Heimlich zog ich stattdessen das Manuskript aus meiner Aktentasche und drückte es dem Jungen spitzfindig in die Hände.

Er wehrte sich: Er wolle das nicht haben. Ich erwiderte höflich, er wisse ja noch gar nicht, was das sei. Das sei ihm egal, sagte er entschieden, er wolle es nicht haben! Er könne sich doch überhaupt nicht vorstellen, um welche außerordentliche Wichtigkeit es sich dabei handle, argumentierte ich. Es gehe um nicht weniger als einen Platz in der Weltliteratur. Er werde noch an meine Worte denken. Er dürfe die Nachwelt nicht vergessen, sagte ich. Die Nachwelt dürfe nicht vergessen werden, wiederholte ich, das sei nämlich das Entscheidende! Die Nachwelt, es gehe um die Nachwelt, das dürfe er nicht vergessen. Es gehe um weit mehr als bloß um eine Fußnote in der Literaturgeschichte; darauf verwies ich in unserem Disput Jürgen Schneider, der aufgrund meines Körpergewichts jetzt kaum noch Luft bekam, mehrmals und mit aller Deutlichkeit.

»Ich bin keine Randnotiz!«, schrie ich.

Das war das klassische Totschlagargument. Selbstverständlich war mir der Schüler rhetorisch unterlegen.

Mit beiden Händen griff er nach meinen Oberarmen, ich drückte ihn jedoch sogleich noch tiefer nach unten. Ich sagte, er möge sich wertgeschätzt fühlen und das entscheidende Manuskript mit den besten Grüßen Frau Thurner oder von mir aus irgendeinem höheren Mitarbeiter im Verlag überreichen. Ich vergaß dabei nicht zu betonen, dass es sich um ein außerordentlich wichtiges, bedeutsames Manuskript handelte, um einen Geniestreich der Gegenwartsliteratur!

»*Ich und Kehlmann*«, stieß ich mehrmals laut auf. *Ich und Kehlmann*, er werde an meine Worte denken, schrie ich ihm jetzt direkt ins Gesicht, alle würden an meine Worte denken. *Ich und Kehlmann*. Man müsse dieser Welt, brüllte ich, dieser schrecklichen Welt den Spiegel vorhalten! Längst schon hätte das jemand tun sollen! Und dabei ließ ich einen ausholenden Blick über den gesamten Glastisch schweifen, ohne einem der drei Herren in die Augen zu schauen. Der Mann mit der Schellenkappe hatte sich noch nicht wieder hingesetzt, er schien hektisch irgendeine Telefonnummer in sein Smartphone einzugeben.

Ich und Kehlmann. Er möge vorsichtig und mit Bedacht damit umgehen, rief ich Richtung Praktikant, ich würde ihn als jungen Angestellten respektieren und seinen Fähigkeiten – und die müsse er doch haben, sagte ich, denn ansonsten wäre er ja nicht vom Verlag eingestellt worden, irgendwelche Fähigkeiten also müsse er doch haben, wiederholte ich – volles Vertrauen schenken. Er möge das Manuskript irgendeinem höheren Mitarbeiter im Verlag überreichen, es müsse ja nicht gleich der oberste Hauptverantwortliche sein. Es genüge irgendein unterer Mitverantwortlicher, betonte ich, in jedem Fall aber irgendein höherer.

Vermutlich gab es sogar unter ihm noch Mitarbeiter, dachte ich, knapp über dem Reinigungspersonal. Dabei rückte ich das verbogene Brillengestell auf meiner Nase zurecht.

Er wolle es auf keinen Fall haben, lautete seine Antwort. Niemals jemals würde er dieses Papier irgendjemandem übergeben, konstatierte er. Ich sei ja total verrückt, tobte er auf einmal weit unter mir. Ich sei ja wahnsinnig! Wie Rumpelstilzchen, dachte ich. Ich sei ja völlig von der Rolle! Wie Rotkäppchen, dachte ich beim Anblick des roten Leders, in das ich ihn drückte. Frau Thurner, sagte er, habe in der Tat nicht übertrieben.

Mit diesen Worten befreite sich Jürgen Schneider aus meiner Umklammerung und riss sich aus dem tiefen Fauteuil hoch. Mir blieb nur der Bruchteil einer Sekunde, um dem Jungen das Manuskript hinten in dessen bunten Burton-Rucksack zu stopfen. Dabei zerknitterten ein paar Zettel. Aber das störte mich nicht sonderlich. Er hatte den Text jetzt bei sich, nur darauf kam es an.

Er könne es auch gerne selbst lesen, rief ich ihm noch nach, er dürfe sich von der glanzvollen Genialität, von der sprachlichen Virtuosität gerne auch selbst beeindrucken, überzeugen und, ja, verzaubern lassen.

Ermattet ließ ich mich in den Fauteuil des Knaben sinken, die ganze Angelegenheit hatte mich doch sehr geschwächt. Das Leder war noch warm von ihm. Und *Ich und Kehlmann* befand sich nun auf dem Weg zu Judith Thurner. *Ich und Kehlmann* war abgegeben, dachte ich, *Ich und Kehlmann* war eingereicht. Erleichtert atmete ich durch; mir war, als sei mir ein riesiger Stein vom Herzen gefallen. *Ich und Kehlmann* befindet sich nun endlich auf direktem Wege zu Rowohlt, dachte ich, was für ein ausgesprochen schöner, wahrhaft tröstender Gedanke!

Etwas allerdings störte mich. Ich kratzte mich am Kinn und griff nach ein paar Nüssen im Schälchen, gerade so, als wäre ich jetzt selbst einer der drei Herren gegenüber, als wäre ich jetzt selbst diese ausgemergelte unheimliche Gestalt. Ich nahm die Brille ab und putzte mit einem Taschentuch das rechte Glas. Dann setzte ich sie mir wieder auf. Erneut griff ich nach ein paar Nüssen. Ich war jetzt einer der drei Herren im Fauteuil. Bei diesem Gedanken lachte ich laut auf. »Ich bin jetzt einer der drei Herren«, murmelte ich und lachte noch immer.

Als ich mich mit großen aufgerissenen Augen im Flur des siebten Stockwerks wiederfand, konnte ich mich beim besten Willen nicht mehr daran erinnern, unten aufgestanden und zum Aufzug gegangen zu sein. Solche Aussetzer kannte ich gar nicht von mir! Ich konnte mich beim besten Willen nicht mehr daran erinnern, den Aufzug betreten und darin auf den Knopf mit der Ziffer 7 gedrückt zu haben. Gleichwohl waren mir alle relevanten Einzelheiten des Gesprächs mit Jürgen Schneider bekannt. Ich wusste, dass ich ihm mein *Ich und Kehlmann* mitgegeben hatte, mein Roman war unterwegs zum Verlag, doch an das unmittelbare Danach wollte sich mein strapaziertes Gedächtnis nicht erinnern.

Jedenfalls fiel mir erst jetzt auf, während ich gedankenverloren durch den Flur schlurfte, keinen Zimmerschlüssel bei mir zu haben. Der Rezeptionist hatte mir vorhin keinen gegeben. Unverzüglich blieb ich stehen. Ich hatte noch immer kein Zimmer, ich wusste also nicht wohin.

Die Rezeption war unbesetzt. Schon wieder. So langsam war ich doch etwas genervt von den laxen Verhältnissen hier. Das alles kam mir eigenartig vor. Ich habe doch nicht die ganze Anreise überlebt, dachte ich aufgebracht, um mich jetzt hier für dumm verkaufen zu lassen. Dreimal schlug ich mit der Faust auf die Theke und rief mit lauter Stimme quer durch den ganzen Saal, wo der Rezeptionist denn schon wieder bleibe! Ich könne es nicht glauben, sagte ich, und das alles ausgerechnet hier, sagte ich, in Frankfurt, in so einem Etablissement, das dürfe doch nicht wahr sein!

Dann kam er. Von weit hinten und mit kleinen, aber schnellen Schritten. Weshalb ich so einen Radau mache, wollte er doch glatt von mir wissen. Das hier sei nicht die Commerzbank-Arena.

Ich erwiderte, dass ich den Unterschied zwischen Hotel und Notenbank durchaus kenne. Er möge lieber seine Funktion als Rezeptionist ordnungsgemäß ausführen, sagte ich, seine Funktion etwas professioneller nehmen, ich könne nicht jedes Mal eine halbe Ewigkeit selbst für die banalsten Dinge auf ihn warten. Es gebe nämlich Menschen, die arbeiten müssten für ihr Geld.

Ich legte eine rhetorische Kunstpause ein, um dem zuletzt Gesagten eine zusätzliche Betonung und dem Folgenden noch mehr Gewicht zu verleihen. Außerdem, sagte ich schließlich, wolle ich mich nicht an oberer Stelle beschweren. Dafür gebe es auch keinen Anlass, entgegnete er mir prompt, wer ich denn überhaupt sei.

»Kevin Fellner«, antwortete ich und griff mir an die Schläfen.

»Und Sie wünschen?«

»Meinen Zimmerschlüssel.«

Er gab etwas in seinen Computer ein.

»Den haben Sie doch schon bekommen.« Dann zeigte er mir ein Dokument mit mehreren ganz klein gedruckten Zeilen. Links oben erkannte ich, zwar etwas verschmiert, aber doch eindeutig, den Rundstempel des Hotels und rechts unten neben der Zeile mit Datum und Ort meine Unterschrift.

Ich konnte mich nicht erinnern, beim Einchecken so ein unübersichtliches Blatt Papier gelesen geschweige denn unterzeichnet zu haben. Ich starrte auf meine Unterschrift. Das alles musste vermutlich ganz beiläufig geschehen sein. Aber an der Unterschrift, ich schaute sie mir sehr lange sehr genau an, nein, an der war nichts auszusetzen. Das war meine Unterschrift.

Ich warf noch einmal einen Blick auf den Schriftzug, auf die Linienführung, auf den Druck, aber nein, das hier war eindeutig keine Fälschung. Das war ich gewesen. Ich, dachte ich, das bin ich. Ich sagte, es tue mir leid, und fragte, welches denn nun mein Zimmer sei. Ich wolle nämlich duschen, die Toilette benützen, mich von der Reise etwas erholen. Ob es einen Ersatzschlüssel gebe, fragte ich. Den gebe es, antwortete der Rezeptionist. Doch vorher möge ich doch bitte noch einmal in all meinen Taschen nachschauen. Irgendwo müsse sich der Schlüssel ja befinden.

Ich überprüfte meine Taschen. Ich überprüfte den Aufzug, ich überprüfte die gesamte siebte Etage. Ein Zimmermädchen, das im Flur gerade staubsaugte, fragte mich, ob ich etwas suche, ob ich etwas verloren habe, ob es mir helfen könne. Ich hielt mir das linke Auge zu, schaute wie benommen vom karierten Muster des Teppichbodens auf und schief über meine Schulter hoch zu ihr. Ich machte den Mund auf. Dann schüttelte ich nur stumm den Kopf.

»Nein«, sagte ich, sie könne mir nicht helfen. Niemand könne das. Dann schaute ich wieder nach unten auf den Teppichboden, um das mehrfarbige, streng geometrisch angeordnete Karomuster in diesem Teil der Etage weiter nach meinem Zimmerschlüssel abzusuchen.

Als ich die Rezeption erneut unbesetzt vorfand, erinnerte ich mich an Carl Friedrich Gauß und an seinen schmerzenden

Backenzahn. Es wird ihm in dem einen Kapitel, das sprachlich und stilistisch zwar dilettantisch, inhaltlich dafür durchaus humorvoll gestaltet ist, vom Barbier versehentlich der falsche Zahn gezogen. Das komme vor, sagt der danach und greift sogleich erneut nach der Zange.

Ich schaute zur Sitzecke hinüber. Die drei Herren waren weiterhin wie hypnotisiert mit ihren vibrierenden und blutbefreite seelenlose Melodien von sich gebenden Smartphones beschäftigt.

So allerhand musste man im Leben über sich ergehen lassen. Zu viele Leute, lässt Daniel Kehlmann seinen Gauß sagen, daran dachte ich jetzt, hielten ihre Gewohnheiten für Grundregeln der Welt.

Mein Zimmer war die Nummer 326. Also das sechsundzwanzigste Zimmer im dritten Stock. Ich duschte lange, rasierte mich mit einem Einwegrasierer und zog mir ein frisches Hemd (weiß) an. Ich stellte fest, dass meine Hose (schwarz) auf den ersten und leider auch auf den zweiten Blick einen doch etwas zerknitterten Eindruck erweckte. Ich hätte wohl eine zweite Hose einpacken sollen. Die allerdings hätte dann nicht mehr in die Aktentasche gepasst. Es hätte einen zusätzlichen Rucksack oder gar einen Koffer bedeutet und das hatte ich auf alle Fälle vermeiden wollen. Beim Packen hatte ich vor allem beabsichtigt, unkompliziert und in meinen Bewegungen möglichst frei, leicht, ja geradezu *luftig* zu reisen. Das verlieh mir ein Gefühl der Sicherheit.

Am liebsten wäre ich ganz ohne Gepäck verreist. Dabei dachte ich an Nina, die – ganz egal wohin und ganz egal für wie noch so kurz verreist werden sollte – niemals mit nur einem klobigen Koffer auszukommen gedachte. Utopisch war für sie der Gedanke an Reisegepäck unter fünfundzwanzig Kilogramm. Das unsagbare Flughafentheater beim Einchecken am Schalter in Manchester am Abend des letzten Tages des Jahres, im Nacken die ungeduldige Warteschlange. Das gnadenlose Securitypersonal, fiel es mir jetzt wieder ein, die vielen verschnupften Menschen in dieser riesigen kalten Halle, und ich dachte entsetzt: allein die Schuhe!

Auf dem schmalen Einzelbett breitete ich systematisch alle Bücher von Daniel Kehlmann aus, chronologisch geordnet nach Erscheinungsjahr. *Wo ist Carlos Montúfar?* besaß ich nun doppelt, sauber stapelte ich beide Ausgaben aufeinander. Mit verschränkten Armen stand ich eine Weile neben dem Bett und schaute auf sein Gesamtwerk hinab. Viel war das nicht. Es würde so gut wie nichts davon übrig bleiben, dachte ich.

Ich dachte noch einen Augenblick nach und zog mich dann, einem spontanen Impuls folgend, bis auf die Unterhose wieder aus. Die Kleidung ließ ich ungeordnet neben dem Bett auf dem Boden liegen und legte mich vorsichtig genau in die Mitte des Kehlmann'schen Kreises hinein. Dann griff ich nach *Kommt, Geister* und schlug das Buch auf irgendeiner Seite auf. Auf der Zimmerwand sah ich meinen Schatten und etwas darüber, aufgeblättert, den Schatten von *Kommt, Geister*, den mein Schatten mit ausgestreckten und unnatürlich lang gezogenen Armen weit oben, ganz weit oben, fast an der Zimmerdecke, so weit oben war das, so weit wie möglich von sich hielt. »Mögen sie ruhig kommen«, sagte ich mir, »mögen die Geister ruhig kommen, ich bin hier nicht in Princeton.«

Tief ließ ich meinen Hinterkopf ins Polster sinken. Ich nahm das verbogene Brillengestell ab und schloss erleichtert, zugleich sehr ausgelaugt die Augen. Endlich einmal geschlossen, dachte ich.

»Come, you Spirits«, vernahm ich plötzlich eine Stimme. Sie kam aus meinem Inneren. »Come, you Spirits / That tend on mortal Thoughts.« Nein, das war nicht meine Stimme. Das war nicht einmal meine Sprache. Ich wusste nicht, was das sollte; ich wusste nicht, in welche Zeit oder zu welcher Geschichte sie gehörte. Ich wusste nur, das war nicht meine Stimme.

Da klopfte es an der Tür.

Come, you Spirits.

Es klopfte noch einmal.

That tend on mortal Thoughts.

Es klopfte noch einmal, etwas lauter als die beiden Male zuvor. Sie kommen, dachte ich. Come, you Spirits. Jetzt kommen sie mich holen. That tend on mortal Thoughts.

»Einen Augenblick, bitte«, rief ich gegen die Stimme in meinem Inneren an und zugleich Richtung Tür. »Noch einen Augenblick!« Blind griff ich nach meiner Brille, die irgendwo rechts oder links von mir auf der Matratze liegen musste. *Beerholms Vorstellung* rutschte über den Rand des Bettes und fiel zu Boden.

»Oh!«, machte das Zimmermädchen und kicherte verlegen. Es hatte sein Köpfchen bereits langhalsig in den Raum zu mir hereingesteckt. »Oh! Oh!« Aus einem Affekt heraus bedeckte ich mit *Unter der Sonne* meine Unterhose.

Ich glaubte nicht, dass es dasselbe Mädchen war wie zuvor oben im siebten Stock. Mit meinem einäugigen Blick tat ich mich insbesondere beim Erkennen und Wiedererkennen fremder Gesichter schwer. Sicher war ich mir deshalb nicht. Auch hatte ich das Fräulein vorhin nur sehr beiläufig angesehen, meine Aufmerksamkeit hatte ja gänzlich der Suche nach dem verlorenen Zimmerschlüssel gegolten. Leider war der nirgends zu finden gewesen. Die Sache mit dem Schlüssel war mir noch immer ein Rätsel.

Mit der einen Hand hielt ich mir das linke Auge zu, um sie schärfer zu sehen, mit der anderen ließ ich derweil *Unter der Sonne* nicht los. Nein, bestätigte ich meinen ersten Verdacht, das ist jetzt eindeutig ein anderes Zimmermädchen. Die Zimmermädchen sehen alle überall gleich aus, dachte ich, egal ob in Wien oder in Deutschland, sie sehen alle überall genau gleich aus.

Ich hatte mich also nicht getäuscht.

»Wie kann ich Ihnen behilflich sein?«, sagte ich zu der Bediensteten. Dabei sprach ich jedes einzelne Wort sehr langsam und übertrieben deutlich aus, um dem Mädchen, das von dieser unangenehmen Situation bestimmt eingeschüchtert war, mehr Zeit für die Antwort zu geben.

»Benötigen Sie etwas Zusätzliches für die Minibar?«, fragte sie.

»Es gibt eine Minibar?«

»Selbstverständlich.«

Sie rollte mit ihrem Wägelchen, auf dem sich Handtücher, Bettbezüge, Seifen, Shampoo und Ähnliches befanden, ein gutes Stück tiefer in das Zimmer herein. »Da, unter dem Tisch.«

Sie zeigte unter den Tisch.

»Wenn das so ist!«, rief ich begeistert aus. »Über eine Flasche Sekt würde ich mich freuen. Es gibt nämlich Grund zum Feiern.«

Ich richtete mich im Bett etwas auf. Die Matratze kam mir eine Spur härter vor als meine eigene zu Hause. Ich war weichere Matratzen gewöhnt. Das Spannlaken kratzte am Rücken, wenn man sich darauf bewegte. Dabei rutschte *Die Vermessung der Welt* hinunter und blieb aufgeschlagen auf irgendeiner belanglosen Seite irgendwo im langatmigen mittleren Abschnitt des Romans auf einer der beiden ausgezogenen Socken auf dem Boden liegen. Was nun einmal fallen wolle, sagte Humboldt, schreibt Kehlmann, dachte ich jetzt, das müsse man fallen lassen.

Das Mädchen kam näher. Es stieg auf Zehenspitzen vorsichtig über meine Hose und öffnete mit einem breiten, vielsagenden Lächeln die Minibar. Ich drehte mich zu ihr und ließ die Beine von der Kante baumeln, *Unter der Sonne* vor meiner Unterhose jedoch nicht los.

Sie befüllte den Kühlschrank.

»Wie heißen Sie?«, fragte ich.

Die Hotelangestellte schaute mich an.

»Selma.«

Selma, dachte ich. Selma also.

Lange schaute sie mich von unten an in ihrem schwarzen Angestelltenrock, das weiße Mützchen etwas schief auf dem Kopf, die Haare darunter zu einem dicken Zopf geflochten, eine gekühlte Dose Warsteiner in der Hand. Die Sekunden verstrichen. Alles, alles steckte in diesem einen Blick. Mir war, als gingen Raum und Zeit fließend ineinander über, als lösten sich die Naturgesetze vor meinen Augen auf, als verlöre die Umgebung ihre feste Struktur. Die Quantenphysiker haben die Nichtexistenz der Zeit ja längst bewiesen, dachte ich. Es ist also möglich: Reales fiktiv und Fiktives real, ebenso Vergangenes gegenwärtig wie Gegenwärtiges vergangen.

Der Zahn von Gauß jedenfalls war mir in diesem Moment, der mir jetzt als ein magischer, wie ewig währender vorkam, völlig fremd. Ja, die Arithmetik selbst schien vor meinen Augen zu zerfallen. Selma, wiederholte ich mehrmals in Gedanken. »Selma … Selma«, flüsterte ich geheimnisvoll vor mich hin.

Ob es nun Parallelen gebe oder nicht, ließ Kehlmann einen seiner tragischen Protagonisten an einer Stelle fassungslos erkennen, ob der Raum nun rund, faltig, gekrümmt oder wie auch immer sei, am Ende bliebe ja doch alles einerlei. So oder so ähnlich heißt es irgendwo bei ihm und ich fragte mich, ob Kehlmann bei all dem Kauderwelsch selbst noch den Durchblick hatte.

»Selma … Selma.«

Selbst Nina war auf einmal wie vergessen. Das Leben ist kurz, dachte ich, man muss es mit beiden Händen packen. Ich war daher gewillt, *Unter der Sonne* hier und jetzt fallen zu lassen.

»Selma«, sagte ich. »Was für ein bezaubernder Name!« Ich rückte an der Bettkante dem Mädchen, das noch immer vor der Minibar hockte, ein Stück näher. Meine Beine baumelten unruhig in der Luft. Dass mein italienisches Brillengestell doch sehr verbogen war, wie ich nun feststellen musste, störte mich gerade nicht. Selma. Man kann in die Menschen nicht hineinsehen, dachte ich. Man sieht in einen Spiegel, der sich in einem Spiegel spiegelt, sagt Gödel, dachte ich, sagt der verstorbene Kurt Gödel bei Kehlmann als Geist zu seiner Frau.

»Ich sollte jetzt besser gehen«, meinte sie knapp und stand auf. Sie strich sich den Rock an der Vorderseite glatt und schob das Wägelchen zügig aus meinem Zimmer. Erst jetzt, nachdem die Hotelangestellte gegangen war, fiel mir auf, dass sie vergessen hatte, die Minibar wieder zu schließen.

Ich griff nach der *Vermessung der Welt* auf dem Boden und legte mich zurück ins Bett. Ich blätterte einfach so durch die Seiten, las mir ab und zu eine Passage laut vor und roch immer wieder am Papier. Mein Blick war nach oben zur Decke, meine volle Aufmerksamkeit ausschließlich auf ihn, auf Daniel Kehlmann, gerichtet. Niemals würde ich *Ich und Kehlmann* aus meinem Herzen entlassen; alles steckte für mich in diesem einen Roman:

mein Leben, mein Sterben. Der innerste Kern, die Essenz meines Daseins, lag darin zwischen den Zeilen verborgen. Bloß das letzte Kapitel, dachte ich, bloß mein Ende, Kapitel XII – das fehlte noch.

Mein Ende fehlte noch immer.

Mit dem Zeigefinger strich ich über den gewölbten Umschlag. Dieser Roman hatte ihm seinen Ruhm gebracht, ihn unsterblich gemacht. Dieser Roman würde als feste Größe der Literaturgeschichte bleiben. Das hier war in seinem Schreiben, in seinem Schaffen, dachte ich, in seinem gesamten Werk sein Höhe- und damit zugleich sein Scheitelpunkt gewesen.

Auf dem Gipfel ist es einsam, dachte ich. Dann schloss ich die Augen und roch erneut am vergilbten Papier. Ich mochte diesen signifikanten Geruch, der mich an meine Kindheit erinnerte: als Lesen noch Lesen, echtes Lesen war.

Allerdings lag dieser Höhepunkt mittlerweile schon wieder so viele Jahre zurück. Ich erinnerte mich genau: Es war im Herbst 2005 gewesen. Ich hatte mich mit meiner Idee, mit meinem waghalsigen Roman- und Verwandlungsprojekt fast zwei Dekaden lang gedulden, hatte bis heute warten müssen. 2005. Von da an war es mit ihm nur noch steil bergab gegangen. Sein literarisches Sterben hat am höchsten Höhepunkt angefangen, dachte ich, und jede Rettung erscheint vom heutigen Standpunkt aus aussichtslos fern.

Ich möchte ungern ein vergessener Schriftsteller sein, dachte ich, sagt der verstorbene Benjamin Rubin am Ende von *Der Mentor* im Schlussmonolog zum eingeschlafenen Publikum. Renaissancen sind selten, sagt er, schreibt Kehlmann, dachte ich fassungslos, erbleicht vom Gewicht der Erkenntnis, wer vergessen wird, ist normalerweise wirklich vergessen.

Das Vergessen, dachte ich, vergessen zu werden ist das Schlimmste für ihn, Kehlmann.

Immerhin ist Rubin der Verfasser von *Der lange Weg*. Ich habe das Stück gelesen, bildete ich mir ein, als ich noch in der Schule war. Es hatte sogar eine schriftliche Lernzielkontrolle darüber gegeben. Ich erinnerte mich jetzt wieder an die vielen Figuren, die alle lose miteinander in Beziehung standen, an ein mit weißer Kreide skizziertes, sehr unübersichtliches Personengeflecht an der Tafel. Oder war Rubins *Der lange Weg* gar das Thema einer Schularbeit? Ich strich über den zerfledderten Umschlag, roch am Papier und wusste, dass meine Zeit gekommen war. Er war vom Heiligen zum Angreifbaren geworden. Mit *Ruhm* hatte sich der Verfall verfestigt, mit *F*, spätestens seit *Tyll* war er dann endgültig besiegelt gewesen.

Ohne hinzuschauen, griff ich nach irgendeinem Buch, das vor mir auf der Matratze lag und schlug es an irgendeiner Stelle auf. »Wie viele Leben es dort draußen auch geben mochte«, las ich einen Satz am Ende von Seite 93, »zielstrebig folgten sie den Vorgaben der Mathematik.« *Der fernste Ort*, dachte ich und schleuderte das Buch wuchtig in den Raum. Es schlug mit einem lauten Knall gegen die Wand und fiel zu Boden.

Ich mochte es nicht, wenn man beim Lesen nicht wusste, ob die Figuren, in die man sich ja hineinversetzen, mit denen man sich ja identifizieren wollte, noch am Leben waren oder bereits als Tote, als Geister oder Ähnliches in Erscheinung traten. Aus diesem Grund war *Der fernste Ort* unlesbar von Anfang an. Bevor ich so ein Buch schreibe, dachte ich, schreibe ich lieber überhaupt kein Buch.

Ebenso mochte ich es nicht, wenn bis zum Schluss der Geschichte unklar blieb, ob die Figuren vielleicht doch alle bloß geträumt hatten. Wenn die Grenze zwischen Traum und Wirklichkeit unklar blieb. Wenn Grenzen verschwammen, wenn Welten rissig und brüchig wurden.

Dann griff ich nach *Beerholms Vorstellung* und schlug irgendeine Seite auf. Es war zufällig die Seite 159 und ich las: »Es gibt eine Wahrheit der Bestimmung und eine des Zufalls, und die ändert sich mit jedem Kieselstein, der auf dem falschen Platz liegt.« Also was jetzt? Mathematik und Bestimmung auf der einen Seite und Zufall und Willkür auf der anderen? Das passt doch nicht zusammen, dachte ich. Was denn nun?

Mir war, als verlöre ich mich im Kreis all dieser Bücher, als verlöre ich den Halt. Nichts hing mit nichts zusammen. Kehlmann hat tatsächlich den Überblick verloren, dachte ich. Daniel Kehlmann, dachte ich, kennt sich in seinen eigenen Geschichten nicht mehr aus. Er hat die Orientierung verloren. Ich schleuderte *Beerholms Vorstellung* in dieselbe Richtung, in die ich zuvor *Der fernste Ort* befördert hatte.

Mein Buch durfte keinesfalls erst nach seinem endgültigen Verschwinden erscheinen, sonst wäre alles umsonst gewesen und für immer verloren. »Ich muss mich beeilen«, sagte ich zu mir selbst. »Eile ist geboten.« Vielleicht gibt es noch andere, dachte ich erschrocken, die gerade jetzt an derselben Idee arbeiten wie ich. Die noch schneller arbeiteten. Und ich erstarrte.

Indem seine Uhr tickte, tickte auch meine. Mein Schicksal war an seines gebunden. Im gewaltigen Sog seines letzten Wirkens und Atmens lag für mich die einzige Chance des Aufstiegs. Für kurze Zeit würden wir beide der literarische Scheitelpunkt des medialen Interesses sein. Das würde mir den notwendigen Vertrag bei einem großen Verlag einbringen. Indem Kehlmann starb, würde Fellner geboren werden.

Versonnen blätterte ich durch *Die Vermessung der Welt*, blätterte nach vorne, dann wieder zurück. Dabei roch ich immer wieder am Papier, roch mit meiner ausgestreckten Nase immer wieder ganz tief in die Seiten hinein und entlarvte *Ruhm* einmal mehr als induktiven Beweis für den Kehlmann'schen Verfall. Noch nie zuvor in meinem Leben war ich mir bei einer Sache so sicher gewesen. Der Kehlmann'sche Schreibverfall, dachte ich, lässt sich nicht leugnen, »nach *Ruhm* nicht mehr«, ergänzte ich laut. »Es lässt sich nicht mehr aufhalten.«

Ich dachte an das intensive Studium der Kehlmanntexte, an meine rigorose Auseinandersetzung mit all den fadenscheinigen Figuren, Themen und Motiven. Noch nie zuvor in meinem Leben hatte ich so viel Zeit, Kraft und Energie für ein und dieselbe Sache aufgewendet.

Vor etlichen Jahren hatte ich mich, damals noch als Student, mit meiner fixen Idee auseinanderzusetzen begonnen. Ich hatte mich mit ihr nach und nach angefreundet; ich hatte mich immer mehr in sie hineingesteigert und mich schließlich in sie verliebt, und zwar so sehr, bis sie zum Mittelpunkt meines alleinigen Interesses, zur Essenz meiner Existenz geworden war. *Ich und Kehlmann*. »Sein in sich einstürzender Kaiserpalast würde irgendwann der meinige sein«, hatte ich mir in all diesen langen Jahren des Wartens und Abwartens immer gesagt und sagte es auch heute noch zu mir: »Irgendwann wird alles einstürzen«, wiederholte ich. »Irgendwann stürzt alles ein. Und dann werde ich ein anderer sein.« Mein Mund zuckte bei diesem Gedanken. »Irgendwann stürzt alles ein. Immer. *Ich* werde dann *er* sein.«

Auf einmal lag jetzt allgegenwärtig Unsagbares in der Luft. Alle spürten es, alle dachten es. Alle warteten nur noch auf meinen Roman, der die Welt, die völlig aus den Fugen geraten war, wieder einrenken würde. Noch finde ich mich nicht, dachte ich, wenn ich nach mir google, aber bald.

Ich hatte damals schon damit begonnen mich abzukapseln, mich zurückzuziehen und einzusperren, um woanders zu sein, um woandershin zu gelangen. Das mühsame Lehramt, den Brotberuf, hatte ich aufgegeben zugunsten einer viel größeren Idee. All meine Konzentration, all meine Leidenschaft hatten von da an ausschließlich ihr gegolten.

Und dann hatte ich angefangen, an ihr, an der Idee, zu arbeiten. Am Tag und vor allem in der Nacht wie in einem Rausch, der einfach nicht enden wollte. Jede Sekunde meines Daseins war nur noch einem einzigen Gedanken unterworfen: der Fertigstellung des Romans. Ich hatte geschrieben, alle Versuche vernichtet, wieder von Neuem begonnen, vernichtet und wieder begonnen, vernichtet und wieder begonnen, vernichtet und wieder begonnen. Dabei immer wieder derselbe Gedanke, meine Doktrin: Ich werde er sein. In meinem ganzen Schreiben steckte, dachte ich jetzt, hier im Hotelbett liegend in Frankfurt am Main, als Inbegriff, als Obsession, ein verbissener zorniger Wahn.

Ich und *er*.

Er und *ich*.

Und dann, nach unzählbaren Monaten und Jahren, hatte ich den Roman abgeschlossen. Bei dem Gedanken setzte mein Herzschlag aus, während ich nach oben an die Zimmerdecke starrte, um unmittelbar danach das Blut in doppelter Geschwindigkeit in den Bahnen des ihm vorgeschriebenen Kreislaufs zu lenken. Am Hals fühlte ich die Ader pulsieren. Alle Lebensgeister in mir waren schlagartig erwacht. Ich hatte meinen Roman *beinahe* abgeschlossen, beinahe, noch nicht ganz, aber *beinahe*, *beinahe* zu Ende gebracht.

Es fehlte nur noch das letzte Kapitel. XII. Es fehlte nur noch der Schluss. Was würden meine letzten Gedanken sein, dachte ich. Mit welchen Gedanken würde ich meinen Roman schließen? Der entscheidende Abschluss fehlte noch, die Katharsis war noch immer nicht vollbracht. *Ich und Kehlmann*, mein Beitrag für die Literaturgeschichte. Es fehlte nicht mehr viel zu meinem bleibenden Eintrag in der Unendlichkeit. Dann, dachte ich, dann würde auch ich endlich unsterblich sein.

Kehlmann war ein guter Schreiber, und gute Schreiber waren zeitgebunden. Nur große waren das nicht. Ich hatte zunächst lange hin- und herüberlegt zwischen Ransmayr, Krausser und Gstrein. Mein Buch hätte auch *Ich und Ransmayr*, *Ich und Krausser* oder *Ich und Gstrein* heißen können, vielleicht sogar *Ich und ich*.

Doch dann war *F* erschienen und ich hatte sofort gewusst: Das muss es jetzt sein für mich. »Es gibt nur wenige Situationen im Leben, nur wenige Augenblicke«, hatte ich mir gesagt, »in denen der Mensch tatsächlich vor eine echte Wahl gestellt wird – nur wenige Situationen, nur wenige Augenblicke im Leben, in denen dem Menschen tatsächlich zwei Wege als Wahlmöglichkeit offenstehen.«

Entweder entscheidet man sich für das eine und lebt entsprechend oder man entscheidet sich für das andere und lebt entsprechend, dachte ich. Es gibt in jedem Leben nur wenige Situationen, in denen man sich wirklich entscheiden kann. In denen man sich entscheiden muss. Das sind die wenigen Momente im Leben eines Menschen, in denen Freiheit möglich ist.

Nachdem man sich jedoch entschieden hat und auf diesen Moment zurückblickt, sieht es anders aus. Im Nachhinein hat es diese Freiheit nie gegeben. Die Straße, auf der man reist, lässt Kehlmann seinen Gödel sagen, ist die einzige Straße.

Und ich hatte ja schon überhaupt nicht mehr an meine Gelegenheit geglaubt. Jahr für Jahr hatte ich gewartet, ohne genau zu wissen, worauf ich bei all meinem Warten eigentlich gewartet hatte. Worauf warte ich denn eigentlich, hatte ich mich immer wieder wartend gefragt.

Vermutlich auf irgendeinen entscheidenden Umbruch in der Literatur, auf die entscheidende Veränderung in der Welt. Darauf hatte ich gewartet, auf die eine Gelegenheit, die eine einzige Gelegenheit, die von mir genutzt werden musste, sollte sie jemals kommen.

Und dann war *F* erschienen und ich hatte sofort gewusst: Das jetzt ist sie. Das jetzt ist meine Lebens- und Überlebensgelegenheit. Das jetzt ist sie, ich muss sie nur noch ergreifen. Ich muss nur noch zugreifen, davon war ich überzeugt gewesen. Ich hatte nur die ersten zwei Zeilen gelesen: »Jahre später, sie waren längst erwachsen und ein jeder verstrickt in sein eigenes Unglück …« Stumm rezitierte ich seinen trivialen Romanbeginn wie eine geheime Zauberformel. Das war doch kein Beginn für einen Roman! In Wahrheit hatte ich diesen ersten Satz nicht einmal zu Ende gelesen und sofort gewusst, dass meine Zeit, meine Lebens- und Überlebensgelegenheit gekommen war. Allein der Titel, dachte ich, da war ihm ja nicht einmal ein richtiger Titel eingefallen!

»Schon bald wird er nicht mehr sein«, flüsterte ich mir selbst ins Ohr und atmete ganz tief durch. Er und die Welt, hörte ich mich sagen, stehen im Verfall. »Dann wird auch er erfahren, wie das ist. Schon bald wird Daniel Kehlmann aufgehört haben zu sein.«

Letztlich reichte es, sich gewisse Sätze oft genug und mit der notwendigen Entschlossenheit laut vorzusprechen, bis man wirklich daran glaubte. Er würde schon bald vollständig vergessen sein, wiederholte ich. Für mich galt es nun, diesen Noch-Erfolg auszunutzen. Der Zeitpunkt war gekommen, es musste an diesem Wochenende geschehen – an diesem Wochenende der Buchmesse! Wir würden beide zugleich erscheinen. Wir würden beide *zeitgleich* vor Ort sein. *Ich und Kehlmann.* So unbedeutend waren Materie, Zeit und Raum durchaus nicht. Erst in seiner physischen Anwesenheit, gezeichnet vom Unter- und Niedergang, würde ich metaphysisch auferstehen.

Ich richtete mich auf und strich mir durch die luftgetrockneten Haare. Mein Spiegelbild in der Fensterscheibe tat dasselbe. Das italienische Brillengestell wirkte gespiegelt insektenhaft groß. Eines stand fest: Ich musste meinen Trumpf ausspielen. Auf Jürgen Schneider wollte ich mich dabei nicht verlassen. Ich musste Kehlmann persönlich sprechen, daran führte kein Weg vorbei.

Mein langer Weg. Von Zell am See bis nach Frankfurt am Main. Mit dem Kopf voraus, frontal hinein in die marode Weltliteratur, dachte ich, das wird *Mein langer Weg* sein. Und ich nickte mehrmals eifrig, zustimmend, als bräuchte dieser Gedanke noch eine zusätzliche Bestätigung.

»Kommt, Geister«, rief ich vom Bett aus euphorisch ins Zimmer, »kommt nur alle hereinspaziert!« Nur nicht so schüchtern, bei mir hier drin ist noch ausreichend Platz. Immer nur hereinspaziert, immer schön brav einer nach dem anderen. Ich bin auf einer Geisterbahnfahrt, sagte ich mir, und dabei dachte ich an Kurt Gödel und seine *Geister in Princeton.* Wer kann schon ahnen, wo sie noch hinführen wird?

Mechanisch begann ich zu lachen. Man würde uns bei Rowohlt einfach austauschen! Es war alles so simpel: statt Daniel

Kevin. Fern am Horizont spielte die untergehende Herbstsonne mit all ihren warmen Farben. Mir war, als flöge ich unendlich weit über sie hinweg.

III

Schweißgebadet erwachte ich mit dem Gedanken, dass ich von meinem *Ich und Kehlmann* nur eine ausgedruckte Version nach Frankfurt mitgenommen hatte. Und die brachte der Praktikant gerade zum Verlag. Die Matratze kratzte am Rücken, wenn ich mich darauf umdrehte. In vereinzelten Bruchstücken klangen lose, unruhige Traumfetzen in mir nach, unter anderem auch ein Protagonist aus *Heilig Abend* mit dem sinnlosen Satz, es gebe ihn zwar, das könne er nicht leugnen, aber die Welt um ihn herum könnte sein Traum sein.

Draußen war es immer noch hell, ich hatte also nicht lange geschlafen. Seitlich rollte ich mich über Kehlmanns Bücher aus dem Bett und überprüfte als Erstes mein Handy. Nach wie vor hatte sich Frau Thurner nicht bei mir gemeldet. Ich fragte mich, was mit ihr los war.

Anrufe hatte ich keine versäumt, nur eine sehr lange, umständlich formulierte SMS samt Tippfehlern von Nina. Sie gehörte zu den Menschen, die jedem geschriebenen Satz ein Smiley anhängen, um die in Worten zum Ausdruck gebrachte Stimmung damit noch zu verstärken: lachend, zwinkernd, weinend.

Auf ihre Nachricht antwortete ich mit »Ok«.

Ich hätte den Roman mehrmals ausdrucken, ihn zumindest in zweifacher Ausfertigung mitbringen sollen, ärgerte ich mich. Doch vermutlich wäre dafür in der schwarzen Aktentasche nicht genug Platz gewesen. Auf frische Socken und eine zweite Unterhose hatte ich nicht verzichten wollen.

Das Manuskript befand sich als PDF- und Word-Datei auf einem USB-Stick. Ich brauchte also einen Drucker. Er soll meinen Text morgen ruhig zu sehen bekommen, dachte ich, ihn mit seinen Fingern berühren, sagte ich mir. Vor meinem geistigen Auge sah ich Kehlmann, wie er angezählt an den von mir getippten Zeilen hing, wie er mit seiner schiefen Nase an meinen Formulierungen roch. Indem er die Aura meiner Sätze inhalierte, begann die Luft um ihn herum zu flimmern, und mit jedem weiteren Zug, den er von ihr nahm, verlor er zusehends an Kontur – als wickelte ihn ein unheimlicher Nebel vollständig in sein Leichentuch ein, bis nichts mehr von ihm übrig war, als wäre er nur noch eine verblassende Erinnerung, ein Schatten seiner selbst. Und sein Dasein war erloschen.

Die Rezeption war unbesetzt. Ein paar ältere Herren, alle mit dem Ansatz einer Glatze, spielten in den roten Lederfauteuils ausdruckslos auf ihren Smartphones herum. Manche Dinge ändern sich nie, dachte ich. Das Saxofon war dem Klavier gewichen und die dürre Gestalt mit den hohlen Wangen, soweit ich das von der Theke aus beurteilen konnte, verschwunden. Das Leben verläuft planmäßig, dachte ich, und in geordneten Bahnen. Auf so vieles in unserer chaotischen Welt war noch immer Verlass.

Ich wartete auf den Rezeptionisten, dessen Job ja auch nicht einfach war. Vermutlich gab es solche Gäste und solche. Die Wartezeit nutzte ich produktiv damit, an das Frühwerk von Daniel Kehlmann zu denken. Angefangen hatte es für ihn mit der schon von Haus aus schlampig konzipierten Lebensgeschichte des Magiers Arthur Beerholm: Zaubertricks, Tarnkappen, doppelte Böden, Kaninchen mit Zylinder und von Kreidestaub umwölkte Professoren – alles in allem unterdurchschnittlich, dachte ich, nicht die geringsten Anzeichen von Begabung. Aus heutiger

Sicht war es mir unmöglich, auch nur zu erahnen, welcher Teufel ihn da geritten hatte, eine solche Geschichte ohne Höhepunkte, ohne überraschende Wendungen, ja gänzlich ohne einen auch nur ansatzweise stimmigen, zumindest halbwegs sinnvollen Plot zu schreiben. Mit Schreiben, sagte ich mir, mit Literatur hat das nichts zu tun: einzelne Wörter so schwer wie Blei, Sätze so zäh wie Brei. Überhaupt kein Gespür für Poesie. Und dennoch sollte aus diesem jungen Tölpel bereits ein paar Jahre später der Schöpfer des Jahrhundertromans *Die Vermessung der Welt* werden.

Ich strich mir mit den Fingerspitzen meiner linken Hand übers glatt rasierte Kinn und fühlte mich gut dabei, hier in Frankfurt zu sein. Ich fühlte mich angekommen, aufgenommen. Aufgewacht war ich heute noch in den frühen Morgenstunden in Zell am See. Und jetzt befand ich mich mitten im Herzen des Literaturbetriebs. Auf dem Messegelände war bestimmt schon die Hölle los und ich fragte mich, ob für einen Kenner wie mich in Kehlmanns Werk irgendwo ein Schnitt auszumachen war, ein Bruch, irgendeine Zäsur.

Unter der Sonne, etwa ein Jahr nach *Beerholms Vorstellung*, diesem schwachen Debüt, veröffentlicht, war jedenfalls in jederlei Hinsicht eine Sackgasse. Kurzgeschichten sind seine Sache nicht, das hatte spätestens nach diesem Buch jeder begriffen. Die Kurzprosa also nicht, aber was bitte dann? Die Furcht, wieder völlig zu verschwinden, musste um das Jahr 1998 herum für ihn unendlich groß gewesen sein, dachte ich jetzt, an der Theke wartend. Im Grunde hatte er zu dieser Zeit ja überhaupt noch nicht stattgefunden. Ich war damals noch keine fünfzehn Jahre alt gewesen, als sich die Literaturszene, *Das Literarische Quartett*, Insider, Liebhaber, ja selbst ganz gewöhnliche Leser mit den mehr als fadenscheinigen Figuren Mehring, Bahring, Kramer und Lessing hatten auseinandersetzen, herumschlagen, vorliebnehmen müssen. Im gesamten Frühwerk kein einziger überzeugender Charakter, dachte ich. Für niemanden, für wirklich niemanden, resümierte ich, konnte das damals einfach gewesen sein.

Was haben das Feuilleton, was haben die renommierten Kritiker Ende der 90er-Jahre nicht alles durch- und ausstehen müssen. Herzog, Polster und Co. waren in Frankreich trotz frühzeitigen Ausscheidens in der Vorrunde in allen Medien wie heldenhafte Gladiatoren und Superstars gefeiert worden. Prohaska hatte in seiner Euphorie sogar seinen legendären Schnauzer aufgegeben, während Kehlmann drauf und dran gewesen war, wieder sang- und klanglos unterzugehen. Was mussten das für namenlose Tragödien gewesen sein, die sich um die Jahrtausendwende herum in seinem tiefsten Inneren abgespielt hatten!

Doch auf einmal hatte sich etwas verändert. Energisch schlug ich mit der Faust auf die Theke, mehrmals und wie besessen von einem Gedanken. Auf einmal hatte er anders geschrieben. »Er hat etwas verändert!«, rief ich voller Überzeugung und mit einem Klang in der Stimme, als wäre ich dem Wahn verfallen. Das Schreiben von Daniel Kehlmann hatte sich nach *Unter der Sonne* verwandelt. Ich schüttelte bedeutungsvoll den Kopf. »Nicht verbessert«, sagte ich zu mir, »verwandelt!« Aber etwas war in ihm vorgegangen.

In diesem Zusammenhang fiel mir spontan die wichtige Spiegel-Episode aus *Ich und Kaminski* ein: An einer insgesamt recht unscheinbaren Textstelle war es ihm letzten Endes doch gelungen, zwischen zwei rechtwinklig aufeinandertreffenden Spiegeln, in denen durch die Reflexion des einen in dem anderen ein dritter entstand – obwohl oder gerade weswegen dadurch die dargestellten Dinge sich eben nicht verdrehten, sondern sich wieder richtig herum zeigten –, ein merkwürdiges, zugleich symmetrisches Chaos im Kosmos zu skizzieren. Es ist ihm mit diesen Zeilen, ohne es zu begreifen, geglückt, dachte ich, einen ungeheuer komplizierten und überaus weitreichenden Effekt zu erzielen.

Dann dachte ich an seine Theaterstücke. Die Welt wäre heute eine bessere, wenn diese vier Stücke nicht geschrieben worden wären! Mit Schrecken erinnerte ich mich an die Uraufführung von *Heilig Abend* im Theater in der Josefstadt in Wien zurück, das war im Februar 2017 gewesen. Ich musste schlucken. Um Weihnachten geht es in dem ganzen Stück kein einziges Mal, dachte ich, wie der Titel dem zahlenden Publikum fälschlicherweise suggerierte. Weder Tannenbaum noch Krippe kamen darin vor, keine Hirten, keine Bauern, von einem Christkind fehlte jede Spur. Stattdessen war nur ein peinlicher Dialog dem anderen gefolgt.

Aber an den beiden Schauspielern war es nicht gelegen. Die zwei, Mann und Frau, hatten noch das Beste daraus gemacht. Am liebsten wäre ich gleich nach fünf Minuten wieder aufgestanden und hätte die bedauernswerte Veranstaltung wortlos verlassen, wenn ich nicht ausgerechnet mittig ganz vorne, auf Platz zwölf oder dreizehn in der zweiten oder dritten Reihe, gesessen wäre.

Tapfer hatte ich eine halbe Stunde durchgehalten. Länger wäre es mir unter gar keinen Umständen möglich gewesen, ruhig auf meinem viel zu harten Stuhl zu sitzen, nach vorne auf die Bühne zu schauen und nicht zu schreien. »Es gibt Grenzen«, hatte ich mir nach knapp dreißig Minuten gesagt und war während irgendeines belanglosen Satzes von Thomas dann aufgesprungen. »Ich ertrage keine weitere Minute mehr!«, hatte ich die Herrschaften neben mir, die alle nacheinander aufstehen mussten, um mich durchzulassen, noch in Kenntnis gesetzt.

Ein paar Jahre vorher, es war ein verregneter, durch und durch trostloser Abend im November gewesen, war, ebenfalls im Theater in der Josefstadt, *Der Mentor* uraufgeführt worden. Darin, dachte ich, sagt Wegner an einer Stelle – bezogen auf Rubin, schreibt Kehlmann –, dass es gute Gründe dafür gebe, dass dieser schon so lange keinen Erfolg mehr habe. Er nehme nichts mehr wahr, argumentiert Wegner, schreibt Kehlmann, interessiere sich nur noch für sich selbst und dafür, was man von ihm denke und ob man ihn genug verehre.

Mit dieser Aussage reflektiert Kehlmann sein eigenes Scheitern, fiel es mir wie Schuppen von den Augen. »Was Wegner Rubin vorwirft«, sagte ich mir jetzt, »muss ich nun Kehlmann vorwerfen!«

»Sie schon wieder«, begrüßte mich der Rezeptionist. Obwohl ich mich geduscht, rasiert und das Hemd gewechselt hatte, erkannte er mich sofort. Was der da hinten bloß immer trieb, fragte ich mich. Liebend gerne hätte ich einen kurzen Blick in das Hinterzimmer geworfen, aber das war natürlich unmöglich. Mit faltiger Stirn kam er in kleinen, aber schnellen Schritten auf mich zugelaufen.

»Haben Sie einen guten Drucker im Haus?«, fragte ich ihn geradeheraus.

»Aber selbstverständlich.«

»Dürfte ich diesen benützen?«

»Nein, das ist nicht möglich.«

»Aha?«, machte ich. »Und weshalb nicht?«

Der Rezeptionist informierte mich dahingehend, dass der Drucker, ein *guter* Laserdrucker von Samsung, wie er sagte, seit jeher ausschließlich Hotelangestellten zur Verfügung stünde, und zwar ausschließlich für Hotelangelegenheiten, nicht und niemals, sagte er und fuchtelte dabei mit erhobenem Zeigefinger oberlehrerhaft vor sich herum, nicht und niemals für private Zwecke.

Ein einfaches Zimmermädchen zum Beispiel, erklärte er, wie mir bestimmt schon eines begegnet sei, es gebe nämlich viele, insgesamt mehrere Dutzende im ganzen Haus, dürfe nicht einmal auch nur in die Nähe des Samsung-Druckers gelangen. Was solle ein einfaches Zimmermädchen, fuhr er fort, schließlich schon großartig drucken wollen? Nein, nein. Da gebe es klare Vorschriften, für die er persönlich nichts könne. Er halte sich nur an diese Vorschriften. Die Anweisungen kämen von oben, von ganz weit oben, flüsterte er, als dürfte das jetzt niemand hören. Geheimnisvoll deutete er mit dem Zeigefinger hinauf. Ich folgte seiner Richtung und starrte einen Moment lang mit offenem Mund zur Decke.

Allerdings gebe es nicht weit von hier einen Copyshop. Er könne die Adresse im Internet ausfindig machen. Nach einem kurzen Blick auf seine goldene Armbanduhr fügte er hinzu, ich müsse mich allerdings beeilen, es sei inzwischen spät geworden, die Tage seien schon wieder so kurz. Wie schnell doch die Zeit vergehe!

»Nein, also … ich finde …«, sagte ich mit Nachdruck in der Stimme. »Also etwas finde ich wirklich –«

Und dann versuchte ich den Rezeptionisten noch einmal auf die außerordentliche Wichtigkeit des Textes, der unverzüglich gedruckt werden müsse, der eigentlich längst schon als Buch hätte erscheinen sollen, hinzuweisen. Normalerweise müsse es diesen Text längst schon überall zu kaufen geben, insistierte ich.

Es tat gut, mit jemandem über *Ich und Kehlmann* zu sprechen. Die Worte sprudelten nur so aus mir heraus, alle Formulierungen fügten sich, als bildeten sich die Sätze ganz von selbst.

Am liebsten hätte ich noch viel ausführlicher mit dem Rezeptionisten über den Inhalt meines Romans gesprochen und über die weitreichende, Landesgrenzen überwindende Bedeutung des Werks. Doch ich befürchtete, er würde meinen Gedanken so weit nicht folgen können. Wir schöpferische Naturen seien mutig bis in die Knochen, erklärte ich, das unterscheide uns von unseren Nachahmern. Jedenfalls vergaß ich in meiner Belehrung nicht, mehrmals auf die Nachwelt zu verweisen und hob am Schluss noch einmal möglichst eindrucksvoll hervor, dass diese auszudruckende Datei die Menschen, *alle Menschen*, sagte ich, die Welt moralisch erziehen werde. Nicht mehr und nicht weniger, fügte ich bescheiden hinzu. So wie bei Aristoteles würden auch meine Figuren den zukünftigen Menschen als Tugendspiegel dienen.

Der Portier jedoch, und da hatte ich meinen letzten Satz noch nicht zu Ende gesprochen, meinen letzten Gedanken noch nicht zu Ende gedacht, wischte sogleich mit den Händen frenetisch vor seinen Augen herum, wie die Scheibenwischer vor der Windschutzscheibe, als wolle er einen unsichtbaren Feind wegwischen oder ein lästiges Insekt verscheuchen – und erwiderte scharf, das alles sei ihm gleichgültig. Das alles interessiere ihn ganz und gar nicht, sagte er. Schließlich handle es sich bei diesem Druckauftrag ausschließlich um private Zwecke eines Gastes, das könne ich ja keinesfalls bestreiten, und also, *ergo*, sagte er, keinesfalls um dringliche Hotelangelegenheiten eines mittleren oder gar höheren Hotelangestellten. An gewisse Regeln müsse sich der Mensch im Leben nun einmal halten. Man könne doch nicht einfach tun und lassen, was man wolle! Was wäre denn, fragte er mich nach einer kurzen Pause, in der er tief Luft geholt hatte, wenn jeder einfach so täte, was ihm beliebte? Wo nur käme man denn in einer solchen Welt hin? Nein, nein, sagte er. Vorschriften seien Vorschriften und Vergehen würden bestraft. Ich müsse den Tatsachen ins Auge sehen.

Diesem Argument vermochte ich nichts mehr entgegenzusetzen.

Der Copyshop befinde sich in der Frauenhofstraße, ich bräuchte zu Fuß keine zehn Minuten.

Doch das stimmte nicht. Ich brauchte länger. Schon nach wenigen Schritten auf dem Asphalt war mein Hemd schweißnass, mir taten die wund gelaufenen Zehen in meinen neuen Schuhen weh. Autofahrer hupten, der Gestank der Stadt war unerträglich. Nach zwei schier endlosen Geraden fragte ich wahllos einen Menschen nach dem Weg; er zeigte in die Richtung, aus der ich gerade gekommen war.

Ich krempelte beide Ärmel hoch. Schweiß tröpfelte mir von der Stirn in die Augen. Für einen Oktoberabend war es ungewöhnlich mild, fast heiß. Dass mir Passanten in dicken Wintermänteln und Daunenjacken entgegenkamen – kurzärmelig sah ich außer mir tatsächlich niemanden, eine ältere Dame trug sogar einen mehrmals um den Hals gewickelten dicken Schal –, wunderte mich.

Mit letzter Kraft schaffte ich die zwei Geraden zurück. Beim Hotel musste ich einige Minuten rasten. Ich setzte mich vor dem von Scheinwerfern hell erleuchteten Eingang auf die Gehsteigkante, schloss die Augen und legte für einen Moment den Kopf auf die Knie. Dabei dachte ich an das Berggehen zu Hause. Früher hatte ich in regelmäßigen Abständen die unterschiedlichsten Gipfel bestiegen. Es hatte in meinem Leben eine Zeit gegeben, in der für mich das größte Glück darin bestanden hatte, meinen Namen in irgendein Gipfelbuch einzutragen: Schwalbenwand, Schafelkopf, Imbachhorn. Eine Zeit lang waren die Alpen meine Heimat gewesen. Auf den Almen, auf den Klippen, in der Natur hatte ich mich *gespürt*. Das Geheimnis liegt in der Atmung, sagte ich mir, es kommt auf das rhythmische Atmen an. Maurerkogel, Großes Ochsenhorn, Großer Hundstod: In all diesen Gipfelbüchern hatte ich mich verewigt – in den meisten davon gleich mehrmals.

Auf dem Kitzsteinhorn hatte ich an einem spätsommerlichen Tag des Jahres 2021 mit *Kevin Kehlmann* unterschrieben, ein paar Tage darauf auf dem Großvenediger mit *Daniel Fellner*. Auf dem Großen Wiesbachhorn hatte ich im Frühjahr 2023 im Morgengrauen und bei brutalen Temperaturen, der kräftige Nordwind hatte die Kälte noch zusätzlich verstärkt, mit blauen Fingern und zittrig, völlig entkräftet unterhalb meines Namens eine Stelle aus *Ich und Kehlmann* in das Gipfelbuch eingetragen: »Nicht hinter alle Geheimnisse kann der Mensch kommen. In unserem Dasein bleibt zum Glück so manches fremd.«

Bei der Erinnerung an diesen Tag hob ich meinen schweren Kopf wie benommen von den Knien, öffnete die Augen und richtete mich mühsam wieder von der Gehsteigkante auf.

Nachdem ich das Gipfelbuch ordnungsgemäß in dem ihm dafür zugewiesenen Behälter am Kreuz untergebracht hatte, war an der südlichen Kante ein älterer Mann mit seinem Paragleiter gestartet. Vor meinem geistigen Auge sah ich ihn jetzt erneut fliegen und an Höhe gewinnen, weit unter ihm die beiden Stauseen im tiefsten Türkis; das Licht im Wasser funkelnd, spiegelhell. Es hatte den Anschein eines Tanzes, als würde er federleicht und schwerelos im luftleeren Raum dahingleiten, ohne eine bestimmte Absicht zu verfolgen, nur des Dahingleitens willen von einem Gipfel zum nächsten, und darunter das Glitzern der Gletscher, ganze Teppiche voller Weiß auf den schroffen Felswänden und dazwischen vereinzelte Enziane, Alpenveilchen, Vergissmeinnicht mit ihrem unschuldigen Blau der Blütenblätter inmitten einer urzeitlichen Gebirgskulisse samt Gletscherspalten, Abrisskanten und Schluchten, die allesamt senkrecht nach unten zuliefen.

Wie ungeschickt war ich mir bei meinem Abstieg vorgekommen, in Gedanken noch ganz bei dem tänzelnden Akrobaten dort oben in den Wolken. Immer wieder hatte ich mich auf meinem mühsamen Weg hinunter ins Tal irgendwo schmerzhaft angeschlagen, aufgeschürft oder war einmal mit meinen Schuhen, dann mit meinen Stöcken zwischen zwei Steinen oder sonst was stecken geblieben.

Schritt und Atemzug mussten eine Einheit bilden, sagte ich mir jetzt, synchron arbeiten, dann war jeder Weg möglich, war er noch so steil und beschwerlich. Aber mir gelang eine solche Einheit nicht. Mehrmals sah ich mich dazu gezwungen stehen zu bleiben, um Luft zu holen, einen weiteren Augenblick zu rasten, um wieder zu Atem zu kommen. Schweiß rann mir an beiden Beinen hinab, sammelte sich in den Kniekehlen, die Hose klebte mir am Körper. Eine Frau mit silberner Handtasche und in Stöckelschuhen überholte mich. Frankfurt war kein Gipfel. Ich darf Äpfel nicht mit Birnen vergleichen, tadelte ich mich.

Etwa eine halbe Stunde später stand ich vor dem Shop. Er war geschlossen. An der Tür war ein Schild mit den Öffnungszeiten angebracht: »Montag, Dienstag, Donnerstag, Freitag von

10 Uhr bis 14:30 Uhr«, las ich laut. »Am Mittwoch von 14:30 Uhr bis 19 Uhr.« Darunter stand auf einem zweiten Schild in kursiver Schrift und mit lustigen Lettern in allen möglichen Farben und Formen der Spruch: *Wir behalten uns vor, an manchen Tagen nicht zu erscheinen – was in letzter Zeit fast immer ist.* Mir gefiel der Satz, ich musste lachen. Im Grunde gefiel mir dieser Satz besser als alle Sätze von Kehlmann.

Auf dem Rückweg bemerkte ich, dass ich zuvor einen gewaltigen Umweg gemacht hatte. Die Triftstraße führte mich auf direkter Linie zurück zum Innside. Ich fühlte mich in gewisser Weise hintergangen. Dabei dachte ich an meinen Rezeptionisten: Der hätte mir ja auch einen anderen Shop vorschlagen können! Ich hätte mir nur ein Taxi bestellen müssen, das hätte mich meinetwegen zu einem Drucker bis ans andere Ende der Stadt gefahren. Und ich säße jetzt längst vor dem ausgedruckten, gebundenen Manuskript, das nur noch darauf wartete, von Daniel Kehlmann entgegengenommen zu werden.

Dann fiel mir das Ende ein, das noch immer fehlte.

*

Im Fugo, dem hauseigenen Restaurant meines Hotels, waren fast alle Plätze frei. Ich wählte einen kleinen Ecktisch ganz hinten. Eigentlich war es mehr Bar als Restaurant. Die Speisekarte hatte bis auf ein paar kleinere Snacks und Pizzen nicht viel zu bieten. Meine Spaghetti alle Vongole wird es hier nicht geben, dachte ich. Direkt über mir hing ein gigantischer Kronleuchter, ein gewagtes Arrangement aus schillernden Farbreflexionen in Kristall; die elektrischen Kerzen waren stark gedimmt. Es dauerte Minuten, bis sich meine Augen an diese Dunkelheit gewöhnten.

Ich bestellte ein großes Bier und eine Pizza Gamberetti mit extra Knoblauch. Gierig nahm ich den ersten Schluck, darauf hatte ich mich schon den ganzen Tag gefreut. Jetzt schien alles gleich viel besser zu sein. Ich nahm noch einen Schluck. Wenn ich meine Lage im rechten Lichte besah: So schlecht war der Tag bisher gar nicht verlaufen! Ich war in Frankfurt am Main. Ich war angekommen, hatte die Anreise überstanden. Das war schon einmal geschafft. Mein Zimmer war sauber. Und das Manuskript, dachte ich, mein *Ich und Kehlmann* war mittlerweile aller Wahrscheinlichkeit nach bei einem höheren Mitarbeiter einer unteren Etage des Verlags angelangt.

»Wichtig ist nur die Reise zu sich selbst«, sagte ich mir und nahm gleich noch einen großen Schluck. »Nur das ist es, was zählt.« Ob auf der Schmittenhöhe, der Königsleitenspitze, in den Waschräumlichkeiten des Riemannhauses am Steinernen Meer oder hier in Frankfurt, dachte ich hier im Innside, gesucht habe ich stets und überall nur mich.

Wann und wo würde ich mich finden? Morgen, antwortete ich mir selbst unverzüglich, morgen werde ich mich auf der Buchmesse verwandelt wiedergefunden haben. Man musste in dieser Welt letzten Endes bloß hartnäckig genug bleiben, dachte ich, beharrlich musste man die eigenen Ziele verfolgen und verbissen nur nach vorne schauen, niemals nach hinten. Darauf kam es an. Dann würde sich früher oder später alles fügen.

Gut gelaunt prostete ich mir zu. Ich war im Rowohlt Verlag. Dieser Gedanke zauberte ein breites Grinsen auf mein Gesicht und in meine Seele. »Ja, ich bin im Rowohlt Verlag«, sagte ich mir. Und jetzt brauchte ich dringend noch ein Bier und schwenkte das noch halb volle Glas.

Das Gefühl der Unwirklichkeit war auf einmal so groß, dass

ich den Drang verspürte, mich irgendwo festzuhalten, um nicht umzufallen. Das war mir in letzter Zeit öfters passiert. *Ich und Kehlmann*, dachte ich. Ich auf der einen Seite, er auf der anderen. Mit beiden Händen umschloss ich das Bierglas und grinste eine Weile einfach so vor mich hin; ich ließ das Bierglas nicht mehr los. Einerseits ich, andererseits er. Es ging für uns beide schön langsam ans Eingemachte. Ich konzentrierte mich nur noch auf das Glas in meiner Hand, und es sah aus wie ein Glas schäumendes Blut mit einer weißen Krone darauf. Und tatsächlich: Dieses Festhalten gab mir die notwendige Sicherheit zurück; das bohrende Gefühl der Unwirklichkeit, das Flimmern an den Rändern meines Blickfelds ließ allmählich nach. »Das ist das Wesen der Zeit«, hörte ich mich sagen, »das also ist die Zeit.«

Ich war in der Zeit. Ich war im Rowohlt Verlag. Wer konnte das schon von sich behaupten?

Ein paar Tische weiter begann sich ein junges Pärchen, ich schätzte beide auf Mitte zwanzig, lautstark zu streiten. Die Frau tobte, sie müsse sich das nicht länger gefallen lassen. Sie wolle das alles nicht länger ertragen. Ihr reiche es jetzt. So vieles halte sie schon so lange nicht mehr aus. Genug sei genug. Irgendwann müsse man auch einen Schlussstrich ziehen. Wenn es reiche, dann reiche es und dann sei eben Schluss mit lustig. So könne es doch nicht ewig weitergehen. Wenn ein Punkt komme, sagte sie, und ihr Gesicht glühte vor Erregung, dann komme ein Punkt. Mittlerweile sei ihr nämlich alles egal. Man müsse den Tatsachen ins Auge sehen. Ihr schlampiger Haarknoten drohte sich bei jeder weiteren Bewegung aufzulösen. Sie könne sich nicht mehr anders helfen. Wenn es aus sei, sagte sie, dann sei es eben aus und vorbei. Ihre Augen waren finster. Eine dunkle Schönheit ging von ihr aus, antike Anmut, ein ursprünglicher Zauber. Eine verführerische Mischung aus chaotischer Unordnung und zugleich totaler Perfektion strahlte rund um ihre ganze Erscheinung. Schwarzer Lidschatten betonte ihre bernsteinfarbenen Augen, dezent aufgetragenes Rot ihre schmalen Lippen.

Er versuchte zu beschwichtigen. Immer wieder ermahnte er sie mit entsprechenden Gesten, doch bitte etwas leiser zu schreien. Beide schauten für einen Moment zu mir herüber. Ich nahm noch schnell einen Schluck von meinem Bier und starrte in die andere Richtung gegen die Wand. Dabei fiel mir auf, wie sehr ich mich schon daran gewöhnt hatte, mit dem linken Auge alles nur verschwommen wahrzunehmen. Ein Auge reicht vollkommen, dachte ich, es ist mit den Augen wie mit den Ohren.

»Und mit den Ohren wie mit den Nieren«, sagte ich. Trotzdem durfte das kein Dauerzustand bleiben. Ich nahm mir fest vor, gleich morgen am frühen Vormittag als Allererstes einen Optiker aufzusuchen. Mit beiden Augen möchte ich ihm entgegentreten, sagte ich mir, ich möchte ihn doppelt so gut sehen.

Und überhaupt könne sie so laut sprechen, wie sie wolle, begann sie neuerlich zu schreien. Ich seufzte. Er tat mir leid. Warum nur war es so schwierig, mit einer Frau eine Beziehung zu führen?

Ich konnte mir sehr gut vorstellen, worüber die beiden gerade stritten: Sie warf ihm Versäumnisse im Haushalt vor, er versuchte seine Untätigkeit zu rechtfertigen. Er hatte zwar seine guten Gründe, aber um die ging es jetzt nicht. Sie zählte ihm vermutlich gerade einzeln und der Reihe nach auf, was gestern alles zu tun gewesen wäre: die Fenster im Schlafzimmer putzen, die Duschwände innen und außen abwischen, die Wäsche aufhängen, den Geschirrspüler ausräumen, Plastik und Restmüll sauberer trennen, den Teppich im Wohnzimmer staubsaugen und endlich einmal auch unter der Couch. Davon konnte ich selbst ein Lied singen. Was ist das nur mit der Liebe, fragte ich mich.

Liebe ist, dachte ich, wenn jede Geste, jeder Blick, ja wenn selbst das leiseste Zucken um die Augen herum, ein schiefes Schniefen durch die Nase zur Gefahr werden kann. An manchen Tagen war jedes Wort, das man von sich gab, falsch. Aber noch falscher war es an solchen Tagen natürlich, wenn man überhaupt nichts sagte. Dann jedenfalls, dachte ich, ist es ohne jeden Zweifel Liebe: Wenn man nur noch verlieren kann.

»Sagen Sie mir einen Gedanken«, sagt Rubin in *Der Mentor* zu Wegner, »ein Gedicht, nur eine Zeile von Wert, die in einem Zimmer mit Fernseher erdacht wurde!«

Ich ersetzte das Wort *Fernseher* durch *Freundin* und nickte, um Rubin damit recht zu geben.

Und wenn Wegner emotional aufgebracht seiner Ehefrau kontert, Schriftsteller zu sein sei eine Lebensentscheidung, spricht er mir geradezu aus der Seele. »Meine Literatur«, sagte ich mir, »mein *Ich und Kehlmann* strahlt auf jeder einzelnen Seite Liebe aus.«

Was nützt Kehlmann *Die Vermessung der Welt*, dachte ich, wenn die Liebe fehlt? Er vermochte mit seinen Figuren viele zu täuschen, vielleicht sogar alle, überlegte ich, sich selbst aber täuschte man nicht. Ohne Liebe war jedes literarische Werk, die ganze Poesie verloren.

Die elektrischen Kerzen projizierten Reflexionen auf mein Gesicht. Für einen Moment hatte ich das Gefühl, die Gestalt, die soeben aus der Herrentoilette getreten war, würde mir einen Blick zuwerfen. Während sie zu mir herüberschaute, machte sie ein paar große, schnelle, ausgesprochen gewandte Schritte – *weltmännische* Schritte sind das, dachte ich – in den Raum hinein, um dann wie aus heiterem Himmel innezuhalten, als dächte sie intensiv über eine heikle Sache nach, über ein Problem womöglich, für das es so schnell keine geeignete Lösung gab. Der Mann schaute noch immer herüber. Zu mir, nur zu mir, da war ich mir ganz sicher, so als wäre ich hier im Fugo der einzige Mensch.

Noch nie zuvor hatte ich solche Augen gesehen, ein stechendes, beißendes, blitzendes Blau, als gehörten sie in eine andere Welt; als stammte dieser fremde Blick, dieses klare, eindringliche Schauen aus einer anderen Zeit.

Er zwinkerte mir zu, auch da war ich mir ganz sicher, und dann verbeugte er sich wie der alberne Spaßmacher im Zirkus nach einer gelungenen Vorstellung, oder machte einen leichten Knicks. So genau konnte ich das in der Dunkelheit nicht ausmachen. Denn in singendem, springendem, klingendem, kindlichem Tanzgalopp war er auch schon wieder bei der Eingangstür angelangt und ebenso geschwind wie erschienen draußen aus dem Saal.

Der Kellner brachte die Pizza. Sie war ungenießbar, viel zu viel Teig, die Garnelen schwammen in Öl. Ich wollte Knoblauch, aber so viel Knoblauch wollte ich nicht. Auch die Tomaten hatte der Koch vergessen. Dennoch aß ich die Pizza restlos auf. Bei meinem Hunger hätte ich fast alles aufgegessen. Wenigstens schmeckte das Bier. Ich bestellte ein weiteres, der Kellner nickte gleichmütig und brachte mir ein paar Minuten später erneut ein volles Glas. Wenigstens schmeckt das Bier, sagte ich zu ihm.

Ich stellte mir vor, ich wäre Daniel Kehlmann. Diese meditativen Übungen waren wichtig für mein Buch, vor allem für mein

Ende. Ich beschloss, *Ich und Kehlmann* heute Nacht endgültig zu Ende zu bringen.

»Heute Nacht«, sagte ich mir, »wird die Nacht der Nächte sein. Heute Nacht wird es geschehen.« Dann würde ich Daniel Kehlmann morgen auf der Buchmesse bei passender Gelegenheit meinen Roman als abgeschlossenes Werk überreichen können. Ich freute mich schon auf seinen Gesichtsausdruck und überlegte mir, wie er im ersten Moment wohl reagieren würde. Vor meinen Augen sah ich einen sprachlosen Menschen, dem die Kinnlade herunterfiel.

Dass er immer noch schrieb, immer noch lebte! Er verfolgte immer noch dieselben Nachrichten, sah dieselben Filme, war immer noch ein Teil unserer Welt. Wenn im Mittelmeer täglich Menschen ertrinken, dachte ich, dann ertrinken diese Menschen täglich in meiner *und* in seiner Zeit. Wenn sich Verweigerer gegen Maßnahmen der Regierung auflehnen, dann lehnen sich diese Verweigerer gegen diese Maßnahmen in seiner *und* in meiner Zeit auf. Wenn nur noch eine Wahrheit zählt, dann zählt nur noch eine Wahrheit in meiner *und* in seiner Zeit.

Ich verscheuchte eine Fliege von meinem Unterarm.

Wenn auf deutschen oder österreichischen Autobahnen Heimatlose, Vertriebene aus allen möglichen Regionen Afrikas spazieren gehen, dachte ich, dann gehen diese Heimatlosen, Vertriebenen auf deutschen oder österreichischen Autobahnen in meiner *und* in seiner Zeit spazieren. Wenn Grenzen mit bewaffneten Drohnen bewacht werden, dachte ich, dann werden diese Grenzen in meiner *und* in seiner Zeit mit bewaffneten Drohnen bewacht. Wenn Ausgangsbeschränkungen und Abstandsregelungen eingeführt werden, dann werden diese Ausgangsbeschränkungen und Abstandsregelungen in meiner *und* in seiner Zeit eingeführt. Dieser Zeit-Gedanke faszinierte mich, zugleich bereitete er mir Kopfschmerzen.

Ich verscheuchte die Fliege erneut. Wir haben nur diese eine Welt, dachte ich, wir haben nur eine Welt. Sie drehte eine kleine Runde und kam zielgerichtet zu mir auf den Unterarm zurück.

Wenn IS-Terroranschläge verübt werden, dann werden sie in meiner *und* in seiner Zeit verübt. Wir lasen dieselben FAZ-Artikel, wir ärgerten uns über dieselben Politiker, wir stießen auf dieselben YouTube-Clips. Wir schauten auf das globale Geschehen aus demselben Blick. Wir löschten täglich dieselben Spam-Mails.

Ich verscheuchte wieder die Fliege.

Wir waren beide nicht vor Ort, was auch immer schon wieder wo auch immer schon wieder in unserer Zeit auf dieser Welt geschah. Und trotzdem wussten wir darüber Bescheid. Denn irgendetwas geschah immer irgendwo. Wir waren beide nie je an einem Geschehen von medialer Bedeutung live vor Ort. Trotzdem wussten wir beide darüber bestens Bescheid. Ob Biden oder Kim Jong-un, dachte ich, wir wissen Bescheid. Ob Syrien oder Ägypten oder Moskau oder Peking oder New York oder Kalifornien oder Sydney oder Glasgow oder Innsbruck oder Afghanistan oder Jerusalem oder …

»Wir wissen Bescheid«, sagte ich.

Amazon empfahl uns dieselben Bücher. Wir waren bei denselben Organisationen Mitglied, spendeten im Advent auf dieselben Konten, streamten auf Netflix dieselben Serien, sammelten bei jedem Einkauf von Lebensmitteln auf den entsprechenden Bonuskarten dieselben Punkte. Wir waren denselben Medien ausgeliefert.

Brutal wird jede News von uns begehrt und machtbesessen in Besitz genommen, dachte ich, ganz egal, was sie aussagt oder bedeutet: Wenn Nachrichtenagenturen Einschaltrekorde verbuchen, ist es um die Menschheit schlecht bestellt.

Das Pärchen verließ das Fugo. Er hatte bezahlt. In beiden Gläsern befand sich noch mehr als die Hälfte des jeweiligen Getränks: Cola in ihrem, Rotwein in seinem. Sie trug das Haar offen, der Knoten hatte sich vollständig aufgelöst. Sie umarmten sich nicht. Ich bestellte noch ein Bier und dachte an mein Ende.

Dieser Tag ist gelaufen, dachte ich, viel werde ich heute nicht mehr unternehmen. Ich muss nur noch das letzte Kapitel schreiben, sagte ich mir, mein schwieriges Kapitel XII, bloß ein paar Seiten, mein *Ich und Kehlmann* endlich finalisieren. Das würde nicht einfach sein, aber ich war guter Dinge und freute mich auf den Moment, es endlich abgeschlossen zu haben. Ich freute mich auf den Moment, in dem ich meinen letzten Satz formulieren und diesen mit meinem letzten, dem allerletzten Satzzeichen, wahrscheinlich einem Ausrufezeichen, dachte ich, beenden würde.

Ich fühlte mich zuversichtlich, ich war der Aufgabe gewachsen. Ich würde die richtigen Worte schon finden, davon war ich jetzt überzeugter denn je. »Hier bringe ich meinen Roman zu Ende«, sagte ich, »wo, wenn nicht hier?« Ausgedruckt und gebunden konnte er schließlich morgen noch werden.

Mein Mobiltelefon läutete. Ich kramte in der Hosentasche danach und hob, ohne auf das Display zu schauen, gedankenverloren ab.

»Hallo, Judith«, sagte ich. »Das wurde aber auch Zeit.«

»Wer ist Judith?«, fragte Nina.

»Nina, du bist es!« Ich schluckte. »Es passt gerade schlecht.«

»Wer ist Judith?«, wiederholte sie. »Ach, ist ja auch egal. Wo bist du denn? Ich muss mit dir reden.«

Ich hätte nicht abheben sollen. Ich schloss die Augen und dachte unwillkürlich an Kehlmanns Julian. Was für ein bedauernswerter Protagonist, dachte ich. Ich dachte an Versicherungen, ich dachte an Julians Vorgesetzten, Wöllner. *Der fernste Ort.* Vor mir tauchte das Bild seiner Mutter mit dem Wasserglas in der Hand auf, die chronischen Schwierigkeiten beim Einschlafen. Ließe sich doch bloß beim Rückwärtsgehen die Zeit mitnehmen, dachte ich.

Ich hätte nicht abheben sollen.

»In Frankfurt«, sagte ich. »Auf der Messe.«

»Geht es schon wieder um dein Buch-Dings? Wenn es schon wieder um dein Buch-Dings geht, dann …«

»Es geht nicht um mein Buch-Dings«, fiel ich ihr ins Wort. Wie sie das auch immer sagte! Blanker Zorn stieg in mir auf. Mit ihr konnte man über *Ich und Kehlmann* nicht mehr vernünftig sprechen. Mein Buch-Dings, dachte ich, mein Buch-Dings! Man konnte mit ihr in letzter Zeit gar nicht mehr sprechen. Sie reagierte auf dieses Thema geradezu allergisch. Von der Nachwelt brauchte ich erst gar nicht anzufangen. Ich ahnte, dass das Gespräch eskalieren würde. Ich musste es beenden, bevor ich etwas sagte, das ich später bereute. Aber wie?

»Du glaubst, du hast noch eine Chance?«

Was meinte sie damit? »Was meinst du?« Nina antwortete nicht. »Also das will ich jetzt wirklich wissen! Was meinst du damit?«

»Wieso ist meine Kreditkarte überzogen?«, fragte sie.

Panisch legte ich auf.

Das war ein Fehler, natürlich war das ein Fehler. Ich hätte nicht auflegen dürfen. Aber ich konnte es nicht mehr rückgängig machen. Es war geschehen. Wie versteinert starrte ich auf das

Display, auf mein Bier, auf das Display, elektrische Farbreflexionen auf dem Tisch, in meinem Gesicht. Ich konnte es selbst nicht glauben. Nina musste es in Zell am See gerade ähnlich ergehen. Meine Hände zitterten, ich ließ das Mobiltelefon nicht los.

Für einige Sekunden wusste ich nicht, wo ich mich befand. Mir blieb nicht viel Zeit, um zu überlegen und zu entscheiden. Sekunden verstrichen, ohne auch nur einen einzigen klaren Gedanken fassen zu können. Ich könnte sie zurückrufen und mich entschuldigen, überlegte ich. Die Fliege setzte sich auf meine Nase. Ich könnte die Unterbrechung auf den schlechten Empfang schieben. Aber das würde mir nichts bringen, dachte ich, ich müsste die Kreditkarte so oder so erklären.

Mein Handy läutete. Nina. Sie rief zurück. Ich starrte auf das Display, las ihren Namen und starrte auf das Display. Mir schien, als läutete das Handy diesmal besonders stark. Ich wusste nicht, was ich tun sollte. Abheben?

Ich schaltete das Telefon aus. Und schluckte. Das würde mir Zeit verschaffen, ich würde es auf den Akku schieben. Das ist eine gute Idee, dachte ich, mir ist im Gespräch der Akku ausgegangen. So einfach und banal wie nachvollziehbar und verständlich.

Im Fugo war es auf einmal nicht mehr gemütlich. Ich glaubte, der Kronleuchter würde sich jeden Moment von der Decke lösen, um mir mit seinen tausend Kristallen den Schädel aufzuschlitzen. Ich trank das Glas mit einem Schluck leer und rief nach dem Kellner, er möge mir die Rechnung bringen.

Kreditkarte: minus 47,80 Euro.

Sollte sich *Ich und Kehlmann* nicht auf Anhieb rekordverdächtig verkaufen, würde ich wieder unterrichten müssen. Auf beiden

Armen zog es mir bei diesem Gedanken eine Gänsehaut auf. Ich bräuchte einen weiteren, einen noch viel größeren Kreditrahmen. Ich wäre sonst mehr oder weniger mittellos, völlig und ausschließlich auf das große Herz und die Güte meiner Freundin angewiesen. Auf Ninas Wohnung, auf ihr Konto. Ich müsste täglich ihr Auto benützen. Keine einzige Rechnung könnte ich selbst bezahlen. Ich müsste wieder ganz von vorne anfangen.

Sollte das meine Zukunft sein?

Es wäre mein Untergang: Nach meinem alles in allem doch recht wenig glamourösen Abgang wieder beim Direktor anheuern, mich allen Lehrern, Schülern und Eltern gegenüber entschuldigend erklären müssen – sollte das meine Zukunft sein? Wieder Schularbeiten korrigieren und irgendwelche Noten in irgendwelche Listen eintragen? Mit frustrierten Kollegen wieder täglich über das schlechte Wetter sprechen oder über die stetig steigenden Grundstückspreise oder über die ins Unermessliche ausgeartete Gier der Salzburger Bergbahnen hinsichtlich der überteuerten Saisonkarten im Winter? Denn auf die Skipisten musste man. An dem einen freien Vormittag in der Hofer-Warteschlange stehen und am Abend eine Quizshow im Fernsehen schauen. Ich wurde bleich. Mit leeren Händen Nina entgegentreten?

Nein, so weit durfte ich es nicht kommen lassen.

Im Foyer ließ ich mich in einen der acht roten Lederfauteuils fallen. Ich spürte das ausgeschaltete Handy in meiner Hosentasche. Die Rezeption war nicht besetzt. Der Schock von vorhin saß noch tief in mir. Vielleicht, dachte ich, vielleicht schalte ich mein Handy nie wieder ein. Die älteren Herren mit ihren Smartphones waren alle verschwunden. Ich war allein. Auf wen oder was die hier wohl gewartet hatten, fragte ich mich.

Ich versuchte, das Telefonat zu vergessen, als hätte es nie stattgefunden. Selbst als ein irgendwo im Leben verlorener Schriftsteller, dachte ich, bin ich immer noch ein echterer Mensch, als wenn ich in Zell am See ohne Herz und ohne Seele unterrichten würde. Aus diesem Gedanken schöpfte ich wieder neuen Mut. Und in ein paar Tagen würde sich ohnehin alles klären. Ich war im Rowohlt Verlag. Das klang gut. Mir konnte nichts passieren.

Dann geschah etwas Seltsames. Es geschah so beiläufig, dass ich es nicht gleich bemerkte: Nach einem leisen Summton ging die mich spiegelnde Schiebetür des Hotelaufzugs nahezu geräuschlos auf – und Daniel Kehlmann trat aus der Kabine. Er sah in der Wirklichkeit genau so aus, wie ich ihn mir in meinen Träumen immer vorgestellt hatte. Zielgerichtet schritt er wie auf Wolken schwebend hinüber zum Rezeptionsbereich. Ich wagte es kaum, mich auch nur einen Millimeter zu bewegen. Doch auf halbem Weg blieb der Schriftsteller plötzlich stehen. Ich fühlte eine Angst in mir aufsteigen, die ich mir nicht erklären konnte. Er schien über etwas angespannt nachzudenken, kratzte sich mit allen fünf Fingern der rechten Hand an der gewölbten Stirn. So also schaut es aus, dachte ich, wenn Kehlmann nachdenkt. Dann schaute er ansatzlos und mit scharfem Blick zum ovalen Glastisch und damit auch zu mir herüber. Blitzartig ließ ich mich noch tiefer in den roten Lederfauteuil sinken. Genau so tief habe ich Jürgen Schneider hineingedrückt, dachte ich, oder sogar noch tiefer.

Ich versteckte mich so gut es ging hinter der Rückenlehne. Geistesgegenwärtig achtete ich darauf, auch die Hände einzuziehen. Kräftig drückte ich meinen Kopf in das rote Leder und hielt die Augen fest verschlossen. Wenn ich ihn nicht sehe, dachte ich, kann er mich auch nicht sehen. Vielleicht hatte ich Glück und kam mit meinem Versteck durch. Meine Beine zappelten in der Luft. Für Sekunden geschah nichts. Mir stockte der Atem. So wollte ich von ihm nicht ertappt werden. So hatte ich mir unsere erste Begegnung nicht ausgemalt.

Dann waren wieder Schritte zu vernehmen. Ich zitterte noch immer am ganzen Leib, fühlte mich gefangen. Schwere Schritte waren das, die selbstbewusst, standfest, sicher auf dem Boden auftraten. Sie führten weg von mir. Er dürfte mich nicht bemerkt haben, dachte ich erleichtert und atmete ganz vorsichtig aus.

Zum Glück habe ich das Telefon ausgemacht, beruhigte ich mich. Nicht auszuhalten war der Gedanke, es hätte ausgerechnet in diesem einen kritischen Moment geläutet, in dem Kehlmann mitten im Raum gestanden war. Woran nur hatte er gedacht? Ob er meine aufsteigende Aura spürt, fragte ich mich, sein allmähliches Verblassen? Nicht auszuhalten war der Gedanke, Judith Thurner hätte mich ausgerechnet in diesem einen kritischen Moment angerufen, um sich bei mir zu entschuldigen. Das wäre glatter Selbstmord gewesen.

Nach einer Weile wagte ich es, die Augen behutsam zu öffnen. Ich starrte in das Rot des Leders. Aber was konnte mir in Wahrheit schon geschehen? Wir waren Kollegen, morgen würde ich mich auf der Messe ohnehin mit ihm treffen. Vielleicht würde ich für ihn sein, überlegte ich mir, was Schiller für Goethe war. Gleich etwas beruhigter wanderte ich mit dem Kopf wachsam die Rückenlehne entlang nach oben und fühlte mich wie Daniel Craig in seinem letzten Bond. Knapp vor der Kante hielt ich noch einmal kurz inne.

Mir schien es, als knisterte die Luft.

»Kommt herein«, lässt Kehlmann seinen vor dem Abgrund

stehenden Ich-Erzähler in *Ruhm* sagen, der für die Panne mit den doppelt vergebenen Telefonnummern verantwortlich ist, erinnerte ich mich jetzt, kurz vor seinem Untergang und als Ende der achten Geschichte *Wie ich log und starb.* Zynisch und zu sich selbst sagt er es, dachte ich, weil ohnehin schon alles verloren ist. »Kommt herein« – vom Wahnsinn gebeutelt. Kommt herein zu mir. Kommt nur alle hereinspaziert!

Ich schob meinen Kopf wie in Zeitlupe über die Kante des roten Lederfauteuils. Daniel Kehlmann stand an der Theke und wartete auf den Rezeptionisten. So war es mir heute auch schon ergangen! Selbst Kehlmann ist den Launen des Personals ausgeliefert, dachte ich und sagte mir, dass ich vielleicht doch nicht der Einzige war, der alleine war. Ich versuchte mir vorzustellen, wie wir beide von oben aussahen: Er dort drüben und ich, versteckt, hier hinten.

Seine linke Hand spielte ungeschickt mit seinem Zimmerschlüssel, als wäre er auch bloß ein Mensch. Er trug ein schwarzes, sehr elegantes Sakko. Darunter ein schwarzes Hemd, die oberen zwei Knöpfe waren offen, keine Krawatte, ein stark aufgetragenes, unfassbar intensives Parfüm, etwas Gel in den Haaren. Vermutlich war er gerade auf dem Weg zum Messegelände. Ob er mein Dasein in der Stadt, hier im Foyer, fragte ich mich, meine Gegenwart spürte?

Ich konnte es nicht glauben, dass dieser Mann dort drüben der Autor von *Die Vermessung der Welt* war. Irgendwie hatte ich ihn mir größer vorgestellt. Er war es gewesen, der den Barbier den falschen Backenzahn hatte ziehen lassen. Vor mir stand der Mann, der – Leo Richter hin, Leo Richter her – im vertrauten Zwiegespräch mit Rosalie beharrlich auf der Unausweichlichkeit des Fortgangs aller Dinge und vor allem auf der Unausweichlichkeit der Zeit bestanden hatte, stur und vehement. Das war der Mann, der dieser unschuldigen, flehenden, sterbenden Frau mit aller notwendigen Härte die Unmöglichkeit ihres Wunsches auf Leben erklärt hatte. Bei diesem Gedanken schluckte ich schwer. Nur ein einziger hauchdünner Wimpernschlag des Autors war dafür nötig gewesen, und ihr Dasein war gänzlich und unausweichlich und für immer erloschen.

Mörder, dachte ich.

»Mörder sehen nicht wie Mörder aus«, sagt Thomas, schreibt Kehlmann, erinnerte ich mich jetzt an diesen banalen Aussagesatz aus *Heilig Abend*. Und konterte ihm Judith nicht an einer Stelle trocken, rotzfrech, im Rahmen des nächtlichen Verhörs, dass es manchmal besser sei, etwas Falsches zu tun, als nichts zu tun? Ich musste vorsichtig sein. Dieser Mensch war zu allem bereit.

Einen Augenblick lang dachte ich daran, einfach aufzustehen und zu ihm an die Theke hinüberzugehen. Ich dachte daran, ihn zu fragen, woher er seine Ideen nähme. Der Arme würde ob meiner Spontaneität vermutlich völlig durcheinander sein. Leider hatte ich kein ausgedrucktes Manuskript bei mir, sonst hätte ich es gemacht. Sonst hätte ich ihn hier und jetzt mit *Ich und Kehlmann* konfrontiert, samt allen daraus resultierenden Konsequenzen für uns beide.

Ich fragte mich, wie vielen seiner männlichen Protagonisten Kehlmann bereits den ursprünglich keltischen und sowohl historisch als auch literaturgeschichtlich selbstverständlich nicht uninteressanten Vornamen Arthur gegeben hatte. Innerlich zählte ich leise und beabsichtigte, irgendwann in näherer Zukunft eine vergleichende Figurenanalyse anzustellen, als der in die Jahre gekommene Schriftsteller plötzlich laut aufseufzte.

Er seufzte bloß ein einziges Mal, dafür umso lauter. Was für ein unheimlicher Mensch, dachte ich, voll dämonischer Abgründe. Wir kämpften beide gegen unsere Gespenster. Dann drehte er sich um. Er ließ den Zimmerschlüssel auf dem Tresen liegen und verschwand mit langen Schritten Richtung Ausgang – so schnell und so unscheinbar, wie er vorhin aus dem Hotelaufzug gekommen war.

Materielles kann so bedrückend sein, dachte ich, und schaute ihm immer noch nach, obwohl er schon längst nicht mehr zu sehen war. Nur sein Parfüm stand nach wie vor, schwer und alles einnehmend, im Raum. Wir ersticken im Überfluss, dachte ich. Eigentum und Reichtum versklaven die Menschen, entfremden sie. Von allem haben wir zu viel, wollen noch mehr und ringen in unserem Verlangen vergeblich nach Luft. Aber offenbart sich das wahrhaft Schöne, das Schöne des Augenblicks, fragte ich mich, nicht am stärksten und am ehrlichsten in der Einfachheit?

Es müsse eben auch Menschen geben, sagte ich mir, wie ihn und mich, die nicht das Normale tun, sondern sich auf stillen Seitengassen und leisen Nebenwegen bewegen. Ruhm und Geld waren unser Antrieb nicht, sondern einzig und allein die Literatur, Spiegelungen, das Schöpferische. Leicht, dachte ich, machen wir beide es uns wahrlich nicht: Wir bestreiten einen mühsamen, einen einsamen Pfad. Wir beide wollten auch nur Anteil haben an der Zeit, unseren bescheidenen Beitrag leisten: Wir wollten leben. Erst im Schreiben manifestiert sich unser Dasein. Indem wir schreiben, dachte ich, wird man einmal lesen, dass es uns gegeben hat. Erst in unseren Romanen sind wir, wer wir sind, begriff ich in diesem Moment, noch immer hinter der Rückenlehne des roten Lederfauteuils versteckt, erst mit unseren Geschichten nehmen wir Anteil an der Welt.

Mir war auf einmal, als würde alles, was in Büchern stand, alles, was ich je in meinem Leben gelesen hatte, mit einem Schlag wirklicher und wahrer erscheinen als diese aufdringliche, laute und lärmende Welt um mich herum. Zum Glück, dachte ich, bin ich keine seiner Romanfiguren.

Ich wusste, was zu tun war.

IV

»Bitte *wer* sind Sie?«

»Kehlmann«, sagte ich. Gleich würde sie auflegen. »Daniel K-E-H-L-M-A-N-N«, und ich dachte an Ralf Tanner.

*

»Lieber Herr Feldner …«

»Fe*ll*ner!«

»Ja, also. Bitte verstehen Sie mich nicht falsch. Mir persönlich gefallen Ihre Theaterstücke alle, aber unsere Ressourcen sind begrenzt.«

»Natürlich. Begrenzt. Aber könnte man eventuell vielleicht nicht doch …«

»Wo denken Sie hin?«

*

Es scheint, als sei meine Mail vom 19. Mai nicht hinausgegangen. Daher jetzt noch einmal: Vielen Dank für die Zusendung Ihres umfassenden Manuskriptangebots, das ich leider erst so spät zu Gesicht bekommen habe.

Sie haben mir verschiedene Ausschnitte aus zwei Texten geschickt, glaube ich, aus einer Novelle und einem Roman. Oder ist die Novelle in dem Roman enthalten oder der Roman in der Novelle? Wie darf man das bitte verstehen? Egal. Wenn ich mich recht erinnere, steht bei beiden Projekten jedenfalls dieselbe unsympathische Hauptfigur im Zentrum des Geschehens. Nur um sie dreht sich alles. Dieser widerwärtige Charakter hat bei mir leider keinen überzeugenden Eindruck hinterlassen, weder bei mir noch bei meinen Kollegen.

Ihre langwierige Prosa bewegt sich meines Erachtens zu assoziativ voran beziehungsweise springt von einem losen Einfall zum nächsten. Da hängt nichts zusammen, es fehlt von Anfang an das Verbindende. Es fehlt der rote Faden. Die unzuverlässige Erzählerstimme erweckt in Summe zu wenig Interesse, nicht für Ihre Themen und schon gar nicht für sich selbst (auch wenn der Einstieg in die Erzählung, ich denke dabei an den geplatzten Urinbeutel und an die verunglückte Stuhlprobe, durchaus komödientauglich ist. Was habe ich hier beim Lesen gelacht, das müssen Sie mir glauben, heiliges Ehrenwort!). Indem Sie Zeiten sozialer Netzwerke ansprechen, sprechen Sie Zeiten permanenter Unerreichbarkeit an. Niemand scheint sich bei Ihnen zu erreichen, alle sprechen oder schreiben oder schweigen kläglich aneinander vorbei. In diesem Punkt bleiben Sie konsequent. Das Unaussprechbare wird von Ihnen in seiner ganzen Nacktheit schonungslos zum Ausdruck gebracht, ohne jedoch auch nur ein einziges Mal wirklich angesprochen zu werden.

Ja, selbst das Schweigen wird bei Ihnen kolossal fehlgedeutet. Das Nichtgesagte steht über allem Gesagten. Es dominiert bei Ihnen alles: Das Nichtgesagte steht sowohl über dem Gesagten als auch über dem Gedachten. Darin natürlich erkenne ich Ihre kritische Auseinandersetzung mit dem Einfluss der digitalen Massenmedien unserer Zeit. Sie demonstrieren damit die innere Vereinsamung des Einzelnen in einer nach außen gerichteten, auf Fortschritt getrimmten Welt.

Sie zeigen das Untergehen des Menschen mit und in massenmedial konstruierten Realitäten in sehr drastischer Form, die totale Einsamkeit, das möchte ich Ihnen hoch anrechnen. Sie bemühen sich darum, die Leserschaft an Ihrem Denkprozess teilhaben zu lassen. Sie vergessen in Ihrem permanenten Kreisen um ein und dieselbe Frage die realen Menschen mit ihren realen Sorgen und Nöten durchaus nicht.

Beklemmend tritt am Schluss die unausgesprochene Frage nach der Ehrlichkeit ans Tageslicht: In einer düsteren, dystopischen Welt, in der die politische Lüge den Alltag zu deformieren scheint.

Jede News sei eine Fake-News, schreiben Sie zum Beispiel auf Seite 9 und noch einmal im Epilog. Überaus nett finde ich in diesem Zusammenhang die subjektive Aufarbeitung von Erlebtem: Bewältigung der Vergangenheit findet bei Ihnen stets und stringent als Bewältigung der Gegenwart statt – und umgekehrt.

Doch beides wird letzten Endes in keiner Weise bewältigt, von niemandem: weder das eine und schon gar nicht das andere. Zu einem richtigen Gespräch, zu einer Annäherung oder zu einer Versöhnung gar kommt es in Ihrem Werk an keiner einzigen Stelle. Das Scheitern bei Ihnen ist Programm.

*

»Aha«, machte ich nur und hoffte, dass er bezahlen würde. Ich schaute durchs Fenster nach draußen auf die Straßen. Es regnete in Strömen. Ich wusste, was er mir gleich mitteilen würde. An der Haltestelle blieb die S 5 stehen, westwärts, auf dem Weg Richtung Kranebitten. Wie oft bin ich früher mit dieser Bahn gefahren, dachte ich und erinnerte mich schweren Herzens an meine Zeit als Student in dieser Stadt zurück. Die Zeit bleibt nicht stehen, sagte ich mir, unaufhörlich schreitet sie voran. Ein älterer Herr stieg gerade mühsam ein, an der Leine führte er einen keifenden Yorkshireterrier.

»Mir gefällt es, dass Ihr umfangreicher Roman eine episodenhafte Aneinanderreihung verschiedener Ereignisse darstellt. Das ist frech, das ist hip, das ist modern. Sie erzählen aus unterschiedlichen Perspektiven, auch das ist zurzeit – noch immer, und bitte fragen Sie mich nicht nach dem Grund – gefragt. In den erzählten Zeiten springen Sie nach vorne und zurück. Trotzdem gibt es einen klaren Protagonisten, damit sprechen Sie einen breiten Markt an.«

Die S 5 rollte los zur nächsten Station. Ich schaute ihr lange nach. Mir war, als rollten mit ihr all meine Hoffnungen und Träume, als bekäme ich für Momente zwar einen kurzen Einblick in die unergründlichen Tiefen des Verlagswesens, in diese schauerliche Branche, in dieses lächerliche Gewirr von Gestalten, das über die Existenz eines einzelnen Menschen brutal zu bestimmen vermochte, um gleich darauf von ihm, diesem elenden Geschwür, wieder abgestoßen und ausgespuckt zu werden. Bei welchem Verlag in diesem Lande hatte ich noch nicht nachgefragt? Mir gingen schön langsam die Alternativen aus. Ob andere Autoren auch diese Probleme haben?, fragte ich mich. Gleich würde wieder das große Aber kommen.

»In Ihrem Text lernen sich, verzeihen Sie, wenn ich das so sage, Mosaikstein für Mosaikstein junge Menschen kennen. Auf diesen psychologischen Prozess legen Sie den Schwerpunkt, verheddern sich dabei jedoch in Details. Sie wachsen allmählich zusammen, dann kommt es bald zu den ersten Auseinandersetzungen, es gibt Reibereien, am Ende brechen die Jugendlichen auseinander: Und was bleibt davon übrig?«

Er schaute mich mit seiner schwarzen Retrobrille an, als stellte er mir diese Frage jetzt ernsthaft. Als wollte er darauf jetzt ernsthaft eine Antwort von mir. Als stellte er mir jetzt ernsthaft die zentrale Frage meines Romans. So sind sie eben, dachte ich, all diese fürchterlich seriösen Verlagsmenschen mit ihren Aktentaschen und Brillen. Wie eine tropische Würgeschlange ringeln sie sich um die Hälse der Autoren, zerquetschen und ersticken sie, wann und wo und wie auch immer sie wollen. Gleich würde das große Aber kommen.

»Was übrig bleibt«, sagte ich.

»Das ist die Frage!« Der Lektor klatschte ausholend mit seiner gesamten Handfläche auf den Tisch und verzog den Mund genau so, als würde er alles wissen. Die Dame an der Bar erschrak und schaute zu uns herüber. »Was bleibt davon übrig? Im Mittelpunkt Ihrer Handlung steht das Geld. In Ordnung. In Ihrer Geschichte geht es also mal wieder um die alten, und verstehen Sie mich jetzt bitte nicht falsch, um die *antiken* Motive: Macht, Neid, Betrug, Ehre, Sehnsucht, Verlangen, Begierde, Wahnsinn, Tugend, Moral. Das alles kennen wir bereits seit ein paar Tausend Jahren. Und natürlich Geld, wieder einmal ein Roman, in dem es um das liebe Geld geht. Was für eine Überraschung!« Er unterbrach sich für einen Moment selbst, in dem er nach Luft schnappte. »Wo aber bleibt bei Ihnen der Sex? Also wenn ich das so sagen darf: Die Menschen heute brauchen Sex. Alle, ausnahmslos. Und je ausgefallener, je gewalttätiger, das können Sie mir ruhig glauben, desto besser. Schauen Sie sich die Menschen doch an.« Mit einer ausholenden Drehbewegung deutete er auf die Gäste im Lokal, auf jeden Einzelnen von ihnen zeigte er mit seinem ausgestreckten Finger. »Schauen Sie sich diese Menschen doch einmal in Ruhe an und denken Sie nach. Wir brauchen in einem Roman dieser Länge mindestens eine Vergewaltigung, Herr Fellner, denken Sie an *Fifty Shades*. Das ist es. Darüber wollen die Menschen heute lesen.«

Ich hätte so gerne, dachte ich, so gerne einmal einen vernünftigen Lektor, der es schaffte, über Qualitätsmerkmale zu sprechen oder über Literatur oder zumindest über Literatur im weitesten Sinne. Nur ein einziges Mal! War das denn wirklich schon zu viel verlangt? Aber in Wahrheit gab es nur noch ein Kriterium, das für diese Vollidioten zählte: Was ließ sich wie teuer verkaufen?

»Haben Sie tatsächlich für das Rote Kreuz gearbeitet?«

»Nicht direkt.« Ich nickte. »Aber, ja.«

»Hm. In Ihrem Text wollen Sie so viel Geld wie möglich verdienen. Also Ihr Protagonist, verzeihen Sie, will so viel Geld wie möglich verdienen. Er tut alles dafür, weshalb sich die Frage nach seinem Gewissen stellt. Na ja. Die alte Frage nach der Moral also. Was sind gute Handlungen, was sind schlechte? Blabla.«

Nur ein einziges Mal!, tobte ich in meinem Inneren. Was war denn mit den Verlagen, mit der Presse, mit den Kritikern los, fragte ich mich. Und was bitte war mit all diesen bescheuerten Lektoren los? Als stellte dieser ganze Betrieb nur noch ein grausames Sammelsurium kopfloser, hirnloser Bürokraten dar, dachte ich, denen jedes Gespür für Literatur, für Lesen, für die Liebe abhanden gekommen ist.

»Auch wir in unserer Branche«, zischte er schließlich mit seiner Schleimstimme, »müssen ans Geld denken, Herr Fellner. Das dürfen Sie nicht vergessen. Das können Sie mir ruhig glauben. Die Zeiten haben sich geändert. Ja, und gerade wir ...« Alles an ihm war unsympathisch. Er lehnte sich in seinem Stuhl weit zurück, wie in einem Schaukelstuhl, und verschränkte beide Arme hinter dem Kopf. »Die Leser sind wählerisch geworden, der digitale Markt boomt. Denken Sie an die neuen Möglichkeiten. Lesen hat sich gewandelt. Ich möchte nur E-Reader oder Tablet sagen. Heute geht es überall um Aktien. Die Börse schläft nicht, ich sage nur *Krypto*, also *Token*, da muss man ständig hinterher sein. Ein einziger Zickzackkurs, das kann ich Ihnen sagen, hinauf und hinunter. Und wieder hinauf und wieder hinunter. Aber auf diesen Zug, auf diesen digitalen Zug muss man aufspringen. Wer hier nicht aufspringt, ist selbst schuld, der kommt nicht weit. Es ist nicht mehr so wie früher. Ich würde nichts sagen, wäre es noch so wie früher.« Da lachte er auf einmal wild, ganz außer sich, und klatschte erneut mit der Handfläche auf die Tischplatte, sodass die Weingläser zappelten. »Wären Sie zwanzig Jahre früher zu mir gekommen, nur zwanzig Jahre früher, Herr Fellner ... Denken Sie immer daran! Wenn wir nicht aufpassen, kommen wir unter die Räder.«

»Unter die Räder«, sagte ich. Hoffentlich würde er bezahlen.

»Ja, ganz genau. Dann kommen wir unter die Räder.« Tief wie ein Tenor und mit rollendem R sang er: »Und der Haifisch, der hat Zähne. Und die trägt er im Gesicht.« Mir blieb der Mund offen. »Und der Haifisch, der hat Zähne. Und die trägt er im Gesicht«, wiederholte er. »Wenn Sie verstehen, was ich meine.«

Nur ein einziges Mal, dachte ich, nur ein einziges Mal! Ich nickte stumm. Der arme Bertolt Brecht. Wann ging gleich noch einmal mein Zug zurück nach Zell am See? Gleich würde das große Aber kommen.

»Ohne Sex«, und dabei griff er mit seinem dicht behaarten Arm, der mich an die Pranke einer Raubkatze erinnerte, nach meiner Hand, »das kann ich Ihnen versprechen, ohne Sex werden Sie heute kein Buch mehr an den Mann bringen.« Er fuhr sich mit der Zunge über die spröde, an einer Stelle in Form eines schmalen Schlitzes aufgerissene Oberlippe, befeuchtete sie mit seiner Spucke und mir war, als höbe er sogleich erneut zum Singen an. »Geschweige denn an die Frau!«

Ich bin gefangen, dachte ich. Ich befand mich in der Falle. Dem Verleger wuchs aus beiden Ohren jeweils ein dickes Büschel Haare. Das sind alles charakterlose Börsianer, dachte ich, ohne Sinn für das literarische Werk. Deren Mut war spurlos verflogen, wenn niemand mehr da war, vor dem man sich hätte zeigen können. Die Einsamkeit des Todes überkam mich mitten am helllichten Tag. Ich war in die Verlagsfalle hineingeraten und da kam ich jetzt heil nicht wieder heraus.

»Ja, ganz besonders nicht an die Frau!« Er lachte laut.

Ich nickte stumm, aber mit grinsender Verzweiflung, als wäre ich ein Migrant meines eigenen Seins.

»Ihr Roman hat seine Stärken«, fuhr er fort. »Das müssen Sie positiv sehen. Wenn Sie einen Namen hätten, wäre das schon wieder etwas anderes. Zu jung sind Sie für uns definitiv nicht. Aber …«

Da war es jetzt. Darauf hat er hingearbeitet, dachte ich: das große Aber. Es beschlich mich, seit ich denken konnte, wie ein Schatten. Schon bei dem Wort drehte sich mir im Leib die ganze Seele um.

»… aber 300 Seiten keusches Papier, das verkauft sich nicht. 300 Seiten ohne Sex, das kann doch nicht Ihr Ernst sein! Nicht der leiseste Ansatz einer Vergewaltigung, nicht einmal eine Andeutung, meinetwegen als Metapher dargestellt. Dafür bräuchten Sie einen Namen, Herr Fellner. Aber den haben Sie nicht!«

*

Also Herr Fellner, MIR REICHT ES JETZT!

Woher haben Sie überhaupt meine private Mailadresse? Sollten Sie mich noch einmal kontaktieren – ich bitte Sie: sollten Sie mich noch ein einziges Mal kontaktieren, und ganz egal wie –, dann sehe ich mich dazu gezwungen, andere Maßnahmen zu ergreifen. Wir leben in einem Rechtsstaat.

Sie sind gefährlich, Herr Fellner. Ich glaube, Sie sind tatsächlich gefährlich. Sie sollten sich um Hilfe bemühen, bevor ein Unglück geschieht.

Bleiben Sie doch bitte vernünftig!

J. T.,

am 13. August des laufenden Jahres

*

Sehr geehrter Herr Mag. Kevin Fellner!

Vielen Dank für die Übersendung Ihrer Manuskripte »Außerhalb«, »Innerhalb« und »Entrümpelung«. Allerdings haben Sie uns diese drei Texte schon vor einem halben Jahr zukommen lassen. Ich habe meinen Postausgang dahingehend (ca. 80 bis 100 Mails gehen da täglich raus, kommen täglich rein und gehen täglich wieder raus, können Sie sich das eigentlich vorstellen?) extra noch einmal überprüft.

Am 15. September 2023 um 19:46 Uhr haben Sie von mir nachweislich eine schriftliche Absage erhalten. Womöglich ist die Mail verloren gegangen, das kommt in der Flut der Dateien ab und zu schon vor, womöglich also tatsächlich ein technischer Fehler. Deshalb jetzt noch einmal: Ich bedaure es sehr, Ihnen mitteilen zu müssen, dass sich in der Zwischenzeit an den Gegebenheiten leider nichts geändert hat. Wir haben Ihre Texte mit großem Interesse geprüft, also damals schon und jetzt noch einmal, und uns im Rahmen zahlreicher, zum Teil kontroverser Diskussionen eingehend damit auseinandergesetzt. Aber die Fakten sprechen nun eben einmal für sich. Und Fakten lügen nicht.

Wir haben es uns mit Ihren Projektvorstellungen nicht leicht gemacht, das können Sie mir glauben. Allerdings passen die Themen, die Sie ansprechen, Ihre Sprache, die Motive und auch die Art und Weise, wie Sie das machen, so gar nicht in unser hochwertiges Verlagsprogramm, weshalb eine Veröffentlichung bei uns keinesfalls möglich ist und auch in Zukunft, da brauche ich mich gar nicht weit aus dem Fenster zu lehnen, kaum jemals möglich sein wird.

Ich danke Ihnen herzlich für Ihre Mühe und Ihr Interesse an unserem Verlag. Für Ihre literarischen Experimente wünsche ich Ihnen weiterhin noch viel Erfolg.

Und bitte schicken Sie uns diese drei Manuskripte kein weiteres Mal. Und auch ansonsten nichts.

Bitte nichts.

Mit freundlichen Grüßen

*

»Mir gefällt nicht, also das muss ich jetzt ganz ehrlich und in aller Deutlichkeit noch einmal sagen, dass Ihr Protagonist, Herr Fellner, ich glaube, er heißt Viktor …«

Volker, dachte ich.

»Volker.«

»Was?«

»Er heißt Volker. Mein Protagonist heißt nicht Viktor. Er heißt Volker. So heißt mein Protagonist.«

»Ja, genau. Also, Volker … dass Ihr Protagonist im Verlauf des Romans fortwährend psychische Störungen entwickelt. Das erscheint mir doch als etwas übertrieben, finden Sie nicht auch? Das ist unglaubwürdig. Einen solchen Patienten kann ich mir beim besten Willen nicht vorstellen.«

Volker. Mein Protagonist heißt Volker, lamentierte ich in Gedanken vor mich hin. Wie dumm muss man sein, fragte ich mich, um das nicht zu begreifen? Wie bescheuert konnte man noch sein?

»Nein. Das. Finde. Ich«, sagte ich mechanisch. Wie eine herzlose Maschine. Für einen Augenblick nahm ich das Handy vom Ohr. Sollte ich einfach auflegen? »Nicht.« Ich starrte auf das Weiß der Wand. Es war ein großer Verlag.

»Aber einfach vergessen, wer man ist? Nicht mehr wissen, wie man heißt? Einfach zu glauben, man sei ein völlig anderer? Das erscheint mir angesichts der Umstände doch ein wenig zu weit hergeholt. So einfach ist das dann auch wieder nicht.«

Darf das wahr sein? »Die Entwicklung der Störung ist das Thema des Textes«, sagte ich und fragte mich, wieso ich ihr das jetzt eigentlich erklären musste.

»Ich kann mir nicht vorstellen«, warf sie jetzt sehr scharf ein, »dass Ihnen jemand diese Story abkauft.« Mit der einen Hand hielt ich das Telefon, fassungslos starrte ich darauf, mit der anderen hämmerte ich mir, die Finger zur Faust geballt, gegen die Stirn.

»Also das, also so einen gestörten Unfug will ja, also das will ja nun wirklich niemand lesen. Oder wollen Sie in Ihrem wohlverdienten Urlaub am Strand auf Mallorca oder Bali oder von mir aus auch sonst irgendwo auf dieser Welt von psychischen Störungen und von Totschlag und von Mord und am Schluss, wo bekanntlich das Happy End stehen sollte, von Selbstmord lesen?«

Für einen Moment war es still in der Leitung. Eine unheilvolle Sprachlosigkeit erfasste mich. Ich schloss die Augen, schlug mir gegen die Stirn und zählte etwas, nur um etwas zu zählen. Dann stieß ich mit dem Kopf gegen die Wand und schlug mir mit der Faust auf das Knie und danach so heftig gegen den Türstock, dass mir die Hand blutete; aber ich fühlte weder den Schmerz im Kopf noch die Verletzung an der Hand und schon gar nicht das Knie.

»Wollen Sie das etwa? Also davon will sich doch niemand in der Freizeit belästigen lassen! Man mag sich im wohlverdienten Urlaub doch nicht die Laune von Ihrem Psychopathen verderben lassen! Die Welt ist ohnehin stressig genug. Das sind Fakten, Herr Fellner. Zudem werden bei Ihnen ausschließlich die inneren Vorgänge Viktors dargestellt. Es fehlt das Auktoriale, da kennt sich am Ende ja niemand mehr aus.«

*

»Also, habe ich das nun richtig verstanden?«, wiederholte er. Gespiegelt erkannte ich mich im Glas seiner Sonnenbrille, diebisch zusammengeschrumpft, wieder. »Bei dem Patienten, der zu Beginn der Novelle mit hohem Fieber stationär aufgenommen wird, handelt es sich um einen jungen Romancier, dem es in den darauffolgenden Tagen in der überfüllten Hautklinik von Innsbruck sehr schlecht geht.«

Ich nickte lethargisch. Er gehörte zu den Menschen, die es

nicht aushielten, in Gegenwart eines anderen nicht zu sprechen.

»Aber er weiß in Wahrheit nicht, warum. Das weiß niemand, oder? Habe ich das so richtig verstanden?«

»Das Ich«, sagte ich, »leidet.«

Eine Gruppe japanischer Touristen quetschte sich gerade an unserem Tisch vorbei, um alles und jeden aus allen erdenklichen Perspektiven zu zoomen, zu fotografieren, zu filmen. Mir kam es so vor, als würde ich im Hintergrund tausender Fotos abgelichtet sein, irgendwann sauber einsortiert in tausend japanischen Fotoalben, zum Herzeigen für die noch Ungeborenen. Und ganz hinten, klein und versteckt, ängstlich und verschreckt, auf jedem japanischen Foto immer auch: ich.

Wieso hatte er sich ausgerechnet dieses Café ausgesucht? Das Goldene Dachl strahlte direkt über uns, es machte seinem Namen alle Ehre.

»Es leidet auf allen Ebenen«, sagte ich. »Aber das Körperliche, das Fieber ist nicht das Entscheidende. Der Schmerz sitzt tief. Die Zerstörung ist groß.«

»Aber wieso steht das nicht da? Wo bitte steht denn das?«

»Dem Ich macht in einer digitalen Welt der fehlende berufliche Erfolg schwer zu schaffen. Die Zeit tut ihm weh. Die Wunden sind da«, erläuterte ich, »das Leiden ist real.«

»Aber das interessiert doch niemanden. Niemand will über erfolglose Schriftsteller lesen, dieses Thema ist durch. Das sag ich Ihnen. Spätestens seit Robert Menasse mit seinem peinlichen Hegelianer ist dieses Thema in der Literatur, insbesondere in der österreichischen, ein für alle Mal durch. Bitte, wer stürzt schon allen Ernstes heute noch in Venedig in einen Kanal? In den Canal Grande, oder? *Schubumkehr*. Also wirklich, so etwas Lächerliches! Damit ist jetzt endgültig Schluss, das ist aus und vorbei. Wie unzeitgemäß wollen Sie eigentlich noch schreiben? Es fehlt an der inneren Struktur, am Zusammenhang. Da hängt nichts mit nichts zusammen. Wie lautet denn eigentlich die Diagnose?«

»Das Ich leidet am Schmerz der Intensität des Augenblicks«, antwortete ich. Wir schauten uns an und zugleich doch so weit aneinander vorbei. Wieso nahm er das pechschwarze Oakley-Gestell nicht endlich ab, wunderte ich mich, die Sonne kam ja schon längst nicht mehr über die Häuserfront; es dämmerte seit einiger Zeit. Mir fiel ein, dass gestern womöglich Zeitumstellung gewesen war und dass ich meine Uhr wieder einmal umzustellen vergessen hatte. Wenn das stimmte, war heute der erste Tag, an dem es schon wieder etwas später dunkel wurde.

Ich wusste, dieser Mensch verstand mich nicht. Niemand tat das. War mein Schreiben so kompliziert, so unverständlich, fragte ich mich, wirklich so unverkäuflich? Was war mein Problem? Meine Theaterstücke, allesamt bis zur nebensächlichsten Nebenfigur akribisch ausbalancierte, vieldeutige Parabeln über das Sein und Nicht-Sein, gleichnishafte Formeln über das Leben und Sterben, brauchte ich gar nicht erst anzusprechen. Meine lyrischen Antworten auf zutiefst verstörende, zutiefst menschliche Fragen ließ ich lieber sein.

»Das Ich wünscht sich nichts sehnlicher«, sagte ich ins Nichts, »als den Luxus der Zufriedenheit. Es will endlich keine Rolle mehr spielen müssen. Existenzielle Ängste plagen den Erzähler, wobei die Novelle trotz des ernsten Plots bis zum Schluss ja durchaus auch humorvoll bleibt.«

»Wieso schreiben Sie das denn nicht einfach so hin?«

*

Sehr geehrter Herr Mag. Fellner!

Ich bedaure, dass ich Ihnen heute leider keine andere Nachricht geben kann: Wir haben alle Exposés und Textproben gelesen, die Sie uns per Einschreiben zugeschickt haben, selbst die angehängten Theaterstücke. Die Fotos wären nicht notwendig gewesen. Wir hatten dabei aber nicht das Gefühl, Ihre Manuskripte könnten etwas Relevantes für unser Programm sein.

Ein Stück von Ihnen, *Die Gestorbenen*, spielt zum Beispiel durchgehend im Aufenthaltsraum eines privaten Altenheims. Das ist zwar problematisch und in vielerlei Hinsicht bedenklich – denken Sie nur an die Kinder und Jugendlichen im Publikum! –, aber derartige Schwächen wären mit guter Regie und talentierten Schauspielern vermutlich sogar noch irgendwie zu reparieren. Doch es heißt *Die Zurückgebliebenen*, bitte verzeihen Sie, nicht *Die Gestorbenen*. Und jede einzelne Szene zeigt den allgegenwärtigen Tod an diesem schrecklichen Ort des Sterbens. Wie deprimierend! Alle Figuren, ausnahmslos alle, weisen neben der physischen Schwäche psychische Probleme auf. Ich denke mir: Muss das sein? Sie sitzen durchgehend im Rollstuhl und können sich ohne Hilfe der namenlosen Schwestern weder fortbewegen noch auch nur eine einzige Mahlzeit selbstständig zu sich nehmen. Sie müssen also immer von jemandem angeschoben und wie eingesperrte Haustiere im Käfig im Keller gefüttert werden. Und das soll Ihrer Ansicht nach als Sinnbild für das fremdgesteuerte Agieren des Menschen einer auf Raubgier basierenden Konsumgesellschaft stehen?

Also ich muss Sie doch sehr bitten! *Raubgier?* Wirklich? Jetzt tun Sie doch bloß nicht so, als würden Sie nie heimlich mit Ihrem

Smartphone spielen oder online auf Amazon oder Zalando shoppen. Ich mache das ständig, da mache ich mir nichts vor. Zudem scheinen Wiederholung und das Mittel der maßlosen Übertreibung Ihre zwei einzigen sprachlichen Möglichkeiten zu sein. Diese permanenten Wiederholungen, Herr Fellner, verursachen mir langsam Kopfschmerzen. Ihr Repertoire bezüglich des Ausdrucks und Stils erscheint mir in der Tat mehr als monoton und viel zu eingeschränkt für unsere hohen, ja, wie ich sagen muss, höchsten literarischen Ansprüche.

Das empfindet bei uns jeder so!

Kurz: Ihr Schreiben erscheint uns als zu existenziell. Wir sind der Ansicht, dass es in der Literatur nicht immer nur um Leben und Tod gehen sollte. Der spannende Bereich dazwischen würde uns interessieren, eben das Katholische, das Wahre, das Göttliche in all unserem irdischen Sein. Daran sollten professionelle Schriftsteller denken, darüber sollten sie schreiben.

Sie könnten doch zum Beispiel die einzelnen Farben eines Regenbogens sprachlich einfangen, die sich frühmorgens bei aufgehender Sonne – aber auf den Wiesen liegt noch Tau – in einem verborgenen, von Sumpfdotterblumen umkreisten Karpfenteich spiegeln; damit würden Sie etwas Wichtiges symbolisieren. Sie würden mit Ihren Bildern der geschätzten Leserin und dem geschätzten Leser wieder Hoffnung und Freude, eine neue Perspektive schenken. Das wäre doch etwas Schönes! Denken Sie einmal in Ruhe darüber nach. Lassen Sie in Ihrem Schreiben bunte Bilder sprechen! Wieso also unbedingt ein nach Urinbeutel und Durchfall stinkendes Altenheim? Wieso zum Beispiel denn kein Stall oder keine kleine Scheune als provisorische Herberge? Das Ganze könnte doch auch in einer herkömmlichen österreichischen Pfarrei spielen.

Stirbt Ihr Protagonist am Ende eigentlich? Eben, wir wissen es nicht. Und wir wollen es auch nicht wissen.

Das Leben ist ein Rätsel, Herr Fellner, ein einziges Mysterium. Lassen Sie mit Ihren Texten Welten entstehen, in die wir eintauchen wollen – Welten, die an die göttliche Schöpfung erinnern und uns Menschen zeigen, welcher Platz in der Natur uns vorgeschrieben ist. Lassen Sie uns gemeinsam etwas Großes tun, etwas Gewagtes und Gesegnetes. Denn Jesus lebt in uns allen und sein Wille geschehe.

Noch einmal zu den Theaterstücken: Haben Sie eigentlich einmal an die armen Schauspieler gedacht? Wer soll denn all diese Monologe auswendig lernen? Das haben wir seinerzeit Thomas Bernhard auch schon erklären müssen.

Bitte rufen Sie uns nicht mehr an.

Mit dieser Bitte um Verständnis und mit freundlichen Grüßen …

*

»Herr Fellner, wieso rufen Sie mich um diese Uhrzeit schon wieder an?«

»Haben Sie *Die Zurückgebliebenen* gelesen?«

»Ist das jetzt Ihr Ernst? Woher haben Sie eigentlich meine Nummer?«

»Hören Sie mir doch einmal nur ganz kurz zu. Mehr verlange ich ja gar nicht. Was muss ich tun, damit Sie mir nur einmal ganz kurz zuhören?«

Nachdenkliche Pause am anderen Ende der Leitung.

»Hallo?«

»Hm. In Ordnung, Herr Fellner.«

Für einige Sekunden rauscht es in der Leitung. Man hört ein paar unverständliche Worte, als spräche der Lektor mit vorgehaltener Hand und müder Stimme im Hintergrund zu jemandem. Es rauscht durchgehend. Dann ist er wieder da.

»Weil Sie es sind. In Ordnung. Ich stehe also noch einmal auf. Meine Frau schüttelt zwar den Kopf und zeigt mir gerade einen Vogel. Aber weil Sie es sind, Herr Fellner, stehe ich noch einmal auf.«

»*Die Zurückgebliebenen*, verstehen Sie?« *Schreiend, aber nicht verzweifelt, sondern (noch) euphorisch. Er denkt, dass es für ihn noch einmal eine Chance, vielleicht so etwas wie die letzte Chance, geben könnte. Er ist zurück, denkt er, oder immer noch da. Er hat ihn, den Verleger, überredet. Das denkt er. Er hat ihn von seiner Frau aus dem Bett zu sich ans Telefon hergeholt. Das ist ein Erfolg, das denkt er jetzt. Davon ist er (noch) überzeugt. Ebenso glaubt er (noch), dass diese Nacht nun ihm gehört, dass er (wieder) im Spiel (des Lebens?) ist.*

»Haben Sie das Stück gelesen? *Die Zurückgebliebenen!* Ich habe es Ihnen zur Sicherheit gleich noch einmal mitgeschickt, als Word- und als Indesign- und, glaube ich, ja doch, auch als PDF-Datei, falls Sie noch immer nicht das neueste Microsoft Office nutzen. Das sollten Sie sich zulegen, unbedingt, kostet ja nicht viel. Bill Gates weiß schon, was er tut für uns. Mit einer sehr ausführlichen und übersichtlichen Erklärung der Figuren. *Aller* Figuren. Keine Sorge, die Datei wird sich diesmal auch bei Ihnen öffnen lassen. Ohne Virus, haha, versprochen!«

»Herr Fellner. Es ist wichtig, dass Sie mich jetzt ganz genau anhören. Ich möchte mich nicht unnötig wiederholen. Sind Sie noch bei mir? Verstehen Sie, was ich sage?«

»Ja.«

»Gut. Also. Ja. Ich habe *Die Zurückgebliebenen* gelesen. Und …«

»Haben Sie auch die Erklärungen der Figuren berücksichtigt? Haben Sie …«

»Herr Fellner!«

»Ja?«

»Bitte hören Sie mir zu. Also. Wir beruhigen uns. Herr Fellner?«

»Ja.«

»Wir müssen uns beruhigen.«

»Ja.«

»Gut. Also. Wie ich Ihnen schon bei unserem letzten Gespräch in meinem Büro gesagt habe. Wie ich Ihnen in meiner Mail vom August bereits mitzuteilen versucht habe. Und in der Mail vom September. So sage ich Ihnen auch jetzt, dass wir im Verlag davon absehen, also wirklich alle geschlossen und einstimmig davon absehen, Ihr Stück jemals in unser Programm aufzunehmen.«

Es tritt eine markante Pause (3 bis 5 Sekunden) ein, Rauschen in der Leitung.

»Herr Fellner?«

Rauschen.

»Herr Fellner?«

»Ja?«

»Sind Sie noch bei mir?«

Erneute Pause (2 bis 3 Sekunden). Rauschen. Beidseitiges Schweigen.

»Das dürfen Sie jetzt bitte nicht falsch verstehen. Also. Ich weiß nicht, wie ich es am besten sagen soll. Also: Bitte nehmen Sie das nicht persönlich. Sie sind bestimmt ein netter Kerl. Aber, also, es ist doch so: Ihr Stück ergibt als Stück in Wahrheit einfach keinen Sinn. Haben Sie das verstanden?«

Es rauscht konstant in der Leitung, aber niemand spricht. Diese an-

haltende Stille (mit Ausnahme des Rauschens) erzeugt eine gewisse Spannung. Und dann:

»Aber genau deshalb habe ich Ihnen doch die Erklärung mitgeschickt. Also das darf doch wohl alles nicht wahr sein. Haben Sie …«

»Stopp! Herr Fellner! Stopp, Auszeit! Also: Die Erklärung ist mir egal. Dass Ihr Text überhaupt eine Erklärung braucht …, aber egal. Das ist mir egal, Herr Fellner. Darum geht es nicht. Darum …«

»Aber Sie müssen den Titel doch endlich einmal doppeldeutig verstehen! Stellen Sie sich eigentlich mit Absicht so dumm? Zum einen sind damit Menschen gemeint, die neben den Sterbenden noch unter den Lebenden verweilen. Und ich sage jetzt natürlich ganz bewusst: noch. Und zum anderen lässt sich die Bezeichnung *Zurückgebliebene* auch im Sinne von *geistig zurückgeblieben* interpretieren. Das ist …«

»Herr Fellner!«

»Das steht alles in der Erklärung drin. Sie müssen sich nur die Erklärung durchlesen, dann verstehen auch Sie endlich einmal das Stück.«

»Ich gehe jetzt schlafen. Meine Frau …«

»Sie müssen das letzte Bild, das Bild des Fallens, als Sinnbild begreifen! Fallen im Sinne von fliegen, verstehen Sie? Fliegen im Sinne von frei sein, verstehen Sie? Können Sie das verstehen?«

»Wir werden Sie nicht aufnehmen!« *Geschrien.*

»Als Sinnbild für …«

»Gute Nacht.«

»*Der Philosophenfreund?*«

»Tut-tut-tut.« *Es tutet in der Leitung.*

*

Geschätzter Herr Fellner!

Zuerst einmal: Vielen Dank für Ihr Manuskript und Ihr Interesse an einer Veröffentlichung in unserer Edition. Ich persönlich habe Ihr Angebot gerne und durchaus auch mit Vergnügen gelesen. Was für ein tragischer Held! Sie haben recht: Am Ende steht tatsächlich immer das Unausweichliche: der Tod. Daran führt wahrlich kein Weg vorbei. Für niemanden.

Leider muss ich Sie auf diesem Wege enttäuschen: Unser belletristisches Programm ist mit sechs Titeln pro Jahr so klein, dass es für 2023 und 2024 und 2025 schon feststeht, und in dieser wirtschaftlich sehr unsicheren, wirklich sehr fordernden Zeit können wir uns darüber hinaus nicht binden. Mit niemandem, schon gar nicht mit Ihnen. All unsere nationalen Nothilfe-Fonds sind aufgebraucht. Das werden Sie verstehen.

Wenn überhaupt, dann suchen wir eine junge, möglichst attraktive Frau: schlank, großer Busen, lange Beine. Da sind wir in den letzten Jahren mit unseren Kriterien sehr streng geworden, am besten rothaarig oder brünett, bloß nicht blond! Das sind wir unserer VIP-Kundschaft schuldig.

Ich bitte um Verständnis und verbleibe mit besten Grüßen …

*

»Ich habe lange über Sie nachgedacht«, sprach der Verlagsangestellte aus Hamburg nachdenklich und kaute wie besessen auf seinem Lachsfilet herum. »Das können Sie mir ruhig glauben. Ich habe über Sie und über Ihre Schreiberei sehr lange nachgedacht.«

Am liebsten wäre ich einfach aufgestanden und gegangen. Nächste Woche würde ich zu meiner Diplomprüfung antreten, ich hatte mehr als genug zu tun. Das Essen war ab jetzt nur noch reine Zeitverschwendung für mich.

»Ich habe sehr lange darüber nachgedacht, ob Sie zu uns passen könnten. Einiges spricht dafür, Herr Fellner, manches dagegen. Immer wieder habe ich hin- und herüberlegt, dafür und dagegen, Pro und Kontra abgewogen. Aber ich werde aus Ihrem Protagonisten einfach nicht schlau.« Er führte die Gabel mit einem Stück Lachsfilet zu seinem Mund. »Etwas steht da, aber vieles nicht, zu vieles vielleicht.«

Morgen würde ich sehr früh aufstehen müssen, dachte ich. Ich würde als Erstes die Inhalte meiner Diplomarbeit (Interpunktion bei Franz Kafka) wiederholen, das würde vermutlich recht schnell gehen. Danach Mittagessen in der Mensa mit Herrn Wegemann, dann würde ich vor allem die Klassik und die Romantik lernen, danach Barock, Realismus und zum Schluss noch einmal den Naturalismus wiederholen. Klassik war sein Spezialgebiet, dachte ich, sein Lieblings- und sein Spezialgebiet, dazu würde er mich ganz bestimmt fragen. Hölderlin und Kleist verwechselte ich immer. Wer war gleich noch einmal der im Turm?

»Zu vieles vielleicht nicht. Die Kapitel Ihres Textes wechseln zwischen Traum und Wachsein, wobei die Trennung nicht ganz klar ist. Ist diese Vermischung zwischen Wirklichkeit und Wahn bei Ihnen beabsichtigt?«

»Das war der Plan.«

»Aha«, machte er. An seinem Schnauzbart steckte ein Stückchen Lachs. Am liebsten hätte ich es ihm herausgezupft, ließ es aber bleiben. »Allerdings verstehe ich noch immer nicht, weshalb

Entrümpelung. Was bitte soll da entrümpelt werden? Ist der Titel ein Scherz? Ist Ihr Text nun ein Scherz, oder ist es Ihnen ernst damit? Soll das alles eine Komödie sein? Dann verstehe ich die Pointen nicht. Oder wollen Sie uns alle womöglich nur, Entschuldigung, *verarschen*? Wollen Sie uns allen, entschuldigen Sie die Ausdrucksweise, damit *in den Arsch treten*? Wollen Sie das?«

Mit *Entrümpelung* sei ein mentales Loslassen gemeint, sagte ich nicht. Ich dachte an meinen Prüfungsstoff. Ich dachte an Büchner, an Heine, an Schnitzler und sogar an den alten Thomas Mann und ich erklärte ihm nicht, dass mit *Entrümpelung* eine gedankliche Reduktion gemeint sei, die sich vor allem und ganz besonders in der sprachlichen Reduktion niederschlage. Das allerdings, sagte ich nicht, setze ein genaues Lesen voraus. Ich sagte nicht, dass die zunächst sehr sprunghaften, schier undurchschaubaren und sich gegenseitig natürlich immer wieder auch diametral widersprechenden Gedankenfetzen allmählich erst, jedoch mit größtmöglicher Sorgfalt gewählt, bedachtsam gestaltet, eine zusammenhängende Form bekämen. Und zuletzt, als die letzte Reduktion, würde ausschließlich in Bildern gedacht. Das alles sagte ich ihm nicht. Vom anfänglichen Kunstsprachenfetischismus finde auf formaler Ebene in einem fließenden Übergang zwischen Wachsein und Traum, dann Wahn, eine Reduktion zur sprachlichen Knappheit statt, erklärte ich nicht, die dem Protagonisten und tragischen Helden der Geschichte allerdings und letzten Endes durchaus nicht weniger Probleme bereite. Was wir in dem Text suchen, sagte ich nicht, würde man darin nicht finden. Ich sagte ihm nicht, dass wir es bei dem Ich mit einem um sich selbst ringenden, bis an den Rand des Wahnsinns und darüber hinaus getriebenen und um sich schlagenden zu tun haben. Man müsse das alles sorgsam bedenken, argumentierte ich nicht, und in gewisser Weise auch Rücksicht nehmen darauf: auf ein Ich, das vergeblich die Verbindung suche – irgendeine, zu einer sehr komplexen Welt. Es solle ein innerer, ein unbewusster Lernprozess aufgezeigt werden, sagte ich nicht, sondern dachte an Fontane, an Keller und vor allem dachte ich an meinen E. T. A. Hoffmann, der mich seit geraumer Zeit, das spürte ich genau, in seinen mystisch-dunklen Bann hinein- beziehungsweise zu sich hinabgezogen hatte und mich dort unten so schnell nicht wieder loszulassen gedachte, der meinen weiteren Lebensverlauf und Werdegang, auch das nahm ich jetzt plötzlich ganz deutlich wahr, noch entscheidend beeinflussen würde. In gewisser Weise fühlte ich mich sogar ein klein wenig wie Nathanael, von der Umwelt abgestoßen und in die Enge getrieben wie ein schmutziges Tier; in besonders düsteren Momenten erkannte ich den unheimlichen Ratsturm selbst mit geschlossenen Augen ganz deutlich vor mir.

Ich dachte an meine morgige Prüfung, an den noch zu lernenden Stoff und freute mich insgeheim schon auf den akademischen Titel (Magister), den ich in der Folge erhalten würde, und ich sagte ihm nicht, dass am Ende der Novelle die wichtige Erkenntnis stünde, dass Verlust zugleich immer auch mit Gewinn einherginge, dass dies die eine Seite der Medaille sei. Indem man etwas für immer verliere, könne man zugleich etwas anderes für immer gewinnen. Einerseits hingen Verlust und Gewinn zusammen. Das alles sagte ich ihm nicht. Ich sagte ihm nicht, dass andererseits endgültiger Verlust immer auch eines bedeute: endgültiger Verlust.

Das alles erklärte ich nicht.

Ich sagte nur: »Ja. Genau das will ich. Ich will Sie verarschen!« Und spuckte in sein dämlich grinsendes Lachs-Gesicht.

*

Sehr geehrte Frau Mag.[a] phil. K. Fellner!

Haben Sie vielen Dank für Ihr reichliches Sammelsurium an Texten!

Vielen Dank für das Angebot, Ihre Novelle *Entrümpelung*, Ihren Roman *Außerhalb*, Ihre beiden Theaterstücke *Die Zurückgebliebenen*, *Der Philosophenfreund* sowie Ihre Dramolette *Der Hungrige*, *Der Gesättigte* und *Die Untergegangenen* in unserem Verlag zu veröffentlichen.

Wir freuen uns auch darüber, dass Sie uns Ihre Kurzgeschichten *Kalt, Eis* und *Erfroren. Tot* anbieten. Von »erstaunt« oder »geschockt« bis hin zu »angewidert« war diesbezüglich die Palette der Resonanz bei uns sehr groß. Ebenso gefreut haben wir uns in der Redaktion über das Angebot Ihres Weltuntergang-Romans *Blind*; alle 750 Seiten allerdings wären an dieser Stelle nicht notwendig gewesen – schade um die Bäume, das ganze Papier. Bitte schicken Sie uns die beiden Ihrem *Blind*-Zyklus angedachten Fortsetzungen nicht.

Also noch einmal: Eine knappe Leseprobe wäre mehr als ausreichend gewesen. Meine arme Praktikantin hat mit aufopfernder Hingabe des Nachts all Ihre lyrischen Angebote überprüft. Das sind alles unbezahlte Überstunden, müssen Sie wissen. In der Nacht sollte der Mensch eigentlich schlafen. Die glorreichen Zeiten, in denen das Geld nur so durchs Fenster zu uns hereingesprudelt ist, sind vorbei. Auch da hätten uns ausgewählte Gedichte, Sonette und Balladen wirklich mehr als gereicht.

Bitte reimen Sie nie wieder!

Aus den genannten Gründen muss ich Ihnen nun leider mitteilen, dass wir uns gegen eine Veröffentlichung entschieden haben. Unser Programmbereich Belletristik ist mit lediglich zwei Titeln pro Halbjahr sehr begrenzt und wird fast ausschließlich mit den Texten unserer Hausautoren belegt, sodass wir nur wenige, bis 2032 eigentlich gar keine neuen Autoren mehr unter Vertrag nehmen können.

Ich bitte daher um Verständnis, dass ich Ihr Angebot ablehnen muss.

GLG

Auf einen sonnigen Sommer!

*

»Margret!«, brüllte der Verlagsinhaber mit voluminöser Verlegerstimme durch die geschlossene Bürotür aus weißlich-grau lackiertem Eichenholz nach draußen in den unbeheizten Flur. Sekunden der Stille. Nur in meinen Ohren hallte der Schrei als Echo nach. Wie gebannt starrte ich auf meine Hände hinab, die ich unter der Tischplatte zu verstecken versuchte und aus denen längst jedes Blut gewichen war. Ich fühlte mich wie ein Schüler, der ja auch nur leben wollte, während eines Prüfungsgesprächs zwischen vier und fünf und der sich vor der nächsten Frage fürchtete.

»Margret!«

Der Schnee an meinen Schuhen war geschmolzen. Um die Sohlen herum hatte sich eine beachtliche Pfütze gebildet. Ich spürte die Nässe zwischen meinen Zehen. Allerdings wagte ich es nicht, meine Beine auch nur einen Millimeter zu bewegen. Ich wagte es nicht, zum Prüfer aufzuschauen.

»Margret!« Ein drittes Mal. Wie Kugeln aus mittelalterlichen Kanonen donnerten die drei Margrets als ein endloser Widerhall unaufhörlich, unerbittlich in mir fort und jeder weitere Einschlag hinterließ einen noch tieferen Krater. Margret! Margret! Margret! Ich fühlte mich so fahrig, so unglaublich schläfrig, als hätte ich nächtelang kein Auge zugemacht. Wie bin ich hierhergekommen?, fragte ich mich, wie komme ich hier jemals wieder raus?

Margret! Margret! Margret!

Endlich waren draußen am Flur klappernde Stöckelschritte zu vernehmen. Da kam jemand dahergeflogen. Es dauerte, bis sich hinter mir die Eichentür öffnete, doch ich drehte mich nicht um; ich schaute weiterhin nach unten auf die immer größer werdende Pfütze um meine Schuhe herum. Es war die Empfangsdame von vorhin, eine der zahlreichen Sekretärinnen des Verlags, die ihren Kopf zu uns ins Büro hereinstreckte.

»Sie haben gerufen?«

»Margret!«, schrie der Verlagsinhaber noch immer in derselben Lautstärke wie bei den drei vorangegangenen Schüssen. »Mögen Sie bitte so freundlich sein und die Heizung etwas herunterdrehen. Das wäre nett. Wir sind hier nicht in der Sauna!«

»Aber natürlich, Herr Chef«, sagte sie und war auch schon wieder verschwunden. Ich hörte mich schlucken. Dann schaute ich durchs Fenster. Es schneite dicke Flocken, unaufhörlich, schon seit Stunden. Irgendwo würden sich bestimmt gerade Kinder mit Schneebällen bewerfen oder Schneemänner bauen, deren Augen Kastanien und deren Nasen Karotten waren.

Margret! Margret! Margret!

Zu Hause, dachte ich, würden sich vor allem die Hoteliers und die Skiliftbetreiber freuen. Vom Schnee hing immer gleich die ganze Saison ab, das Wintergeschäft. Die würden sich jetzt vermutlich gerade die Hände reiben. Für die Tageskarte zahlte man als Einheimischer etwas mehr als hundert Euro. Die Gäste aus dem Ausland, aus dem arabischen Ausland, dachte ich, zahlten in Zell am See fast das Doppelte. Aber Geld spielte für die Araber keine Rolle. Die Tageskarte könnte für sie tausend Euro kosten und sie würden bezahlen, ohne auch nur mit der Wimper zu zucken.

Die würden jetzt vermutlich gerade Luftsprünge machen, dachte ich, weil der Schnee in diesem Jahr so frühzeitig kam, mit aufgedunsenen Backen und knallroten Schnapsnasen, das Dollarzeichen in den Augen.

»Nun aber zu Ihnen«, begann der Verlagsinhaber. Und damit meinte er mich. Geradezu winzig erschienen mir die schwarzen Pupillen im Vergleich zu seiner restlichen, sehr stattlichen Figur. So tief versteckt lagen sie in ihren Höhlen, dass es mir vorkam, als sähe er mich gar nicht an. Ein schwammiges Gefühl der Unwirklichkeit breitete sich in mir aus. Margret! Margret! Margret! Jeder Schuss ein noch tieferer Krater, dachte ich, von Schmerzen verschreckt. »Nun aber zu Ihrem Theaterstück.«

»Okay«, nuschelte ich und dachte: Nicht nuscheln, Kevin! Sprich laut, sagte ich mir, sprich deutlich, Kevin, sei überzeugt von dir und deinem Stück, ermahnte ich mich. Nur nicht nuscheln, Kevin, nur nicht verhaspeln, hörst du? Nur nicht stottern und schon gar nicht weinen jetzt! Nur nicht …

»Es handelt von einem jungen Werber, der im Auftrag einer österreichischen Firma in allen möglichen Orten und Städten in Baden-Württemberg von Haus zu Haus zieht und möglichst viele Mitglieder für das Deutsche Rote Kreuz anwirbt.«

»Ja.«

»Und.«

Nach jedem dieser Unds machte er eine künstlerische, übertrieben lange Pause, als suchte er mit einer unvorstellbaren

Intensität nach Worten, als durchforstete er in seinem Innern unendliche Weiten und als hätte er so viel Wichtiges zu sagen, als schließe der Entschluss für einen Gedanken jedes Mal so viele andere gute Gedanken aus.

»Und«, machte er erneut. Das machte er jetzt wirklich nach fast jedem Satz oder vor fast jedem, wie auch immer: Und. Oder hörte ich das bloß so?, fragte ich mich für einen Augenblick, und in Wahrheit sprach er womöglich ganz anders? »Und. Der demnach Einblicke in die unterschiedlichsten Haushalte Deutschlands bekommt, da er ja mit all diesen vielen verschiedenen Menschen in Kontakt treten muss. Vom Arbeitslosen bis zum Milliardär.«

»Ja.«

»Und. Mit Obdachlosen. Mit Studenten. Mit Greisen. Mit Kindern. Mit Debilen. Mit Dementen. Mit Verrückten. Mit Gestörten. Mit Kriminellen. Mit Normalen. Mit Wissenschaftlern. Mit Musikern. Mit Politikern. Mit Schwindlern. Mit Schauspielern. Mit Hausfrauen. Mit Hausmännern. Mit Künstlern. Mit Geschäftsmenschen. Mit Nackten. Mit Prominenten. Mit Prostituierten. Mit Ärzten. Mit Lobbyisten. Mit Schwangeren. Mit Geschiedenen. Mit Gescheiterten. Mit Getriebenen. Mit Hundebesitzern. Mit Katzenbesitzern. Mit …«

»Ja«, sagte ich. Damit ich etwas sagte.

»Und. Jede Szene eine einzige Kritik. Und. Karikatur. Ein einziger Appell.«

»Ja.«

»Und. Also. Karikierte Kritik. Appellativ.«

»Ja.«

»Und. Kritik am Leser. Und. Appell an den Leser.«

»Ja.«

»Und. Eine Kritik beispielsweise besteht im blinden Nachlaufen, im blinden Hinterhergaloppieren nach dem Geld. Und. Nach dem Erfolg.«

»Ja.«

»Und. Nach dem Geld. Und. Nach dem Erfolg.«

»Ja.«

»Und. Kunstsprachenfetischismus.«

»Ja.«

»Und. Die Wiederholung und die Übertreibung sind Ihre Mittel. Und. Ihre einzigen Möglichkeiten des Ausdrucks.«

»Ja.«

»Und. Wird das nicht irgendwann mühsam? Und. Langweilig?«

»Ja.«

»Und. Sinnlos ab einem gewissen Punkt?«

»Ja.«

»Und. Sie überschreiten diesen Punkt.«

»Ja.«

»Und. Jeder Bürger erzählt immer auch von seinen Ängsten.«

»Ja.«

»Und. Von seinen Träumen. Und. Von seinen Ängsten.«

»Ja.«

»Und. Der Student also vom Studieren. Und. Der Musiker also vom Musizieren. Und, und. Der Verrückte also vom Verrücktsein. Und, und. Der Junge also von der Jugend, und, und der Alte also vom Alter. Und, und die Mutter also von der Mutterschaft. Und …«

»Ja.«

»Und. Neben den unterschiedlichsten Gesprächen endet jede Szene mit der Frage, worum es im Leben in Wahrheit geht. Und. Am Ende einer jeden Szene wird stets dieselbe Frage aufgeworfen, sowohl an den jeweiligen Gesprächspartner als auch an den Leser als auch an das fiktive Publikum gerichtet. Und also. Und. Dabei, bei dieser Frage, handelt es sich mehr oder weniger um den Höhepunkt Ihres Textes. Und, und. Diese entscheidende Frage des Stücks lautet, was es denn nun eigentlich sei, das, was zählt.«

»Ja.«

»Und. Eine Antwort darauf folgt im Epilog.«

»Ja.«

»Und. Ihre persönliche Einsicht am Ende.«

»Ja.« Ja. Ja. Ja, sagte ich mir und fragte mich, ob es überhaupt noch einen Verlag gab, für den die Wahrheit wichtiger war als die Verkäuflichkeit. Ja. Ja. Ja. Und nochmals: Ja!

»Und. Was ist es, das, was zählt?«

V

Der Schlüssel klimperte schwer in meiner Hosentasche. Mir war, als spräche er zu mir, als versuchte er, mich mit seinem Klimpern fortwährend daran zu erinnern, ja nicht wieder vergessen zu werden. Er wolle kein zweites Mal irgendwo herrenlos zurückbleiben, sagte er.

Kehlmanns Zimmer befand sich im dreizehnten Stock. Ein Paar im mittleren Alter, beide in überaus eleganter Garderobe, wie man es eigentlich nur noch aus den Filmen des vorigen Jahrtausends kannte, eilte hastig und tief in ein intimes, vermutlich prekäres Streitgespräch verwickelt, an mir vorüber. Sie schienen sich an meinem Dasein nicht zu stören.

Gut, atmete ich erleichtert auf, das ist schon einmal gut. Denn irgendwie kam ich mir falsch vor hier oben. Im Aufzug waren mir plötzlich Zweifel gekommen ob meines spontanen Wagemutes. Zudem hatte ein Kahlkopf mit schiefen Schneidezähnen seine gierigen Augen nicht von mir lassen wollen. Zum Glück war er im neunten Stock ausgestiegen. Allerdings nicht ohne mich vorher noch zu fragen, ob ich Knoblauch gegessen hätte.

In Gedanken flüsterte ich mir jedes Mal die Zimmernummer vor, an der ich gerade vorbeikam: 1324, 1326. Schwer wie Blei wog der Schlüssel, von dem ich mir Eintritt ins Paradies erhoffte. Meiner Verwandlung fühlte ich mich schon so nahe: physisch wie metaphysisch. Ich befand mich im Zielsprint, davon war ich überzeugt. Und ein Feuer fing an, mich zu beseelen. Ich spürte, wie mir die Hitze in den Kopf stieg. Das Weiß brannte um meine

Pupillen herum. Weit konnte es nicht mehr sein. Nur noch einmal um die Ecke, sagte ich mir, dann müsste es auf der linken Seite gleich eines der nächsten Zimmer sein.

Doch der Flur begann auf einmal sich merkwürdig zu krümmen. Er schien immer genau dort, wo ich gerade war, wo ich gerade hinschaute, irgendwie schmaler und zugleich länger zu werden. Mit der rechten Hand verdeckte ich mein linkes Auge, um klarer zu sehen. Als ich glaubte, endlich um die Ecke gebogen zu sein, krümmte sich der Flur weiter. Das diffuse Licht bewirkte, dass er kantiger erschien, als er es tatsächlich war. Das ist die kurvigste Ecke, dachte ich, die mir je in einem Hotel untergekommen ist. Es hatte den Anschein, als liefe ich auf einer geraden Ebene ununterbrochen im Kreis.

1328. Die Ecke war endgültig umkreist. Ich fragte mich, ob es eine Nacht im Jahr gab, in der alle Nummern im Innside belegt waren. Ich glaubte es nicht. Vermutlich nicht einmal zu Silvester. Vermutlich war hier sogar in der Nacht von 1999 auf 2000, dachte ich, in dieser unvergesslichen Millenniumsnacht das eine oder andere Zimmer frei geblieben.

Und trotzdem faszinierte mich dieser Gedanke: Wie viele Menschen aus der ganzen Welt hatten in all den Jahren und Jahrzehnten bereits in diesem Haus genächtigt? Was alles war hinter diesen verschlossenen Türen geschehen? 1330. Wie viele gewollte, ungewollte Kinder waren hinter diesen Wänden schon gezeugt worden? Wie viele Lügen, wie viele Affären? 1332. Ich dachte an *Grand Budapest Hotel*, an *Jüngling mit Apfel*, das Gemälde des niederländischen Renaissancemalers. Ich dachte an Monsieur Gustave und an die namenlosen Katastrophen der Geschichte, die mit jedem einzelnen Handgriff des Hotelbesitzers auf so groteske Weise zum Ausdruck gebracht wurden. 1334. Vor meinem geistigen Auge tauchte eine Reihe zusammenhangloser Bilder in geschmackvoll schrillen Farben auf: der leere Speisesaal, ein in die Jahre gekommener Wellnessbereich, mehr als exzentrische Kostüme, die Zuckerbäckerei Mendl, skurrile Verfolgungsjagden und Schusswechsel mit Serge, dem Schurken. 1336. Geschichtsträchtige Orte haben etwas Bezauberndes an sich, sagte ich mir, etwas magisch Anziehendes, man muss sich einfach in sie verlieben.

Ich dachte an das Overlook-Hotel.

Es war kurz nach 20 Uhr, als ich vor dem Kehlmann'schen Zimmer stand: 1338. Ich wähnte mich am Ziel all meiner Wege. Schon bald würde ich in die Literaturgeschichte eingehen, dachte ich, meinen Beitrag leisten. Ich würde dieser Welt meinen Stempel aufdrücken. Ich würde mich mit aller Gewalt in die Weltliteratur hineinwuchten. *Ich und Kehlmann* würde von dauerhafter Bedeutung sein. *Ich und Kehlmann* hatte Seele, dachte ich. Was für eine zarte, verletzliche Romanseele! Sie kam mir wie ein süßes Geheimnis vor, meine Geschichte, wie etwas Verbotenes, das seinen jungfräulichen Zauber in der Welt bereits vorausahnen ließ.

Stille umgab mich, eine Grabesstimmung herrschte im Flur, als ich wie gebannt auf die vier Ziffern starrte.

1338.

Und die vier Ziffern starrten zurück. Für einen wahnwitzigen Augenblick bildete ich mir ein, dass am anderen Ende des Flurs mit luftigen Schwüngen gerade ein junger Jack Nicholson um die Ecke angebraust kam, als suchte er etwas im roten Stanley-Kubrick-Kostüm und mit hoch erhobener Axt. Ich hoffte, nicht mich! Schnell schloss ich die Augen, um nichts mehr zu sehen, und schüttelte den Kopf.

Dann öffnete ich sie wieder. Der Gang war menschenleer, zu beiden Seiten. Natürlich menschenleer, dachte ich. Es sah mich niemand. 1338. Selbst der Lärm der Stadt drang nicht zu mir herauf. So viele Träume gibt es, dachte ich, aus denen man nicht mehr erwachen will. Gegen welche Dämonen hat Eric gekämpft, um schließlich an Sibylle vorbei und auf Zehenspitzen aus dem Zimmer zu schleichen? Vor lauter Aufregung fiel mir nicht einmal mehr der Titel der Erzählung ein. Es war keine besonders gute. In welchem Buch kamen die beiden gleich noch einmal vor? Egal, sagte ich mir, wird schon nicht so wichtig sein. Lieber überlegte ich mir, was alles in einem Menschen vorgehen musste, der gerade erkannte, zur falschen Zeit am falschen Ort zu sein, aber nichts mehr dagegen unternehmen konnte, dafür kam die Erkenntnis zu spät.

Dieser Moment der Einsicht, der bitteren Einsicht interessierte mich. Was waren wir bloß für Geschöpfe in einem immer schneller fließenden, reißenden und niemals enden wollenden Strom. Sibylle, Eric, Daniel, ich. Und was nützte einem die radikalste Flucht, dachte ich, wenn man augenscheinlich vor keinem anderen als vor sich selbst davonlief?

Ich griff nach dem Schlüssel und hoffte, dass er auch wirklich passte. Ein Gefühl senkte sich über mich, als ich ihn ins Schloss steckte und er sich nach rechts drehen ließ: Es packte mich.

Dann öffnete ich die Tür.

»Hallo?«, rief ich in die Dunkelheit hinein. Keine Antwort. »Hallo? Ist jemand zu Hause?«

Seitlich an der Wand ertastete ich den Schalter. Die Deckenbeleuchtung ging mit einem lauten Knacken an und ich schaute mich neugierig um. Auf den ersten Blick unterschied sich sein Zimmer nicht großartig von meinem. Das beruhigte mich. Es war vielleicht ein paar Quadratmeter größer und es hatte einen Balkon. Aber ansonsten hätte ich durchaus glauben können, mich im Eingangsbereich meines eigenen Zimmers unten im dritten Stock zu befinden. Ich machte drei, vier Schritte in den Raum hinein und nahm mir wegen der Fingerabdrücke gleich von Anfang an fest vor, wirklich nur das Notwendigste anzufassen.

Die offen herumliegenden Gegenstände und Utensilien verrieten, dass dieses Doppelzimmer von zwei Personen belegt wurde. Daniel Kehlmann war also in weiblicher Begleitung nach Frankfurt gereist, das erkannte man auf den ersten Blick. Ich wunderte mich über die allgemeine Unordnung, immerhin galt er doch als ein gepflegter Mensch. Das war von seriösen Quellen belegt. Trotz der Mängel in seinen Texten, der oftmals hölzern anmutenden Formulierungen war er doch ein präziser Schreiber, der sich in seinem Tun durchaus ernst nahm. Zu ernst, dachte ich. Aber mir war auch klar: Wie man schrieb, so lebte man. Und umgekehrt.

Auf dem Tisch lagen ungeordnet: Wimperntusche, Lippenstift (rot), ein kleiner Spiegel, Notizblock (kariert), Föhn, Haarkamm, ein etwas größerer Spiegel mit einem Sprung in der rechten oberen Ecke, zwei Kugelschreiber (blau und schwarz), Glätteisen, Schal (grün), Sonnenbrille (Ray-Ban) und hellbraune Lederhandschuhe, an den Fingern deutlich abgewetzt. Den Haarkamm schaute ich mir genauer an, freilich ohne ihn anzufassen. Ein dickes Büschel schwarzer Haare steckte darin. Ich griff nach dem Notizblock, blätterte ihn kurz durch und legte ihn wieder an genau dieselbe Stelle zurück. Er war völlig unbeschrieben, unbrauchbar.

Der Reihe nach öffnete ich die flachen Schubladen des Schreibtisches, zwei an der Zahl; ich musste systematisch vorgehen. Jetzt bloß nichts übersehen, ermahnte ich mich, jetzt bloß keine Flüchtigkeitsfehler in der Hitze des Gefechts! Der Mond, mehr als dreiviertel voll, stand hoch. Man konnte ihn durch die spiegelnde Glasschiebetür zum Balkon von meiner Position aus deutlich sehen. Würde Nina in Zell am See genau jetzt, genau in diesem Augenblick nach oben in den Himmel schauen, dachte ich, schauten wir zeitgleich auf denselben Mond. Das war unsere Zeit. Ich bin und bleibe doch ein alter Romantiker, sagte ich mir.

Im unmittelbaren Nebenzimmer (1340) fiel ein Gegenstand dumpf zu Boden, rollte ein Stück und blieb schließlich liegen. Durch die Wand polterten die Geräusche einiger Schritte zu mir herüber und unverständliche Worte drangen durch. Das sind aufgeregte, dachte ich, hektische Schritte. Da drüben war etwas passiert! Ich horchte angespannt, aber es kam nichts mehr.

Ich arbeitete mich durch die beiden Tischschubladen. Dann war der linke, danach der rechte Schrank an der Reihe. Das meiste darin waren allerdings nur belanglose Kleinigkeiten wie Fotoapparat, Kaugummi und Taschentücher. Keine Bücher, keine Aufzeichnungen, keine Notizen. Nichts Handschriftliches, ich war enttäuscht. Fast schien es so, als führte Kehlmann ein banales Leben. Wo waren seine Texte? Beiläufig schaltete ich den Fotoapparat ein, piepsend fuhr der Zoom aus – und nach wenigen Sekunden wieder ein. Die Akkuanzeige blinkte rot, danach schaltete sich das Gerät von selbst aus.

Ich probierte es ein zweites Mal, leider mit demselben Ergebnis. Der Akku der Kamera war leer. Enttäuscht legte ich den Apparat zurück. Vielleicht würde sich irgendwo ein Kabel zum Aufladen finden. Über anrüchige Fotos von Kehlmann samt Begleitung hätte ich mich gefreut. Wer weiß, womöglich würden sie für mich als Druckmittel noch wichtig sein. Ich stellte sie mir an einem Sandstrand, ihn in tiefblauer Badehose, sie in tropischbuntem Bikini-Tanga, auf einer einsamen Insel unter Palmen vor.

Alles in allem war ich in meinem Tun sehr ordentlich und legte alles wieder haargenau so zurück, wie ich es vorgefunden hatte. Der Safe war verschlossen, was zu erwarten war. Vielleicht fanden sich darin ein paar Skizzen für einen neuen Roman, dachte ich, und vor meinem geistigen Auge tauchten auch schon mögliche Titel auf, die ihm und seinem Charakter entsprachen – alberne Wortspiele mit den Begriffen *Spiel* und *Licht*, und ich stellte fest, dass ich das alles sehr geschickt anstellte. Ich bin gut, dachte ich. Ich machte das alles tadellos.

Dann entdeckte ich etwas Spannendes: eine Organstrafverfügung der Stadt Frankfurt am Main. Dem amtlichen Schreiben war zu entnehmen, dass gemäß § 50 des Verwaltungsstrafgesetzes wegen Übertretung nach § 2/1, 2kVV ein Verwarnungsgeld von 30 Euro festgesetzt werde. Ich schmunzelte. Kehlmann hatte in einer Kurzparkzone den Parkscheinautomaten nicht benutzt. Auf dem Beleg waren neben weiteren Paragrafen und strafrechtlichen Verweisen Tatort und -zeit vermerkt, bei dem aufgeführten Kfz mit dem Kennzeichen F N 4993 handelte es sich um einen bei der Firma Buchbinder gemieteten Audi RS quattro (schwarz).

»Nicht schlecht, Herr Specht«, murmelte ich, »wer hat, der hat.« Für einen Moment sah ich mich nicht mehr im Zug nach Hause fahren, sondern hinter dem Steuer dieses Wagens sitzen.

An das Schreiben angehängt war eine sofortige Zahlungsanweisung. Darunter fand ich noch eine weitere Anonymverfügung, ausgestellt auf denselben PKW. Es liege eine Anzeige über eine dienstliche Wahrnehmung eines Straßenaufsichtsorgans oder einer automatischen Überwachung vor, entnahm ich dieser, der Lenker/die Lenkerin habe die für das oben angeführte (vgl. Tatort) Sanierungsgebiet nach dem Immissionsschutzgesetz (Luft) festgesetzte Höchstgeschwindigkeit von 100 km/h um 27 km/h überschritten. Die in Betracht kommende Messtoleranz von 4 km/h sei dabei bereits zugunsten des Lenkers/der Lenkerin abgezogen. Schadenfroh kicherte ich vor mich hin. Als derartigen Raser hatte ich mir Kehlmann nicht vorgestellt. Meinetwegen Handke oder Jelinek, aber Daniel?

Ich sah auf meine Armbanduhr. 20:43 Uhr. Ich sollte mich besser beeilen, sagte ich mir. Er könnte jederzeit zurückkommen.

Kehlmann schlief wie ich auf der rechten Seite des Bettes. Ich stellte mir vor, wie er darin lag: Vermutlich seitlich, dachte ich, mit direktem Blick auf die ihn spiegelnde Glasschiebetür. »Kehlmann ist ein typischer Seitenschläfer«, konstatierte ich und erschrak ob der Lautstärke. Ich muss etwas vorsichtiger sein, ermahnte ich mich. »Eine weitere Parallele zwischen uns«, murmelte ich gleich deutlich leiser.

Auf seinem Nachtschrank befanden sich ein leeres Wasserglas, die Fernbedienung, ein dunkelblaues Brillenetui und ein dickes Büchlein mit Kreuzworträtseln. Es machte auf mich einen sehr abgegriffenen Eindruck. An den unteren Ecken erkannte ich mehrere Eselsohren.

Wahllos schlug ich eine Seite auf und blickte auf ein angefangenes Sudoku mittleren Schwierigkeitsgrades, etwa bis zur Hälfte gelöst. Mir kam es nicht sehr anspruchsvoll vor und ich fragte mich, weshalb er es nicht beendet hatte. Ich legte das Büchlein wieder zurück und zog die obere der beiden Schubladen seines Kästchens heraus: Taschentücher (Tempo), Kaugummi (Orbit,

Pfefferminzgeschmack, zuckerfrei), ein paar 5-, 10- und 20-Cent-Münzen.

Für einen Augenblick schloss ich die Augen, um ihn noch klarer vor mir zu sehen. Ich stellte mir Kehlmann vor, wie er hier rücklings im Bett lag, ein Bein angewinkelt, das andere ausgestreckt, Kaugummi kaute und Sudokus löste, mit offenem Hosenknopf und ohne Socken. Das musste für ihn eine Möglichkeit sein, um zu entspannen, um abzuschalten, um Distanz zum Schreiben, zu seinen Figuren, zur Realität zu bekommen. Zugleich erkannte ich in diesem Liegen ein Seelenleiden, für das es noch keine medizinische Bezeichnung gab. Wenn ich mir Kehlmann so vorstellte, war mir, als könne diesem Menschen nicht mehr geholfen werden.

Mir kam es vor, als sammelte ich gerade wichtige Informationen. Winzige Details, über die außer mir niemand Bescheid wusste. Anekdoten, die man nach seinem Tod von den engsten Angehörigen, von Verwandten oder von Nahestehenden der Familie, Kollegen, Freunden zu geeigneter Stunde sicherlich gerne erzählt bekäme. Ich sah mich, wie ich bei seinem Leichenschmaus ein paar solcher privaten Anekdoten zum Besten gab, von unzähligen Handykameras gefilmt. Ich stand bei seiner Beerdigung im Rampenlicht. Vielleicht löste Daniel Kehlmann in Phasen schöpferischer Pausen Sudokus mittleren Schwierigkeitsgrades und kaute dabei an zuckerfreiem Kaugummi mit Pfefferminzgeschmack, dachte ich aufgeregt, weil ich ihm und damit der Wahrheit so nahe war wie kaum jemand sonst.

Dieser Gedanke war berauschend. Ich fühlte mich mit ihm als Schriftsteller, als Mensch verbunden wie nie zuvor. Wenn Kehlmann in der Früh aufsteht, denkt er, dachte ich, erstens immer gleich an Ruhm, zweitens an Sudokus und drittens vielleicht an unbezahlte Strafzettel. Gerne hätte ich mich in sein Bett gelegt, mir einen Kaugummi aus seiner Packung genommen und das von ihm angefangene Rätsel vervollständigt. Damit hätte sich ein Kreis geschlossen.

Ich setzte mich auf seine Bettkante und rüttelte, da sie klemmte, mit etwas Gewalt die untere Schublade des Kästchens heraus. Irgendwie kam mir seine Matratze weicher vor als meine. Ob sie auch kratzt, fragte ich mich, wenn man sich darauf bewegt? Das Licht des Mondes schien von schräg oben direkt zu mir herein, als gelblich gepunktete Silhouetten zeigten sich am Horizont die Konturen zahlreicher Gebäude. Die monotonen Geräusche des Verkehrs waren weit weg. Auf dem Boden dieser Schublade befand sich nicht viel: nur ein einziger, aber dicker Briefumschlag.

Ich griff nach ihm. Wie ein Schatz fühlte er sich in meiner Hand an. Mit den Fingern umfuhr ich die Kanten, atmete ganz tief ein.

Dann machte ich ihn auf.

Ein pralles Bündel Geldscheine war der Inhalt. Ich überschlug den Wert – mehrere Hunderter, zahlreiche Fünfziger, viele Zehner und einige Fünfer. Ich spürte mein Herz schlagen. Lange kämpfte ich gegen den Drang an, ein paar der Scheine einzustecken. Auf der einen Seite war es das Geld von Daniel Kehlmann, ich wollte ihn auf keinen Fall bestehlen. Ich nutze diesen armen Mann ohnehin schon aus, dachte ich, bestehle ihn, wo und wie ich nur kann. Dieser arme Mensch, dachte ich, dieser einsame, verlorene Autor! Womöglich waren die Scheine exakt abgezählt, womöglich müsste er damit eine bereits feststehende Summe begleichen. Vielleicht eine notwendig gewordene Anzahlung an den Verlag, ein Geschenk, eine Strafe, vielleicht ein neues Auto oder eine Jacht.

Zu viele Gedanken schwirrten mir gleichzeitig durch den Kopf. Zu viele Geldscheine, zu viele Gedanken.

Auf der anderen Seite fielen mir die überzogenen Kreditkarten, all die mich quälenden Lastschriften ein. Nina würde mich zu Hause zur Rede stellen; das war nicht einfach, ich brauchte Argumente, um die Beziehung aufrechtzuerhalten. Mit Geld würde sie mich bestimmt wieder bei sich aufnehmen, dachte ich, und mit dem schwarzen Audi wäre ich im ganzen Pinzgau ein Star. Außerdem war mir das Bargeld ausgegangen. Eine kleine finanzielle Spritze, ermunterte ich mich, hat noch niemandem geschadet.

Und da war meine Hand auch schon beim Geld: Alles wollte ich ihm selbstverständlich nicht nehmen, nur ein paar der kleineren Scheine. Er hatte ohnehin so viele, beruhigte ich mich, das würde bestimmt nicht weiter auffallen. Außerdem ist das kein Stehlen, redete ich ermutigend auf mich ein, während ich Schein für Schein dem Kuvert entnahm, das war ein Ausleihen. »Zu viel Geld«, sagte ich, »verdirbt den Charakter.« Außerdem würde ich es ihm natürlich zurückzahlen. Gleich mit den ersten Tantiemen von *Ich und Kehlmann* würde ich es ihm ganz bestimmt zurückzahlen. Diesen Gedanken wollte ich eigentlich gar nicht denken, das war ja ohnehin selbstverständlich. Von einem Diebstahl konnte also keine Rede sein.

Ich borgte mir insgesamt 375 Euro von Daniel Kehlmann. Diesen Betrag hielt ich für vernünftig: nicht zu viel, nicht zu wenig. Das war nicht nichts. Aber es hätte auch weit mehr sein können. Mit gutem Gewissen ließ ich den weitaus größeren Geldbetrag im Umschlag zurück und rüttelte die Schublade mit etwas Gewalt wieder zurück.

Wer war die Frau an seiner Seite? Eine Schriftstellerin? Seine

Übersetzerin? Eine Geliebte? Ich dachte an eine komplizierte Dreiecksgeschichte. Ich dachte an den Skandal und an das große Geld. Eine Affäre? Mit vorsichtigen Schritten schlich ich um das Doppelbett herum. Ich achtete darauf, keine Spuren zu hinterlassen. Zudem musste ich mich beeilen, Kehlmann konnte ja jederzeit zurückkommen, er brauchte schließlich seinen Schönheitsschlaf.

Die obere Schublade ihres Nachttisches war vor allem mit Arzneimitteln gefüllt: Bachblüten-Bonbons, irgendwelche Tropfen zum Einnehmen, eine starke Schmerzsalbe, ein Nasenspray (rezeptpflichtig). Ganz hinten lag eine aufgerissene Schachtel Mefenaminsäure (500-mg-Filmtabletten), daneben eine fast aufgebrauchte Tube Wundgel (Povidon-Jod), Pflaster und mehrere Bandagen. Offensichtlich ging es seiner weiblichen Begleitung, diesem faszinierenden Wesen, gerade nicht so gut. Kein Wunder bei diesem Wetter, dachte ich, die Herbstsonne überschätzt man gern, da verkühlt man sich leicht. Das konnte schnell zu einer ausgemachten Grippe führen – vor allem, wenn man in so leichten Abendkleidern herumlief wie sie. Ganz zu schweigen von ihren Schuhen, die zwar alle sehr schön ausschauten, aber ungefüttert waren. Einmal nicht richtig aufgepasst, sagte ich mir, und schon ist es passiert! So leicht hatte man sich heutzutage im Winter einen Schnupfen eingefangen und wurde diesen unter Umständen erst im Frühling wieder los.

Auf dem Boden vor mir lag schwarze Seidenunterwäsche. Ich griff nach dem Höschen und stellte mir Nina darin vor. Dann fiel mir das Telefonat ein. Vor Schreck ließ ich es gleich wieder fallen. Ich griff nach meinem Handy und schaltete es ein: sieben Anrufe in Abwesenheit, drei Nachrichten auf der Mailbox.

Als ich mir die erste anhörte und mich dabei mit dem Rücken

aufs Bett fallen ließ, verstand ich im ersten Moment nicht, weshalb Nina behauptete, sie würde aufgrund meines Verhaltens alle notwendigen Register ziehen. Sie sprach von strafrechtlichen Konsequenzen, von ernsten Belangen, das sei kein Kavaliersdelikt, sagte sie, ich wolle es ja ganz offensichtlich nicht anders haben. Man könne mein Tun nicht mehr so hinnehmen, jemand müsse endlich handeln. Ich sei verrückt, sagte sie, und ich solle mich schämen.

Das sei schließlich noch ein Kind, schrie mir ihre aufgebrachte Stimme aus dem Handy ins Ohr, das sei ja noch ein Kind! Ich bräuchte professionelle Hilfe, letztendlich meine sie es nur gut mit mir. Ich sei doch noch gar nicht so alt, ich dürfe die Hoffnung, den Mut und die Zuversicht nicht aufgegeben. Vielleicht könne ich noch immer ein normales Leben führen, sagte sie. Vielleicht. Man könne mir womöglich noch immer helfen. Tief in ihrem Inneren verspüre sie sogar so etwas wie Mitleid.

Erst nachdem in ihren Schimpftiraden, wobei für mich kaum ein Satz Sinn ergab, auch einmal der Name Jürgen Schneider fiel, begriff ich, dass diese Stimme nicht die Stimme von Nina war. Es war Judith Thurner! Jetzt endlich hatte sie mich doch noch angerufen. Die Frau musste unter enormem Stress stehen, anders konnte ich mir ihr unseriöses Verhalten, ihre zum Teil doch sehr derbe Ausdrucksweise nicht erklären. Beruflicher Druck konnte eine Person, den Charakter eines ganzen Menschen nachhaltig verändern. Sie muss aufpassen, dachte ich, sonst frisst die Buchmesse sie noch auf. Sie tat mir leid. Keine einzige Silbe des Dankes, immerhin befand sich *Ich und Kehlmann* in ihren Händen, auch wenn das Ende noch fehlte.

Die beiden anderen Nachrichten stammten von Nina. Was ich mit meinem Verhalten denn eigentlich bezwecke? Wer ich denn glaube zu sein? Ich hätte sie bestohlen! Das sagte sie immer wieder, ich hätte sie betrogen, und zwar nicht nur um Geld, sondern vor allem um sehr viel Zeit, um Lebenszeit hätte ich sie betrogen. Sie habe Möglichkeiten, sagte sie, sie sei nicht auf mich angewiesen. Nicht mehr! Sie empfinde nur noch Hass und Ekel. Es habe eine Zeit gegeben, da sei sie glücklich gewesen. Das wolle sie wieder sein. Sie wolle endlich wieder glücklich sein. Diese Zeit sei allerdings vor mir gewesen. Mit mir sei das nicht möglich. In mir sehe sie nur noch den Untergang. Ihr Leben sei durch mich zerstört worden. Sie habe Angst, auch und ganz besonders vor mir. Ich sei nicht mehr derselbe wie früher. Ich sei nicht der, für den ich mich halte. Und dann sagte sie, ich sei ein feiger, ein verlogener Hund. Sie verlange sofort ihr Geld zurück, ansonsten bräuchte ich gar nicht mehr nach Hause zu kommen, nie mehr. Ich könne mir meinen Kehlmann sonst wohin stecken, sagte sie, mit meinem Kehlmann bräuchte ich bei ihr nie wieder angetanzt kommen. Vom Kehlmann wolle sie nichts mehr hören. Immer dieser Kehlmann, sagte sie, wir seien beide für sie gestorben.

Die wird sich noch anschauen, dachte ich und rollte mich aus dem Bett. Zur Sicherheit schaltete ich das Telefon wieder aus. Für einen Augenblick stand ich nur so da und horchte in die Stille hinein. Meine Nerven waren angespannt. Draußen auf dem Flur sprachen zwei Menschen miteinander. Die Stimmen wurden lauter. Hektisch suchte ich nach einem geeigneten Versteck. Vielleicht hinter dem Vorhang, dachte ich. Ich wagte es aber nicht, mich zu bewegen. Was ist, fragte ich mich, wenn eine dieser Stimmen die von Kehlmann ist und die andere seine Begleitung? Wenn sie jetzt zurückkamen!

Die Stimmen wurden noch lauter.

Ich überlegte mir, ob es möglich war, auf den benachbarten Balkon zu klettern. Was würde wohl, fragte ich mich, Alexander von Humboldt an meiner Stelle machen? Wie hätte der große Naturforscher in so einer Situation reagiert? Und wie würde Daniel Kehlmann seinen David Mahler reagieren lassen?

Dann wurden sie wieder leiser. Ich wartete noch ein paar Sekunden. Erst als ich mir sicher war, dass sich draußen nichts mehr tat, legte ich mich flach auf den Boden und spähte unters Bett. Dort fand sich aber nichts. Danach öffnete ich den großen Kleiderschrank. Auch darin befand sich nichts Aufregendes. Kehlmann hatte einen zweiten, ziemlich ausgetragenen Anzug dabei, die purpurfarbene Krawatte gefiel mir überhaupt nicht. Kleider, Schuhe, Socken, Unterhosen, Wollhauben und mehrere Pullover mit scheußlichem Strickmuster, als hätte er sie selbst gestrickt.

Ich nahm mir aus der Minibar eine Dose Warsteiner, zog die Schiebetür zur Seite und trat mit gemischten Gefühlen auf den Balkon. Die frische Luft tat mir gut, von unten hupte es sogar um diese Uhrzeit noch herauf. Ich ärgerte mich darüber, nichts Brauchbares für meine Zwecke gefunden zu haben: weder Manuskripte noch Notizen, ja nicht einmal irgendeinen handschriftlichen Satz, den ich ihm hätte vorwerfen können. Er würde auf der Messe Bücher vorstellen, Lesungen und Reden halten, wo waren seine Vorbereitungen dafür? Kein Notebook, kein Tablet. Nicht einmal eine simple Ansichtskarte mit ein paar knappen, persönlichen Worten von ihm. Als wollte er sich geradezu vor mir verstecken.

Ich dachte daran, dass es sich bei dem Mann um ein angeschossenes Individuum, um eine fallende Existenz handelte. Sein ganzes Wesen war brüchig, angreifbar geworden, es stürzte in sich zusammen wie ein Kartenhaus im Wind. Er war nicht mehr der, der er einmal gewesen war, das durfte man nicht vergessen. Kehlmann lag im Sterben, wahrscheinlich spürte er das selbst. Und im Sterben Liegende handelten oft aus der puren Verzweiflung heraus, sie handelten gegen jede Logik.

Ich nahm einen Schluck.

Ja, gerade darin erkannte ich mit einem Schlag die gesamte Logik. Kehlmann war verwundet, tödlich verwundet. Und das versuchte er vor mir so gut wie möglich zu verbergen.

»Deshalb also nichts Privates«, sagte ich.

Fast wäre es ihm gelungen.

Ich nahm einen weiteren Schluck und ließ meinen Blick über die Stadt schweifen. Im Nebenzimmer lief der Fernseher, vom unteren Stockwerk kletterte ein wirres Stimmengemisch empor. Kühler Wind blies mir ins Gesicht, ich atmete aus. Der Mond stand am Himmel, die Sterne waren kalt. Immerhin hatte ich nun Geld. Ich trank aus und machte mich wieder an die Arbeit.

Das Badezimmer war sehr sauber. Es roch streng nach demselben Putzmittel wie in meinem. Im Waschbecken und an den Wänden in der Dusche entdeckte ich einige schwarze, gekräuselte Haare. Die mussten von ihr stammen. Das war interessant; das Bild seiner weiblichen Begleitung erschien vor meinen Augen immer deutlicher. Über Geschmäcker lässt sich streiten, dachte ich und musste schmunzeln. Sein Geschmack war meiner nicht.

Sie benutzte einen rosaroten Ladyshaver (Philips), der Schriftsteller ein normales Duschgel (Dove). Auf der Ablage unterhalb des Spiegels befanden sich eine elektrische Zahnbürste, ein elektrischer Rasierapparat (ebenfalls Philips, starke Gebrauchsspuren) und ein sehr edles Fläschchen Damenparfüm (*Wistful No. 1*). Aus dem Spiegel von Kehlmann schaute mich mein

Gesicht an. Ich erschrak. Mein Anblick war mir nicht geheuer. Meine Augenbrauen standen in dichten Büschen zu Berge. Am Kinn musste ich mich beim Rasieren geschnitten haben, der Tropfen Blut war bereits zu einer Kruste getrocknet und dunkelrot gefärbt. Ich verwilderte. Aber das bin immer noch ich, dachte ich. Dann genehmigte ich mir, nicht ohne dabei spöttisch zu grinsen, einen dicken Tupfen Feuchtigkeitscreme von der Marke Nivea für Stirn, Wangen und Nase.

Ich knipste das Licht im Bad wieder aus und kehrte nachdenklich, beide Hände in den Hosentaschen, zurück zum Schreibtisch. Mein Gesicht fühlte sich frisch an, es duftete im ganzen Raum nach der Creme. Womöglich hatte ich doch etwas zu viel davon aufgetragen.

Wieso hatte Kehlmann keine Bücher bei sich? Mit welchen Epochen beschäftigte er sich zurzeit? Antikes Griechenland? Römisches Reich? Woran arbeitete er? So viele Fragen schwirrten mir durch den Kopf, auf die ich allesamt keine Antworten fand. Es gab keinen Hinweis darauf, dass ich mich gerade im Hotelzimmer des größten Schriftstellers unserer Zeit befand.

Maßlos enttäuscht ließ ich mich auf seinem Stuhl nieder und dachte über die Nachricht nach, die ich ihm hinterlassen wollte. Was mochte sich Kehlmann in diesem Stuhl schon alles ausgedacht haben? Ich bildete mir ein, dass die Sitzfläche unter mir noch etwas warm war von ihm. Über welche Protagonisten zerbrach er sich momentan den Kopf? Welche Sätze bereiteten ihm Sorgen? Was war ihm hier zuletzt, vielleicht gerade einmal vor einer knappen Stunde, noch so alles eingefallen? Worüber ärgerte er sich? Was quälte ihn? Wovon träumte er? Ich versuchte mich in ihn hineinzuversetzen, all seine Gedanken anzunehmen, als wäre ich der Jäger und er das wundgelaufene Wild.

Dann schlug ich die erste Seite seines Notizblocks auf und griff nach einem der zwei Kugelschreiber (*BIC medium*), die hier lagen. Er benützte einen ähnlichen Stift wie ich, das kam mir wie ein Zeichen vor. Er lag sofort gut in meiner Hand. Die Nachricht muss kurz und prägnant sein, sachlich und informativ, dachte ich, auf das Notwendigste beschränkt, aber auch fesselnd und mitreißend. Ich wollte seinen Kopf und vor allem sein Herz ansprechen. Er sollte mit handfesten Argumenten, die nicht zu dementieren waren, konfrontiert, zugleich von Gefühlen überwältigt werden. An der Konstruktion, am Satzbau, an Wortwahl und Ausdrucksweise sollte sofort ersichtlich sein, dass ich nicht irgendjemand war. Ich war der Autor von *Ich und Kehlmann*. Das sagte ich mir beim Erstellen der Notiz immer wieder: Ich bin der Autor von *Ich und Kehlmann*. Der Gedanke steigerte sich zu einer Maximalfantasie. »Ich bin es«, hörte ich meine Stimme flüstern. »Ich bin es wirklich.«

Den ersten Versuch vernichtete ich sofort: Grob riss ich das Blatt heraus, zerknüllte es zu einer kleinen Kugel und warf diese in den Papierkorb, der sich in der rechten Ecke unter dem Schreibtisch befand. Ich traf ohne Mühe genau in die Mitte, auch darin erkannte ich ein Zeichen. Mit dem zweiten Versuch geschah dasselbe, schon nach den ersten paar Worten: erneut ein sofortiger Treffer!

Mit zittriger Hand und herausgestreckter Zunge schrieb ich schließlich: *Ich freue mich auf dein Gesicht.* Doch irgendwie erschien mir der Satz nicht richtig. Deshalb ergänzte ich: *Wer am höchsten springt, der gewinnt.*

Aber nein, das ergab keinen Sinn. Wie von einem wahnhaften Erregungszustand gepackt, setzte ich von Neuem an und wollte etwas Wichtiges schreiben, doch mir fiel auf einmal überhaupt nichts Wichtiges mehr ein. *Viel schöner bist du, wenn du lachst.* Nein, auch das passte nicht. Damit mache ich mich nur lächerlich, dachte ich. *Erwartung und Enttäuschung sind dreieiige Drillinge*, zitterte ich im nächsten Versuch entgeistert auf ein weiteres weißes Blatt Papier, bloß damit irgendwas darauf stand. Ich vermochte meine eigenen Buchstaben kaum zu entziffern. Nein, sagte ich mir, das war noch immer nichts. In all diesen Sätzen ist das Wichtige, dachte ich, das ich ihm unbedingt mitteilen will, noch immer nicht enthalten.

Für einen Regenbogen braucht es verschiedene Farben. Ich machte den Mund auf. Ich konnte nur hoffen, dass ich alles, was wichtig war, doch vorher schon aufgeschrieben hatte. *Farben und Formen ergänzen sich manchmal, aber nicht immer.* Dann zerknüllte ich das Blatt Papier und traf, ohne hinzuschauen, schon wieder genau in die Mitte. Erst nach dem neunten oder zehnten Ansetzen glaubte ich schließlich, die angemessenen Worte gefunden zu haben:

Lieber Daniel!

Es ist mir eine Ehre, ehrlich, in dieser unwiederbringlichen Stunde hier an deinem Tische zu sitzen und über das Leben und die Liebe, über Lust, über uns beide sinnieren zu dürfen. Unzählbare Erinnerungen und auch so mancherlei Schabernack streichen mir wie Stromschläge Schlag um Schlag um Schlag durch Mark und Bein; durch das zitternde, zerrüttete Gemüt, vornehmlich schöne. Ja, ich bin mir dessen von nun an mehr als gewiss: Es lebe der Gesang, es lebe die Poesie!

Wahrlich: Dafür zu leben …
dafür zu sterben …
lohnt es sich!

Alleine dafür schon hat es sich ausgezahlt.

Es ist nicht einfach, Daniel, in dieser Welt zu bestehen, ach, für niemanden. Ohne Schlaf ist der Mensch verloren. Aber ein Foto, ein Video ist heutzutage bei fast allen immer irgendwie dabei. Erst im Virtuellen werden wir erkennen, wer wir sind. Ich weiß, was dein größtes Geheimnis ist.

Wir sehen uns morgen auf der Messe; allein du weißt das in diesem schweren Augenblicke, der sich dem Schicksal tapfer beugen muss und will und wird, noch immer nicht. Auch solche Momente braucht man im Leben. Oder spürst du mich, so wie ich dich? Jedenfalls: Ich freue mich. Zwar habe ich kein echtes Geschenk für dich, keine Blumen oder anderes dabei. Und doch, ja, ist es schon so. Ich habe ein Geschenk für dich!

Verbringe bis dahin (mit deinem schwarzhaarigen Engel) die Zeit so gut und so schön wie nur irgend möglich, schöpfe sie aus – ach, Daniel: Letzten Endes sind es ja doch die Stunden zu zweit!

Was dagegen ist die Unendlichkeit?

Schlafe gut und verweile,

dein Freund Kevin

»So viel Liebe«, sagte ich. »Poesiekunst!«

Zufrieden faltete ich mehrmals das Blatt, so klein wie möglich. Auf der Vorderseite brachte ich noch in gefühlvoll geschwungener Schnörkelschrift seinen Vornamen an und ertappte mich bei dem albernen Gedanken, am liebsten darum herum noch ein kleines Herzchen zeichnen zu wollen. Dann legte ich die Notiz neben das Glätteisen in die Mitte des Schreibtisches, dann zum Haarkamm, dann auf sein Nachtkästchen, schließlich auf sein Kopfpolster. Da soll sie liegen, dachte ich. Die Mitteilung sollte eindeutig und unmissverständlich an ihn gerichtet sein. Es durfte, was die Botschaft an den Schriftsteller betraf, keine Missverständnisse, keine Zweideutigkeiten geben.

Mich selbst hatten meine ehrlichen Worte tief ergriffen. Mögen sie nur die halbe Wirkung, dachte ich, in ihm auslösen!

Morgen würden wir uns auf der Messe treffen, so ungezwungen wie unverbindlich, wie zwei ganz normale Menschen. Ich würde ihm das Manuskript überreichen, mein wichtigstes Manuskript, mein Lebenswerk; er würde an die Nachwelt denken und die dringliche Notwendigkeit des sofortigen Veröffentlichens durch Rowohlt ohne jeden Zweifel erkennen. Einem Intellekt wie ihm konnte das Genie in meiner Schrift nicht entgehen.

Ich schloss die Augen und erkannte *Ich und Kehlmann* bereits als gebundenes Buch vor mir. Studenten auf der ganzen Welt würden über meine intertextuellen Anspielungen und vielsagenden Metaphern rätseln. Man würde Bachelor- und Masterarbeiten nach meinem Roman benennen.

Dann stellte ich mir vor, von Daniel Kehlmann eine Notiz zu bekommen, eine Antwort auf mein Schreiben, eine Antwort auf all meine Fragen, eine geheime Botschaft wie zum Beispiel:

Liebster Kevin!

Ich habe schon so viel von dir gelesen. Mir gefallen deine Gedichte, deine Erzählungen, deine Theaterstücke. Deine Prosa ist mehr als Prosa; so viel Prosaisches in Prosa brächte ich niemals zustande. Deine epische Kraft ist eine epische Wucht; deine Epik hätte ich gern. Du bist ein begnadeter Schriftsteller! Mir gefällt alles von dir. Mir scheint, die Zukunft gehört nur dir. Eine Zukunft, in der du nicht bist, in der du nicht schreibst, kann und will ich mir nicht vorstellen. Das ist deine Zeit, Kevin! Greif zu, nimm sie dir! Von all deinen Texten am würdevollsten, am weihevollsten erscheint mir …

Oder:

Ich liebe dich!

Oder:

Du bist es, der ich bin. Du bist du, und ich bin ich. Wahrhaftig sind wir eins. Wer bin ich? Das weißt nur du. Und wer wir auch sind, wir sind es. Wären wir nicht wir, dann wären wir andere. Ich bin ich, und du bist du.

Oder:

Geister in Princeton. Der Mentor. Heilig Abend. Die Reise der Verlorenen.

Oder:

Beerholms Vorstellung. Unter der Sonne. Mahlers Zeit. Der fernste Ort. Ich und Kaminski. Die Vermessung der Welt. Wo ist Carlos Montúfar? Requiem für einen Hund. Ruhm. Leo Richters Porträt. Lob. F. Kommt, Geister. Du hättest gehen sollen. Tyll. Das bin ich. Und wo bist du?

Oder:

Tyll. Sollen gehen hättest du. Geister, kommt. F. Lob. Porträt Richters Leo. Ruhm. Hund einen für Requiem. Montúfar Carlos ist wo? Welt der Vermessung die. Kaminski und ich. Ort fernste der. Zeit Mahlers. Sonne der unter. Vorstellung Beerholms. Das bist du. Und wo bin ich?

Oder:

Manchmal fühle ich mich wie in einem Gefängnis und dann denke ich, etwas stimmt nicht mit mir. Aber mit mir muss ich vorsichtig sein, noch viel vorsichtiger als bisher: Die Geschichten löschen sich gegenseitig aus, Kevin, unsere Geschichten, in denen wir gefangen sind. Die Sätze, die Bilder, die Fragen, die wir stellen und die Antworten, die wir geben – es wird nichts bleiben, maximal vielleicht ein Schatten.

Oder:

Fellner! Gib die Feder aus der Hand, sofort, hörst du! Das ist mein Stift, der gehört mir, leg ihn wieder hin! Was machst du überhaupt hier? Himmel, Arsch und Zwirn! Kein weiteres Wort, das deinem kranken Hirn entsprungen ist, möchte ich in diesem Leben lesen müssen! Sollte ich auch nur noch einen einzigen Satz vorgelegt bekommen, auch nur eine einzige Formulierung, die deinem kranken Hirn entsprungen ist, mache ich sofort die Augen zu! Hör auf zu schreiben, hör auf, wirst du wohl endlich aufhören! Bitte schreib, um Himmels willen, nicht weiter! Der Mensch ist, was der Mensch ist. Lass das mit dem Schreiben, lass das doch endlich und komm zu dir! Auf dem Thron darf immer nur einer sitzen. Das ist meine Zeit, das bin ich, verstehst du? Hör sofort auf, dich in meine Angelegenheiten zu mischen. Es kann nur einen von uns beiden geben. Und das bin ich.

Oder:

*

Als ich die Brille abnahm, um wie üblich nach getaner Arbeit mit einem Taschentuch die Gläser zu putzen, stellte ich fest, dass sich in meiner italienischen Fassung nur noch das rechte Glas befand. Einen Moment lang kannte ich mich nicht mehr aus. Ich fragte mich, was das zu bedeuten hatte.

Auf einmal hatte ich das dringende Bedürfnis, mein Ende sofort zu schreiben. Hier und jetzt, sagte ich mir, möchte ich mein Ende niederschreiben, sofort und auf der Stelle, in seinem

Zimmer. Ich werde hier an diesem Tisch, dachte ich, an seinem Tisch mein Ende schreiben. Alles hing von dem Ende ab und ich durfte keine Zeit mehr verlieren. Ich brauchte unverzüglich mein Buch und der Noch-Erfolg von Kehlmann würde mir dabei helfen. Je schneller Kehlmann stirbt, dachte ich entsetzt, desto eher muss mein Roman erscheinen: Es war ein Wettlauf gegen das Sterben, gegen die Zeit.

Ein Klopfen an der Tür unterbrach mich beim Denken.

Benommen drehte ich mich um und starrte gegen die Wand. Mir fiel Jack Nicholson ein. Das Overlook-Hotel. Ich hatte gestohlen. Sollte das jetzt mein Ende sein? Es klopfte erneut, noch heftiger als zuvor.

Wie in Trance bewegte ich mich auf die Tür zu und öffnete.

Eine dürre Gestalt, als hätte sie seit Tagen nichts gegessen, stand vornübergebeugt im Flur. Wie ein Gespenst mutete sie an. Ihre Wangen waren hohl, ihre Augen lagen tief in den Höhlen und blitzten: böse, beißend, blau. Auf dem Kopf trug sie eine verstaubte Schellenkappe. Die alberne Pluderhose war ihr viel zu groß. Der Fremde grinste. Es war aber kein gewöhnliches Grinsen wie das, das man von Menschen kannte. Es war viel eher ein märchenhaftes, verwunschenes, zugleich auch gefährliches Grinsen. Sofort fühlte ich mich irgendeines Vergehens schuldig, als hätte mich diese sonderbare Erscheinung soeben bei etwas ganz Fürchterlichem ertappt.

Na, wen haben wir denn da, hörte ich mein Gegenüber sagen, und es war mir, als erklängen die Worte ausschließlich in mir. *Na, wen haben wir denn da? Wenn das nicht eine Überraschung ist! Ich hab es doch gewusst!* Kalt lief es mir den Rücken hinunter angesichts dieser steinernen Härte, die aus seinen Augen hervorbrach. Wie gefangen fühlte ich mich und bei einem Fehler ertappt, als entkäme ich diesem mich heftig durchbohrenden Blick nicht aus eigener Kraft, und ich dachte an einen Traum, aus dem der Träumende nicht mehr aufzuwachen vermochte. Ich schloss die Augen.

Nach einer Weile öffnete ich sie wieder.

Jetzt stand eine dunkelhaarige Frau auf der Schwelle. Sie wirkte verloren, als hätte sie sich in der Etage geirrt. Sie schien von draußen zu kommen, ihr dicker Winterpelz war zugeknöpft. Und sie hatte ihre Wollmütze, die das Eingefallene im Gesicht nur noch mitleiderregender erscheinen ließ, noch nicht abgenommen.

»Ja?« *Na, wen haben wir denn da?*

»Andi?«, fragte sie mit dem sturen Eigensinn einer Kranken. Aufgedreht klang ihre Stimme, sonderbar verstellt, als wäre das Leben ein schlechter Scherz, dessen Pointe sie nicht lustig fand. Mit so etwas hatte ich nicht gerechnet. Mit der Polizei vielleicht oder, viel schlimmer, mit dem Schriftsteller samt schwarzhaariger Begleitung. Mit so etwas aber, mit dieser Frau, hatte ich nicht gerechnet. Offensichtlich war sie nicht wirklich überrascht, hier in diesem Zimmer einen Unbekannten anzutreffen.

»Andrea Weber?«

Schön, dass wir beide uns endlich einmal kennenlernen. Schon so viel habe ich von dir gehört. Etwas bleich schaust du aus, ernährst du dich gesund? Trink lieber nicht so viel Alkohol, das tut dir nicht gut. Im Zug hast du mich nicht erkannt, stimmt's? Und unten, im Foyer, im roten Lederfauteuil auch nicht. Ich bin einer der drei Herren gewesen, der die ganze Zeit mit dem Smartphone gespielt hat. Einer von diesen drei Wischern bin ich gewesen, bin einmal sogar extra aufgestanden, um dir einen kleinen Schrecken einzujagen, damit du mich besser sehen kannst. Ich bin die ganze Zeit bei dir gewesen, Kevin, und du hast es noch immer nicht begriffen. Ich bin die ganze Zeit bei dir, ob du willst oder nicht. Und ich werde dich nicht verlassen. Bis zu deinem Ende werde ich dich begleiten. Gemeinsam werden wir untergehen. Der moderne Mensch von heute wischt nämlich nur noch. Weißt du das denn nicht? Der braucht nicht zu lesen. Der braucht nicht zu denken. Der braucht nur noch zu wischen, Geduld und Gehorsam zu leisten, um ein paar lächerliche Regeln und Vorschriften zu befolgen. All diese Wischer sollten eigentlich keine Köpfe haben. Denn das Denken der Wischer gehört verboten, Gedanken sind nicht mehr erwünscht. Alle Gedanken gehören weggewischt. Der moderne Wischer ist der Sklave von heute.

Bist du ein Wischer, Kevin?

Auch im Fugo hast du mich nicht erkannt, oder doch? Nein, auch da nicht. Stimmt's oder hab ich recht? Wie geht's, wie steht's?

»Wer sind Sie denn, der so zu fragen wagt?«

»Wer, ich?«

Ich?

»Sie sind Andrea Weber?«

Ich bin ich.

»Nein, ich suche Andi. Ich bin Anna. Sie ist nicht da?«

Und du bist du.

Ich sagte, ich sei Daniel Kehlmann.

Und ich bin kein Mensch. Du weißt, wer ich bin, Kevin. Du weißt es. Denk einmal scharf nach! Streng dich an, so schwer ist das nicht. Wir beide gehören zusammen. Und was zusammengehört, das trennt man nicht. Denk doch endlich einmal scharf nach!

Sie zuckte mit den Achseln. Dann blinzelte sie mehrmals und machte einen Schritt auf mich zu. Sie würde sich freuen, das sei schön. Dann reichte sie mir die Hand. Wo Andrea sei, wollte sie wissen. Das wüsste ich nicht, vermutlich sei sie schon gegangen.

Das sei komisch. Ich bestätigte, das fände ich auch. Dann gab sie zu, schon ziemlich betrunken zu sein. Ob ich in der Minibar noch etwas Alkoholisches hätte? Menschen seien wie Spiegel, antwortete ich, ohne zu verstehen, was ich damit meinte. Am liebsten Champagner, aber auch eine gute Flasche Sekt sei in Ordnung, entgegnete sie mir. Darauf komme es zu dieser späten Stunde jetzt auch nicht mehr an. Sie würde hier gerne mit mir auf Andrea warten, die könne doch nicht ewig fort sein. Die müsse bestimmt jeden Augenblick kommen.

Ich fand ihr erneutes Blinzeln vieldeutig. Das sei eine hervorragende Idee, log ich, allerdings hätte ich gerade keine Zeit. Es sei etwas unpassend. Ich sei ebenfalls verabredet. Mit wem denn?, wollte sie es auf einmal ganz genau wissen. Mit Georg, sagte ich und erschrak vor mir selbst. Sie schaute mich aus ihren blauen Augen an. *Und ich bin kein Mensch.* Gäbe es Abschiede für immer, sagte sie, so sei dies einer. Dann blinzelte sie wieder. Ich wurde aus der Frau nicht schlau. Mit Georg. Es sei wichtig und ich sei ohnehin schon zu spät dran.

Sie nickte. Sie würde unten warten.

Mit einer schwungvollen Bewegung des rechten Arms zog sie sich die Wollmütze vom Kopf. Darunter verbarg sich ein aufwendiges Haararrangement, das sich gewaltig nach oben hin entwickelte. Sie war umständlich geschminkt. Trotzdem vermutete ich irgendwo darunter ein liebenswertes Gesicht.

»Wie war gleich noch einmal Ihr Name?«, fragte sie, schon im Begriff zu gehen.

»Kehlmann«, sagte ich. »Daniel.«

Und ich bin kein Mensch.

»Auf Wiedersehen.«

Ich schloss die Tür. Etwas stimmte nicht. Ich glaubte, mich

auf einmal in einer ganz wilden Geschichte wiedergefunden zu haben. Dann drückte ich meinen Rücken gegen die Wand und ließ mich auf den Boden sinken.

»Das ist eine Nacht«, hörte ich mich nach einer Weile sagen. Aus dem Nebenzimmer (1340) waren Sexgeräusche zu vernehmen. Ich muss unbedingt mein Ende schreiben, dachte ich, mein Ende zu einem vernünftigen Ende bringen. Bei diesem Gedanken wusste ich nicht, ob ich ihn bloß geträumt oder tatsächlich gedacht hatte. Mein letztes Kapitel, sagte ich mir, Kapitel XII, sonst endet dieser Wahnsinn nie.

VI

»Guten Morgen!«, schrie ich wie ein übermotivierter Zugsführer zur herbeizitierten, stramm in Reih und Glied anmarschierenden Mannschaft mit dem gewohnten Enthusiasmus in meiner Stimme. Demonstrativ ließ ich die Tür hinter mir zuknallen. Das rüttelte selbst die Burschen in der letzten Reihe wach, zumindest für den Moment. Es lebe der Schlaf der Seligen, sagte ich mir. Ob dämmern, schlummern oder dösen, dachte ich, ob mit offenen oder mit geschlossenen Augen – die sehr geschätzten Herrschaften meiner 9 L vermochten selbst im Stehen zu träumen. Meine Literaturstunden schienen wie aufgelegt zu sein für die fantasievollsten Entrückungen, mit wem und wohin auch immer. Sie brachten es mühelos zustande, wie ich mir neidisch eingestehen musste, an Orten und an Plätzen zu schlafen, wo an ein entspanntes und erholsames Schlafen eigentlich nicht zu denken war.

Zielgerichtet schritt ich auf mein Pult zu, als wäre das jetzt die Stunde aller Stunden, als gäbe es keine Minute zu verlieren. Mit Elan stellte ich die schwarze Aktentasche wie gewohnt an meinen Platz neben das Notebook und schaute nun zum ersten Mal direkt in die Klasse. Wie immer tat ich so, als sähe ich innerhalb von Sekunden alle und alles. Das war mein typischer Lehrerblick. Und tatsächlich: Mir entging fast nichts!

»Guten Morgen, Herr Professor«, kam es verzögert und zögerlich von den Jugendlichen zurück. Ich liebte Österreich dafür, dass man hier als Lehrer im Gymnasium so angesprochen wurde, ohne sich habilitiert zu haben. Die ungeheuerlichen Strapazen, die unsagbaren Zerwürfnisse der Pubertät waren ihnen allen ins Gesicht geschrieben, hineingezeichnet, ja weit mehr als nur brachial hineingeschnitzt worden – müde und verschlafen, erschlagen, zaghaft und zerknirscht. Diese individuelle Handschrift der Zeit der Geschlechtsreife zeigte sich auf jedem Schlachtfeld um eine dezente Nuance anders: Da gab es auf der Stirn fiese Pickel, die trotz aller Maßnahmen nicht und nicht verschwinden wollten. Mit jeder weiteren Salbe, mit jedem neuen Spray und so viel Hoffnung auf Rettung, wie sie die schillernde Werbung auf Instagram oder YouTube, bei Streamingdiensten oder sonst wo versprach, mit jedem weiteren Versuch des Ausdrückens, -quetschens oder -stechens wurden diese in Wahrheit nur noch größer – und bei dem einen und anderen nicht nur auf der Stirn!

Von Frisur konnte keine Rede sein, aber es gab Haare. Haare, die auf Teufel komm raus an Stellen wuchsen, wo sie niemals hätten wachsen dürfen, und die sich dort, wo sie wiederum durchaus sehr gewünscht gewesen wären, noch immer nicht zeigten. Was man auch machte, die Haare machten etwas anderes. Und ganz egal, ob geglättet, gefärbt oder gelockt, es passte nichts; die im Fernsehen bei Heidi Klum sahen doch immer ganz anders aus. Alle heroischen Versuche, eine entscheidende Korrektur oder dauerhafte Verbesserung herbeizuführen, waren von vornherein zum Scheitern verurteilt. Es wurde geschminkt, es wurde getuscht, es wurde mit allen Komplementärfarben dieser Erde übermalt, was sich nicht übermalen ließ, ja ganze Konturen der Physiognomie wurden des Morgens manuell und in einer erstaunlichen Akribie abgeändert, sodass sich in so manchem Bad im Pinzgau schon in aller Herrgottsfrühe die Balken bogen.

Aber was man auch tat, es wurde mit jedem Tun nur noch schlimmer. Hätte man es doch lieber so belassen, wie es vorher gewesen war! Das Ergebnis war oftmals ein Schädel, den man als Erwachsener eigentlich nicht anschauen wollte. Und dann schaute man ihnen doch wieder, weil man ja musste, ins beschämte, gerötete, verschnupfte, geplagte, hundertfach gedemütigte Kampfgesicht.

Wir versuchen alle nur, sagte ich mir, irgendwie das Leben zu meistern. Wir machen alle dasselbe durch. Was bitte ist denn der Mensch? Das fragte ich mich, indem ich wieder einmal morgens von meinem Pult aus in die Klasse schaute. Ein Gefangener seines Kopfes, antwortete ich mir, ein Sklave seines Körpers, ein Opfer seines Handelns! Und was bitte war Zeit denn anderes als erbarmungslose Verfolgung, jenes oberste und unumstößliche Naturgesetz, dem wir alle ausgeliefert waren und das uns vorschrieb und täglich nicht vergessen ließ, dass der endgültige Zerfall mit jedem Wimpernschlag schon wieder einen Hauch näher an uns herangerückt war? Was konnte Zeit schon anderes als vergehen? Keine verstrichene Sekunde kehrte je wieder. Ob man wollte oder nicht – jede einzelne Sekunde enthielt schon wieder einen neuen Zustand des Seins.

Es lebt, dachte ich, doch jeder Mensch in seiner eigenen Welt. Früher oder später holte diese bittere Erkenntnis uns alle ein, begriff ich: Wir waren allein. Es gab einen Anfang und es gab ein Ende. Und das Ende war mit dem entsprechenden Algorithmus mathematisch berechenbar, physikalisch vorherbestimmt. Eine radikale Diktatur, sagte ich mir, der zu entkommen keinem Lebewesen vergönnt war.

Nach und nach und nur ganz allmählich gedachten sie dann schließlich doch, sich mir oder zumindest den üblichen Gepflogenheiten gegenüber zu erheben. Caro ließ das zinnoberrote Nagellackfläschchen unter der Bank verschwinden. Mit ihren dunkelbraunen Hundeaugen schaute sie mich vorwurfsvoll an, dann richtete sie sich grandios beleidigt mehr als träge auf. Ein Skandal gleich vor der ersten Stunde: Sie war beim Lackieren nämlich nur bis zum Ringfinger der einen Hand gekommen. Nonverbal ließ sie mich wissen, niemand anderer als ich sei schuld daran.

Die meisten taten so, als wäre das Aufstehen eine enorme Anstrengung. Peter versuchte sein Smartphone derart ungeschickt im Ärmel des Pullovers verschwinden zu lassen, dass ich ihm den Erfolg fast schon gewünscht hätte. Manche stöhnten, vereinzelt wurde geflüstert. In mir sah man eine ideale Projektionsfläche. Der Lehrer dort vorne war der Sündenbock für alles. Die Wut, der Frust, das universale Unverständnis, Ängste, Zweifel, Sorgen – was es auch war, es wurde um 7:30 Uhr gegen mich gerichtet. Die meisten starrten gelangweilt ins Nichts, ja selbst durch das gelangweilte Nichts mit leerem, ausgehungertem Blick hindurch. Sie vegetierten mit offenen Augen und im Stehen vor sich hin.

Ich wartete, bis sich schließlich auch Rick ganz hinten in der Fensterreihe erhoben hatte.

»Bitte setzen!«

In einem synchronen Aufatmen der allgemeinen Erleichterung ließ man sich kollektiv fallen.

»Na endlich«, murmelte Hannah in ihren Rollkragen hinein. Jetzt sei es aber auch Zeit geworden.

Ich schritt gemächlich den schmalen Mittelgang, bei dieser Raumknappheit in Wahrheit mein einzig möglicher Weg, bis ans hintere Ende der Klasse zurück und achtete darauf, nicht auf Schultaschen oder Taschenrechner, Kondome, Coladosen oder was auch immer zu treten. Vor Peter blieb ich stehen. Manuel kicherte schadenfroh vor sich hin.

Er habe es ihm gleich gesagt, meinte er zu seinem Sitznachbarn. Anstandslos rückte Peter das Telefon heraus. Ein tägliches Prozedere, fast immer erwischte es dieselben. Er könne es sich am Ende des Tages in der Direktion abholen, ließ ich ihn wissen. Aber das wusste er ohnehin schon.

»Ich habe mein Handy im Spind!«, rief Toni aus der ersten Reihe. Toni war in allen Fächern der Klassenbeste.

»Schleimer!« Mehrere von hinten, postwendend und zugleich.

»Yolo!« Irgendwer von irgendwo.

»Geiz ist geil!« – »Red Bull verleiht Flügel!« – »What the fuck!«

»Was haben wir in der letzten Stunde gemacht?«, fragte ich streng, um den Aufruhr in eine andere Richtung zu lenken.

Augenblicklich war es still. So eine Stille gab es nur im Klassenzimmer – eine Stille, in der es an allen Ecken und Enden knisterte. Fragende Blicke wurden heimlich ausgetauscht, möge sich doch bitte jemand erbarmen und aufzeigen. Aber es zeigte niemand auf. Die letzte Stunde war am Vortag gewesen, sie lag schon wieder so lange zurück!

Ich schlängelte mich durch den Mittelgang wieder nach vorne und überlegte selbst kurz, was wir gestern so alles gemacht hatten. Die meisten starrten mit gesenktem Kopf auf die eigene Tischplatte. Es wurde gedämmert, geschlummert, gerotzt und geschnieft. Manche taten sogar so, als dachten sie nach, das musste man ihnen zumindest anrechnen. Sie taten so, als fiele ihnen die gesuchte Antwort jeden Augenblick ein, als läge sie ihnen auf der Zunge. Im Schauspielern gab es somit wahre Talente in meiner Klasse. Im Literaturbuch wurde indes das Zeichnen von Strichmännchen geübt. In dieser Hinsicht waren sie alle bestens vorbereitet für die Uni, an der viele von ihnen diese Fähigkeit vermutlich noch bis zur Perfektion treiben würden.

So wenige Gedanken sind hier im Raum, dachte ich, selbst wenn ich alle Gedanken meiner 9 L-er zusammenzähle. Dass sich im Gehirn des Pubertierenden partout keine Gedanken bilden mochten, nicht ein einziger sinnvoll zusammenhängender, faszinierte mich immer wieder aufs Neue. Neurowissenschaftler würden dieses Phänomen methodisch erklären können. Mit den Kindern aus der Unterstufe jedenfalls ließen sich spannendere Gespräche über Gott, die Welt und das Universum führen als mit diesen Banausen aus meiner 9 L, die alle im Besitz eines gültigen Führerscheins waren. Nur wenige wagten es, mich anzusehen.

»Paul?«, fragte ich. Einige atmeten erleichtert auf, manchen war alles egal. Paul tat so, als hätte er mich nicht gehört. »Paul?«, wiederholte ich. »Paul?« Wie einzelne Schüsse, die durch die Stille schnalzten. »Paul?«

Aber Paul, das war sozusagen seine Strategie, tat so, als sei er nicht Paul.

Ich machte ein paar Schritte auf ihn zu.

Heute gehe es nicht, meinte er, bitte nicht heute. Morgen ja, aber heute sei ganz schlecht. Wegen blablabla. Es gehe *immer*, nur nicht heute. Nicht heute, Herr Professor, morgen sei okay.

Ich entgegnete ihm, dass er sich zumindest an *eine* Sache aus der letzten Stunde bestimmt erinnern werde. Er müsse sich nur konzentrieren, dann falle ihm bestimmt etwas ein.

Doch Paul verzog verkrampft, verbissen das Gesicht: Er konzentrierte sich.

Wenn Köpfe rauchen könnten, dachte ich.

Für ihn war das wieder mal so ein Hä-Moment. Vereinzelte Barthaare blühten wie Enzian auf seinen malträtierten Wangen, schmückten sehr ungewöhnlich sein Kinn, aus dessen Mitte etwas Eitriges wuchs.

Für Paul, wie ich in mir witzelte, könnte jeder Tag Fasching sein. Er bräuchte sich nie zu verkleiden.

Irgendetwas übers Theater, meinte er nach einer halben Ewigkeit, ausatmend und sehr erleichtert.

Ob das noch genauer gehe, wollte ich wissen.

Stücke von Brecht.

Ich fragte, wie man diese Art von Theater denn nenne und was das Besondere daran sei?

Stolz zeigte Caro auf, und zwar mit der Hand, die vorhin noch nicht drangekommen war. Das Fläschchen Zinnoberrot hatte sie wieder hervorgeholt, neben Radiergummi, Filzstift und Tintenkiller der schillerndste Gegenstand auf ihrem Platz.

Paul indes schüttelte ziemlich verzweifelt den Kopf. Also noch mehr wisse er jetzt so spontan echt nicht. Morgen, sofern das erwünscht sei, möge ich genauer nachfragen.

Ich schaute in die Klasse. »Episches Theater!«, schrie Peter heraus und fragte, ob er dafür das Handy zurückbekomme. Mir fiel erst jetzt auf, dass ich die ganze Zeit damit herumgespielt hatte.

Ich sagte, die Antwort sei zwar richtig, aber das Handy müsse er sich trotzdem am Ende des Tages beim Direktor abholen.

Manuel kicherte erneut, er habe es ihm ja gleich gesagt.

Ich fragte Caro, ob sie das auch hatte antworten wollen.

Nein, sie müsse nur ganz dringend auf die Toilette.

Allgemeines Gelächter erklang.

Ob sie mir vorher nicht etwas zum epischen Theater sagen könne. Jetzt lachte sogar Toni in der ersten Reihe, wenn auch nur sehr dezent und ausschließlich nach innen.

Urinieren sei ein Menschenrecht, entgegnete sie mir prompt.

Da habe sie zwar nicht unrecht, sagte ich. Das stimme schon.

Meine Literaturstunden seien allerdings eine der ganz wenigen Ausnahmen von diesem Recht. Oder ob sie das etwa bestreiten wolle, fragte ich rhetorisch.

Caro verzog beleidigt das Gesicht. Zuerst die brutale Störung beim Lackieren und jetzt auch noch das: Wie unfair doch das Leben war!

Manuel klopfte sich vor lauter Kichern oder aus irgendeinem anderen Grund unentwegt auf die Oberschenkel.

Meine Literaturstunden seien schließlich eine heilige Zeit, sagte ich, da wolle man doch nicht aufs Klo.

»Literatur im Exil!«, schrie es förmlich aus Martin heraus. Er war aufgesprungen. Ich fragte ihn, ob er nicht etwas Wichtiges vergessen habe.

Martin setzte sich verdutzt wieder auf seinen Stuhl und zeigte auf. Manuel kam aus dem Kichern gar nicht mehr heraus, für ihn war das bisher ein guter Tag. Ich nickte dem Aufzeigenden zu, jetzt dürfe dieser seine Antwort sagen. »Literatur im Exil«, wiederholte Martin. Ich sagte, das sei richtig. Wir hätten uns in der letzten Stunde vor allem über das Schreiben österreichischer, schweizerischer und deutscher Autoren im Ausland unterhalten, fuhr ich fort, und damit fing die Stunde nun wirklich an.

Im epischen Theater gehe es um Verfremdungseffekte, begann ich zu monologisieren, darauf komme es generell an, in jedem guten Roman, sagte ich, in jedem Stück, in jedem Film. Quentin Tarantino sei unser Paradebeispiel in Hollywood. Denken wir nur an *Four Rooms* oder *Jackie Brown*, sagte ich. Wir hätten vom NS-Regime gesprochen und von den vielen groß inszenierten Bücherverbrennungen: Literatur im Exil. Amerika sei ein wichtiger Zufluchtsort deutschsprachiger Schriftsteller gewesen.

Manche taten so, als erinnerten sie sich. Eva schlug ihre Mappe auf und notierte sich einen Satz. Sie schien damit einen Teil der Klasse anzustecken, immer mehr machten sich bereit zur Mitschrift. Amerika sei ein Land voll roher Gewalt, sagte ich und ließ das Smartphone von der einen in die andere Hand wandern. Meine Stimme wurde lauter und kräftiger. Amerika sei ein Land, das seit Jahrzehnten durchgehend Krieg führe. Es propagiere den Krieg, für den Krieg gegen den Terror. Wir Österreicher würden nicht globalisiert, schrie ich heiser, wir alle würden in Wahrheit nur noch amerikanisiert.

Ich stellte mich auf den Stuhl, um vor der Klasse noch größer und mächtiger zu erscheinen. Von unten schauten sie ahnungslos zu mir herauf. Das gefiel mir. Um noch mehr Wirkung zu erzielen, stieg ich in meinen Straßenschuhen auf das Pult und verkündete den Jugendlichen, Amerika sei in jüngster Zeit von einer schweren Krankheit befallen worden. Es gäbe keine Heilung. Es gäbe keine Hoffnung. Diese Krankheit nenne sich Kapitalismus und sei hochansteckend. Das Virus verbreite sich in jeder Sekunde digital auf der ganzen Welt. Ein extremer Raubkapitalismus, schrie ich, der angetrieben werde von unersättlicher Gier. Höher, schneller, weiter: Das sei unsere Devise. Mehr müsse es sein, immer noch mehr. Dieser Raubkapitalismus sei zerstörerisch, vor allem selbstzerstörerisch. Er nehme dem Menschen alles, ganz besonders seine Privatsphäre, seine Freiheit. Bald werde es die totale Überwachung geben, prophezeite ich, denn die Angst vor dem Terror stecke tief in uns allen. Sicherheit würde das politische Schlagwort der Zukunft sein. Die totale Überwachung und die totale Sicherheit. Wir alle seien infiziert.

Mit erhobenem Zeigefinger stand ich wie ein katholischer Priester auf dem Pult. Alle sogen meine Worte auf, sie hingen förmlich an meinen Lippen. Ich sah von dort oben in den der Welt und der Zeit ausgelieferten Jugendlichen keine Menschen mehr. Ich sah nur noch Konsumenten. Wir seien keine Menschen mehr, flüsterte ich, um noch mehr Spannung aufzubauen. Wir seien eine beschleunigte Massengesellschaft, schrie ich jetzt, in der Beschleunigung liege die ganze Entartung.

Die Kaufkraft hockte dort unten in der Klasse und blickte zu mir nach oben. Caro hatte ihr Zinnoberrot vergessen. Wie besessen notierte sie meine Worte in ihr Heft. Paul war Paul, nicht mehr und nicht weniger, aber das war er. Sogar Peter bemühte sich mitzuschreiben, wenn auch sehr unbeholfen. Er würde sich für den Test die Mitschrift von jemandem kopieren müssen, hoffentlich nicht die von Paul. Infiziert sind sie alle, dachte ich, im Kaufen von Produkten finden sie ein kurzfristiges Heil. Das Kaufen von Produkten war ihr Elixier.

Ich diktierte, schon bald werde es nicht mehr möglich sein, aufs Klo zu gehen, ohne dabei vom Staat überwacht zu werden. Selbst beim Pinkeln werde uns der Staat dann zuschauen, sagte ich, und alle schrieben jetzt mit. Man werde unseren Urin im Labor untersuchen und bewerten: weiß oder gelb, richtig oder falsch, gut oder böse. Ich machte eine Pause, damit jeder mitkam, auch die langsamsten Schreiber. Aber vielleicht, murmelte ich, sei das ja schon jetzt nicht mehr möglich. Wir seien deshalb heute verantwortlich dafür, wie die Menschen morgen lebten.

Dramatisch beabsichtigte ich, diesen wichtigen Satz mit einer entsprechenden Geste zu untermalen, als mir das Smartphone aus der Hand rutschte und zu Boden fiel.

Es zerbrach in tausend Teile, aber niemand lachte. Mit weit aufgerissenen Augen starrten mich die Heranwachsenden von dort unten an, ihre Gesichter waren gezeichnet von der Zeit.

Sie warteten auf die Fortsetzung meines Monologs. Nicht einmal Peter beschwerte sich wegen seines kaputten Handys. Ihre Kiefer hingen verdattert hinunter. Mit offenem Mund glotzten sie so stumm und dumm wie sabbernd zu mir herauf. Dieses fade Glotzen gab wenig Grund zur Hoffnung, am verwirrtesten von allen war ausgerechnet Toni, unser Musterschüler. Wie würde es weitergehen? Was seien mögliche Lösungen? Wie reagiere denn der Herr Professor auf dieses fürchterliche Virus? Und ob wir dieser Pandemie, fragte jemand, vielleicht nicht doch noch irgendwie entkommen könnten? Mit Brecht vielleicht? Mit dem epischen Theater oder einem anderen? So viele Fragen standen im Raum. Doch ich sagte nichts mehr, kein weiteres Wort.

Dann sprang ich vom Pult, griff wahllos nach ein paar Scherben und machte mich damit auf den Weg zum Direktor.

Ohne anzuklopfen, stürmte ich in sein Büro. Die zwei Sekretärinnen im Vorraum schauten mich nur entgeistert an. Ich wusste nicht, wieso, wollte mich nicht erklären. Die Angelegenheit sei dringlich, sagte ich im Vorbeilaufen, es gebe Wichtiges zu besprechen. Auch machte ich die Tür hinter mir nicht wieder zu, sondern legte dem Direktor, der an seinem Schreibtisch saß, sogleich wortlos zwei größere Teile des Smartphones vors Gesicht. Am linken Zeigefinger hatte ich mich geschnitten. Ein Stück zersplittertes Plastik steckte noch in der Haut, wie ich jetzt feststellen musste. Ich blutete stark.

Dann erst bemerkte ich, dass er telefonierte.

»Gut«, sagte der Direktor gerade und verdrehte die Augen. Mit seiner Hand gab er mir zu verstehen, dass ich mich ruhig schon einmal auf einen der beiden Ikea-Stühle setzen solle. Ich möge mich entspannen, es gebe keinen Grund zur Sorge. Ich dürfe mich hier wie bei mir zu Hause fühlen. Er sei gleich so weit. Er sei gleich bei mir.

»Wird erledigt, Schatz. ... Ja. Da hast du recht. ... Verstehe. ... Aha? ... Das sehe ich auch so. ... Aber natürlich höre ich dir zu. Nein, das sage ich nicht nur so. ... Aha, ja, ja. ... Natürlich werde ich an die Schokolade denken, mit Haselnuss und Trauben! Und Tampons, okay. ... Aha? ... Die Super Plus, die mit der grünen Farbe. ... Hm. Besonders stark diesmal, aha. ... Ja, ja. Ich kenne mich schon aus. ... Oh! Du hast immer recht. ... Ja. Jaja. ... Aber das ist doch nicht schlimm. Das macht doch gar nichts. ... Doch, immer. ... Das ist aber schön gesagt.« Der Direktor schaute mich an. Dann, etwas leiser mit vorgehaltener Hand: »Bussi.« Er schaute mich noch einmal an. »Ich dich auch.«

Dann nahm er den Hörer vom Ohr.

»Hilfe«, sagte er. »Wenn ich Ihnen einen Tipp geben darf: Heiraten Sie bloß nicht!«

»Ja«, sagte ich. »Ich werde es mir merken.«

Er sah mich mit geneigtem Kopf und spöttischem Blick von der Seite an, strich seine wenigen Haare aus der Stirn und erhob sich schließlich schwerfällig aus dem tiefen Drehstuhl.

Vor vielen Jahren war der Direktor auch einmal ein junger Mann gewesen, vielleicht kein schöner, dachte ich, aber mit langen Haaren. Ich konnte ihn mir in seiner Jugend nur schwer vorstellen. Er war ein Kind der 70er, die Zeit der Freiheit und des Aufbegehrens war nicht spurlos an ihm vorübergegangen. Auch er wird vermutlich einmal gelebt haben, versuchte ich es mir vorzustellen. Als junger Mensch konnte man nicht glauben, selbst einmal alt zu sein. Das Alter war etwas Groteskes. Man existierte nur noch wie ein schrumpeliges Skelettgerüst, wie eine surreale Traumgestalt schlich man, sofern das überhaupt noch möglich war, von Moment zu Moment, und der Tod stand einem allgegenwärtig bevor.

Nachdenklich trat der Direktor ans Fenster. Wie würde er auf das von mir zerstörte Schülertelefon reagieren? Ob ich es Peter ersetzen musste? Ob mir der Betrag vom Gehalt abgezogen werden würde? Mir war es hinuntergefallen, weil? Sie haben sich auf das Pult gestellt, weil? Sie unterrichten Brecht, also heutzutage immer noch den alten Brecht, episches Theater, weil? Und jetzt haben Sie Ihre Klasse mitten in der Stunde einfach so allein gelassen, weil?

Woran denkt dieser Mann nachts, fragte ich mich, wenn der Schlaf, wenn der Traum, wenn die Erlösung ihn nicht finden will?

Gigantische Wolken-Ambosse türmten sich am Horizont. Hagel war von den Meteorologen für den späteren Nachmittag im Großraum Zell am See vorausgesagt, Gewitter, Hagel und Sturm. Dort draußen braute sich etwas zusammen.

Im Büro war es stickig und schwül, das war heute kein angenehmer Arbeitsplatz.

»Ich habe Ihr Manuskript gelesen«, sagte der Direktor mit ernster Stimme nach einer Weile. Ich verstand zunächst nicht recht und deutete in die Richtung der zwei schwarzen Plastikteile des Smartphones. Da erkannte ich, dass sie gar nicht mehr auf dem Tisch lagen. Er musste sie beim Aufstehen genommen und eingesteckt haben. Dafür hatte sich eine bemerkenswerte Lache Blut gebildet, als hätte ich mehrere Liter verloren. Von der Kante tröpfelte es klebrig, rot zu Boden. »Mir gefällt, was Sie schreiben«, fuhr er im Stehen fort. Die Arme hatte er hinter sich verschränkt. Mit weitem, klarem Blick schaute er aus dem Fenster wie in eine andere Zeit.

In der Scheibe schwebte schwerelos mein Spiegelbild. Bald würde ich berühmt sein. Vielleicht weltberühmt. Ja, ich fühlte mich wichtig. Manchmal meinte ich nach dem Lesen mancher meiner Kapitel sogar, dass ich überhaupt der Größte war. Kehlmann war gerade in Mode, die Zeit würde aus ihm machen, was sie aus ihm machen wollte.

»Ihre Prosa bewegt sich zwischen Wahnsinn und Genie. Das ist herrlich!« Dann drehte er sich in mehreren, überaus graziösen Pirouetten um die eigene Achse und schwungvoll zu mir hin. »Zwischen Wahnsinn und Genie«, wiederholte er und sein Gesichtsausdruck wurde sachlich, »wahrlich, das beschwöre ich: irgendwo dazwischen. Aber wo genau, das ist nicht klar. Das ist gefährlich.«

Ich wusste nicht, was ich darauf erwidern sollte. Verlegen kratzte ich mich am Kinn und brachte schließlich doch noch ein schwaches Danke heraus.

Weswegen war ich gleich noch mal wie gehetzt und außer Atem zu ihm ins Büro gestürzt? Was waren noch mal meine dringlichen Anliegen gewesen? Mir fiel es nicht mehr ein. Wie war ich hierhergekommen? Mir war auf einmal, als hätte sich die Zeit um mich geschlossen, als wäre ihr großes Werk der Zerstörung bereits getan, als hätte sie mich längst schon eingeholt. Mit mir stimmte etwas Grobes ganz und gar nicht. Worin lag gleich noch mal die Verbindung zwischen den Dingen und der Zeit?

»In Ihrem Manuskript«, sagte er, »heißt es, ›ziemlich präpotent‹ auf Seite drei. Damit erschlagen Sie den Leser gleich zu Beginn.« Scharf, eindringlich schaute er mir in die Augen. »Und etwas später dann noch einmal, ich glaube auf Seite hundertsiebzehn: ›Jeder Mensch lebt sein Leben selbst.‹« Ich wusste nicht, was ich sagen sollte. Ich begriff nicht recht. Ich wusste nicht, worauf er hinauswollte. »Wenn Sie schreiben«, fragte er mich, »wie fühlen Sie sich dann? Nein, ich möchte Sie anders fragen. Lassen Sie mich das anders formulieren.« Mit ausgestreckten Fingern fuhr er die Kanten seines Bildschirms ab.

Aus dem rebellischen Revolutionär war im Laufe der Jahre ein biederer Bürokrat geworden, dachte ich. Einer, der immer pünktlich aufstand und der nie zu spät schlafen ging. Einer, der am Abend ab und zu ein Gläschen Rotwein trank, aber niemals zu viel. Man konnte sich auf ihn verlassen, er erfüllte seine Funktion ordnungsgemäß. Er wollte gefallen und gefiel sich dabei. Einer, der es zu etwas gebracht hatte. Und doch hatte er einmal gelebt.

»Meinen Sie, in Ihrem Schreiben Ihre letzte Sprache gefunden zu haben? Meinen Sie, in Ihrem Schreiben angekommen zu sein?«

Für Sekunden war mir, als zerrönne die Zeit vor meinen Augen. Der Hagel schien immer mehr auf uns zuzukommen. Ein kräftiger Windstoß schleuderte lose Blätter vom Schreibtisch durch das gekippte Fenster und wie willkürlich quer durch die Luft. Sie tänzelten hinter mir in einem heillosen Hin und Her und Auf und Ab durch die offene Tür und aus dem Büro in den Vorraum, in dem die beiden Sekretärinnen jetzt nicht mehr waren. Ich jedenfalls befand mich gerade auf dem Ikea-Stuhl aus Styropor mitten in der allerstärksten Zugluft.

»Ich meine«, meinte er, »meinen Sie, in Ihrem Schreiben eine Zuflucht, so etwas wie ein Zuhause gefunden zu haben?«

Ich verstand nicht.

»Ich verstehe nicht.«

»Zu Hause zu sein, bedeutet, irgendwo angekommen zu sein. Irgendwo angekommen zu sein, bedeutet, geerdet zu sein. Menschen sind wie Pflanzen.« Da sprach jetzt der Biologe aus ihm, der Naturwissenschaftler. »Geerdet zu sein, bedeutet, eine Sicherheit gefunden zu haben.«

Die ersten Tropfen trommelten gegen das Fenster wie transparente Kugeln, die sich daraufhin kunstvoll verformten. Sie weiteten sich auf dem Glas in einem wirren Spiel zu kleinen Kreisen aus, wurden von der Schwerkraft nach unten gezogen, um vom Wind sogleich in alle möglichen Himmelsrichtungen, letztlich gar auch wieder zurück nach oben geschoben zu werden. Die Schwerkraft, dachte ich, ist hier sicherlich nicht die stärkste Kraft.

»Haben Sie in Ihrem wilden Schreiben, in diesem herrenlosen Treiben, und das ist die entscheidende Frage, in Ihrem dämonischen Tun Ihre Zuflucht, Ihr Heil, Herr Fellner, Ihr Zuhause gefunden?«

Mit beiden Händen umklammerte ich, merkwürdig verwinkelt, verkrampft die Stuhllehnen. Zu stark erschien mir auf einmal der ganze Gegenwind. Wie soll das denn eigentlich möglich sein, überlegte ich mir, das Fenster ist ja nur gekippt? Ich kämpfe gegen Gespenster, dachte ich: Bitte, gegen wen oder was hier wehre ich mich? Die Situation entglitt ins Surreale, als könne mich dieser Orkan wie das lose Papier einfach so durch den Raum fegen, ja durch den Raum und durch die Zeit. Jede anfängliche Gemütlichkeit war jetzt endgültig verloren, wie weggeblasen.

Der Direktor machte einen Schritt auf mich zu. Ich erkannte das Spiegelbild meines erbleichten Gesichts: wie leichenfahl, verdoppelt in seinen Pupillen, als würde er mir gegenüber zunehmend mächtiger. Es existierten für mich in diesem Augenblick nur noch der Direktor und das Büro. Alles, was vorher geschehen war: ein weißes Blatt Papier, wie ausgelöscht, wie nie gewesen.

»Ein bedeutender Mann«, sagte er und ließ dabei seinen Blick nicht mehr los von mir, »hat einmal gesagt, die Physik kenne keine Zeit: David Mahler. Es gebe in der Physik keine azyklische Zeit, keine Zeit, wie wir sie kennen«, dozierte er, »keine Zeit, nach der wir verlangen. Zeit beginne nicht in der Vergangenheit. Zeit sei nicht in die Zukunft gerichtet.« Scharf schaute er mir in die Augen. »Es müsse die Unordnung, Herr Fellner, stetig wachsen.«

Die ersten Hagelkörner schlugen schwer von außen gegen das Glas, als wollten sie das Büro bombardieren. Ich kam mir vor wie jemand im Video der *Manic Street Preachers*, wie das Kind mit dem Baseballschläger am Strand, als wäre die Granate nach mir geworfen worden und ich hätte sie soeben gefangen: *So why so sad.*

»Ja, es ist wahr«, sagte er. »Man könne den zweiten Hauptsatz der Thermodynamik außer Kraft setzen.«

Mir schien es, als habe sich der Direktor in etwas verrannt. Was er sagte, ergab keinen Sinn.

Im Fenster tauchte ein gelber Wolken-Amboss auf, riesig und zugleich bedrohlich nahe. Das Rollo aus Aluminium schepperte ohne Unterlass gegen die Scheibe, als habe es jeden eigenen Willen verloren. Ob starke Regentropfen oder leichte Hagelkörner, Steinschlag – das war kaum noch auszumachen. Jedenfalls standen wir unter Beschuss. Ein Bombardement in einem Ausmaß, das alle Vorstellungen bei Weitem übertraf. Der Orkan pfiff uns nur so um die Ohren, als brächen die Welt, die Zeit, die Geschichte, ja das ganze Universum, jeden Moment in sich zusammen.

»Ich glaube nicht, dass Sie Ihr Zuhause gefunden haben!« Ein erster Blitz zerriss mit seinem scharfen Zickzack den Himmel, spaltete ihn in zwei Hälften und verlieh dem Büro eine grauenvolle Atmosphäre, in der sich die gesamte Menschheitsexistenz abzeichnete. »Das glaube ich nämlich nicht.«

Mit diesen Worten zog der Direktor eine mächtige Schublade aus seinem Schreibtisch, der aus Mahagoni oder Edelkastanie war oder vielleicht, schwer zu sagen, vielleicht doch auch aus einem anderen Holz: Schwarzkiefer oder Spitzahorn, rätselte ich, vielleicht Bambussprossen? »Nein, nein. Weil ich glaube das nämlich, um ehrlich zu sein, nicht.« Lange kramte er mit seinen Fingern darin herum. Viel zu lange, dachte ich – das kann nicht sein, als hätte die Schublade einen doppelten Boden –, bis er schließlich fündig wurde: *mein* Manuskript.

»Was haben Sie vor?«

»Es gibt nur eine Möglichkeit, um die Theorie der Zeit zu beweisen«, erklärte er. »Sie müssen mir allerdings folgen. Und Sie dürfen keine Fragen stellen. Wir werden den zweiten Hauptsatz außer Kraft setzen.«

»Was werden wir?«

»Keine Fragen!«, befahl er mir in scharfem Ton und schaute mich zugleich sehr streng an. Mir schien, als ginge es ihm jetzt überhaupt nicht mehr um das zerbrochene Smartphone. Es sei nämlich nichts Besonderes, sagte er, das sei ja das Seltsame. Er habe lange gesucht und eben erst vorhin während des Telefonats mit seiner Frau die Lösung gefunden. Die Lösung aller Probleme, ergänzte er, vermutlich gefunden, aber im Grunde gäbe es keine Zweifel mehr. Niemals habe er gedacht, dass es in Wirklichkeit so einfach sein könnte. Es sehe plötzlich alles wie ein schrecklicher Konstruktionsfehler aus. Er jedenfalls sehe jetzt endlich klar. Ganz klar erkenne er endlich die Dinge. *Alle* Dinge, sagte er. Er sei jahrelang auf beiden Augen wie blind gewesen.

Selbst Schopenhauer habe den Fehler nicht gefunden. Selbst Wittgenstein sei zeitlebens bloß im Dunkeln getappt. Selbst Platon, schrie er mir jetzt regelrecht durch das Getose entgegen, selbst Platon habe sich in seinen Ideen verirrt. »Der Ursprung des Denkens«, schrie er, aber ich verstand ihn kaum, »können Sie sich das vorstellen, Herr Fellner?« Die ganze Philosophie habe in dieser entscheidenden Frage des menschlichen Seins von Anfang an zu kurz gedacht.

Mit diesem Satz hielt er die wild auflodernde Flamme eines Sturmfeuerzeugs unter das im Wind zappelnde, ihm ausgelieferte Bündel Papier, das sofort Feuer fing. Aus einem sinnlosen Reflex heraus pustete ich dagegen an. Doch weder ich und schon gar nicht der Hagelsturm vermochten etwas daran zu ändern, dass meine Worte vor unseren Augen lichterloh aufglühten. Mein *Ich und Kehlmann* brannte, ich wollte es nicht glauben, aber es war die Wahrheit: Mein *Ich und Kehlmann* brannte wie kein Buch jemals bei einer Bücherverbrennung, sodass die spitzen Feuerfunken nur so sprühten, bis sich schließlich auch die letzten Aschefetzen vom tobenden Orkan bis in alle Winkel des Büros verteilen ließen. Mir war, als wenn die Welt einen gewaltigen Riss bekommen hätte und mit ihr ich.

Und ich hatte immer gedacht, mein Buch würde ein bleibender Eintrag in der Literaturgeschichte sein, gelesen und studiert von Professoren, Gelehrten dieser Welt. Ich hatte in so manch finsterer Nacht fiebernd vom Großen Österreichischen Staatspreis, ja, vom Literaturnobelpreis geträumt. Denn ich bin ich, dachte ich. Ich hatte geglaubt, man würde mich bewundern und aus meinem Roman zitieren in allen Sprachen dieser Welt und noch in hundert Jahren.

»Sie müssen mir folgen«, sprach der Direktor und wandte sich zum Fenster. Ein weiterer Blitz ließ den Himmel als Scherbenhaufen erscheinen, ehe der Donner postwendend die Wände zum Erzittern brachte. Ansatzlos klatschte das Porträt von Alexander Van der Bellen, nein, von Alexander von Humboldt, das hinter seinem Schreibtisch an der Wand gehangen war, zu Boden. Mit dem Gesicht nach oben blieb Humboldt vor meinen Füßen liegen. Selbst das eiserne Kruzifix im Herrgottswinkel war gegen dieses Beben nicht gefeit. Es verrutschte.

Er öffnete das Fenster ganz. Ein mächtiger Windstoß griff nach mir und schleuderte mich samt Stuhl nach hinten. Irgendwo klammerte ich mich fest.

»Sie müssen mir folgen«, wiederholte der Diktator, nein, Direktor. Aber seine Worte waren im allgemeinen Chaos kaum noch zu verstehen. Wie leere Geräusche prasselten seine Silben auf mich ein. Er agierte wie im Wahn: vollständig besessen. Ich erkannte nichts Rationales mehr in seinem Blick. Mühsam kletterte er aufs Fensterbrett, wobei er mit der einen Hand nach dem Vorhang griff, um sich hochzuziehen. Bei diesem Manöver war ihm die beigefarbene Stretchhose im Schritt gerissen. Doch das war jetzt unbedeutend. Einmal drehte er sich noch um zu mir. »Sie müssen mir folgen. Ich habe mich nicht verrannt!«

Das waren seine letzten Worte. Er habe sich nicht verrannt, klangen sie als Echo noch mehrmals in mir nach. Und dann ließ er sich einfach fallen. Was für ein brutales Loslassen das doch ist, dachte ich, wie ein existenzieller Schrei: Der Körper kippte träge nach vorne gegen den Wind und fiel flimmernd, bis er aus meinem Gesichtsfeld verschwunden war. Ich stürzte zum Fenster und blickte nach unten. Auf dem Asphalt vor der Schule war nichts zu sehen, weder der Direktor noch seine Leiche, nicht ein Fleckchen Blut. War es ihm gelungen, das älteste Gesetz der

Natur auszuhebeln? War es ihm gelungen, einen Riss in die Unausweichlichkeit zu reißen? War es ihm gelungen, der Diktatur unseres Daseins zu entkommen?

Ich musste mich beeilen, ihm folgen. Von oben sah das Schulgelände ganz anders aus als von unten. Winzig kam mir der schmale Weg zum Eingang vor, die Stufen waren mikroskopisch klein. Es schlotterten selbst dem Wagemutigsten vor dem eigenen Abgrund balancierend die Knie. Stand man der Zeit erst einmal von Angesicht zu Angesicht gegenüber – das zumindest verstand ich jetzt –, erschien sie einem wie gläsern, durchsichtig, ungreifbar, wie eine Klassentafel voller unlösbarer Aufgaben mit lauter falschen Gleichungen und sinnentleerten Formeln, wie ein Test, dachte ich, dessen Lösungsblatt in den unendlichen Sphären der Schule verloren gegangen ist. Mir war, als paddelte ich mit offener Hand durch die vibrierende Luft.

Etwas öffnete sich. Das Entscheidende ging verloren.

VII

Wie sich dem Träumenden doch alles so nah an der Grenze des Wahnsinns zeigt, dachte ich, das ist Wahnsinn. Dies zu erfahren, sagte ich mir, dies am eigenen Leib zu erfahren, ist ein Leben wert. Wie lange ich der Wirklichkeit entrückt war, ob Minuten oder Stunden, vermochte ich nicht zu sagen.

Wie gerädert richtete ich mich im Hotelbett auf, als hätte ich die Nacht durchgesoffen. Jede noch so kleine Bewegung, jeder noch so unscheinbare Gedankengang verursachte mir Schmerzen im ganzen Körper. In einer äußerst unbequemen, eigenartig verkanteten Position fand ich mich zusammengestaucht am Schreibtisch wieder. An den Schläfen hämmerte es von außen und von innen zugleich, als wölbte sich meine Schädeldecke mit geballter Kraft nach unten. Hoffentlich hatte ich beim Packen der Toilettenartikel in Zell am See das Aspirin nicht vergessen.

Irgendwie wurde ich das ungute Gefühl nicht los, etwas Wichtiges verschlafen zu haben. Nur unscharf erinnerte ich mich an den Traum. Vor allem wusste ich nicht genau, wann er begonnen hatte.

Ich fühlte mich schrecklich verkatert und fragte mich, ob ich heute wirklich schon so viel getrunken hatte. Ein oder zwei Gläschen Wein im Zug, das war möglich, vermutlich das eine oder andere Bier im Fugo zu den Garnelen. Oder war es umgekehrt gewesen? Und sonst noch so?

Einzelne Bilder blitzten wie gläserne Splitter in meinem Bewusstsein auf. Sie leuchteten vor meinem inneren Auge aber immer bloß ein einziges Mal und auch nur ganz kurz, um gleich darauf wieder zu verglimmen. Da war eine unvorbereitete Klasse, ein zerbrochenes Smartphone, ein ausgestreckter Mittelfinger in kräftigem Zinnoberrot und gegen mich gerichtet, das Klimpern des Schlüssels bei jedem Schritt, eine mühsame Literaturstunde, die nicht und nicht in die Gänge kam. Da war eine schwer betrunkene Frau im Flur, hilflos und verloren und mit aufwendig hochgestecktem und sehr dunklem Haar, das kalte Klopfen gegen die Tür, eine unheimliche Stimme mit bestechend blauen Augen, ein mehr als beängstigendes Zwiegespräch irgendwo mit irgendwem. Unzusammenhängende Gedankenfetzen tauchten archetypisch vor mir auf, wirbelten wie Schneeflocken schemenhaft in meinem Geist herum: Als ob schwache Lichtkegel winziger Taschenlampen in der Finsternis vergeblich zu leuchten versuchten, indem sie sie von allen Seiten umschlossen, ja umschlangen. Dazwischen traten immer wieder schwarze Unterbrechungen auf, in denen sich gar nichts tat, wie Lichtpausen auf bläulichem Papier, auf das man schaute wie ein Blinder, als stünde die Zeit in solchen Phasen still.

Mir war, als wirkten Ereignisse des Traumes in der Wirklichkeit nach. Oder umgekehrt: Als hätte sich Wirkliches in meinen Traum eingeschlichen, der längst zu einem Albtraum geworden war. Ich erkannte mich als den Mittelpunkt in einem vieldimensionalen Raum, der sich bog, windete und wölbte. Die Bilder kreisten alle wie verdrehte, auf den Kopf gestellte Spiegelbilder entgegen dem Uhrzeigersinn um mich herum: das stumme Schreien des Direktors während seines letzten, allerletzten Flugs aus dem Fenster. Kurz zuvor hatte er mich noch etwas gefragt. Die Antwort war in einem Sturm, im allgemeinen Chaos untergegangen. David Mahler und seine Theorie der azyklischen Zeit erschien mir faszinierend, zugleich gefährlich. Weißes Papier, das sich in rasender Geschwindigkeit vor meinen Augen zu Asche verwandelte, sich in Luft auflöste – sehr Wichtiges hätte darauf gestanden. Prasselnde Hagelkörner gegen die mich spiegelnde Außenscheibe – elementare Teile des Traumes waren für einen ausgedehnten Moment des Aufwachens noch so real, noch so fühlbar, als wären sie ein Teil des unmittelbaren Hier und Jetzt.

Umgekehrt nahm das Büro des Direktors innerhalb eines verzerrten, verzogenen Zeitabschnittes, in dem sich Sekunden um Sekunden verzögerten und in einem fließenden Übergang verschwammen, als wäre ich der einzige Fixpunkt auf diesem Aquarell, die Konturen eines Hotelzimmers, das mir bekannt vorkam. Geräusche, Gerüche, Gefühle vermischten sich. Irgendwo dazwischen befand ich mich, eingequetscht und ausgeliefert diesem ganzen Geschehen, aus dem mein Leben bestand.

Vielleicht, dachte ich, vielleicht lebe ich ja ein falsches Leben. Es umfasste mich ein Zustand innerer Unruhe. Mir kam es vor, als hätte ich mich irgendwo verrannt auf der verzweifelten Suche nach einem Notausgang. Aber mit jedem neuen Weg, den ich bestritt, mit jedem weiteren Pfad, den ich einschlug, wurde das Labyrinth des Lebens nur noch uneinsichtiger, entfernte ich mich vom Anfang, der zugleich das Ende war, immer weiter.

Lebendig komme ich da nur schwer heraus, dachte ich und wurde mir schlagartig einer Gewissheit gewahr, als bestünde ein Großteil des Daseins aus Falschheit, Betrug, Verschwendung und Lug. Aber ich war mir nicht sicher, ob ich diesen Gedanken, der mehr Gefühl als Gedanke war, mehr Geruch als Gedanke, überhaupt in seinem vollen Ausmaß verstand. Mein ganzes Leben, dachte ich, ist vielleicht nicht wirklich wahr, es findet einfach nur so statt. Überall erschien es mir gerade besser und richtiger als in diesem Zimmer. Und auf einmal sahen alle Zimmer dieser Welt, in denen ich je genächtigt hatte, in meiner Vorstellung genauso aus wie dieses eine hier im Innside.

Mit der Abgrenzung von Erinnerungen stimmte etwas nicht. Sie waren zu präsent, sie dominierten viel zu stark das unmittelbare Erleben, als gäbe es kein Vergessen, kein Verdrängen mehr, als müsste jeder Gedanke, jeder einzelne, der sich auftat, auch bis zu seinem Schlusspunkt zu Ende gedacht sein. Bei diesem Gedanken dachte ich an die rote Lache, an das klebrige, rote Tropfen von der Tischkante, und mir stockte der Atem. Wie benommen, schon auf das Schlimmste eingestellt, kontrollierte ich meinen linken Zeigefinger: kein Schnitt, keine Narbe, kein Blut.

»Puh«, machte ich erleichtert und dachte: Das ist gut. Ich blutete wohl nur nach innen.

Dann war da dieser tödliche Sprung, ohne Vorankündigung, plötzlich: ein Sprung in den Tod. Ich schloss für einen Moment die Augen. Jemand hatte mein *Ich und Kehlmann* mit purer Absicht verbrannt. Bücherverbrennungen im Nationalsozialismus! Was war danach geschehen? Ich öffnete meine Augen wieder. Nur allmählich ließen der Hagel, der stürmische Wind draußen vor dem Fenster nach. Dem Unwetter folgte eine aufgehende Sonne, ein rötlich-violett gefärbter Sonnenaufgang weit hinter den scharfkantig gezogenen Silhouetten der Skyline. Wobei *folgen* nicht die treffende Bezeichnung für das Schauspiel war. Eher *überlappte* sich das unterschiedliche Wettergeschehen in einem archaischen Zustand des zeitlichen Nebeneinanders. Für den Bruchteil einer Sekunde gab es beides, war für mich beides gleich real: Hagel und Sonne, Wärme und Kälte, Licht und Schatten, Sommer und Herbst.

Das lodernde Sturmfeuerzeug, das in der Luft zu schweben

schien, war so real wie das bekritzelte Blatt Papier vor mir auf dem Tisch. Der Taxifahrer, dem die oberen zwei Schneidezähne fehlten, war so real wie die Dame mit dem türkisfarbenen Lippenstift. Die Unbekannte im Wintermantel, deren Haare nach oben wuchsen, ähnlich jenen von Marge Simpson, war so real wie die dürre, ausgemergelte Figur in staubigen Pluderhosen. Und deren aufdringliche Schellenkappe war so real wie mein Manuskript. Der Geruch von Asche in der Luft war so real wie die ausgetrunkene Champagnerflasche direkt vor meiner Nase.

Ich schaute auf die Armbanduhr – 6:53 Uhr – und erschrak. Ich erschrak, noch ohne zu begreifen, warum. Die Finger meiner linken Hand hielten sich verkrampft an einem schwarzen Kugelschreiber der Marke *Bic medium* fest, sodass die Spitzen dunkelblau anliefen. Dann fiel es mir wieder ein und ich erschrak noch einmal.

Es fehlte das Ende.

Auf dem weißen Blatt Papier, das vor mir lag, stand nicht viel. Ich wagte es kaum, richtig hinzusehen. Ich traute mich nicht, danach zu greifen. Mit krakeliger Schrift hatte ich – ich konnte mich überhaupt nicht mehr daran erinnern –, bevor der Schlaf mich aus diesem Zimmer weggerissen und wer weiß wo überall hingebracht hatte, die ersten paar Sätze meines letzten Kapitels notiert: *XII. Er lag schon lange in seinem finalen Sterben, ein fatales Scheitern, das sollte die Chance meines Lebens sein. Mein Schicksal war an seines gebunden und umgekehrt natürlich auch: Sein Schicksal war für immer und ewig und für alle Zeiten an meines gebunden. Für einen Regenbogen brauchte es viele Farben, wenn nicht gar alle! Aber die Zeit war knapp, es war mitunter angebracht, sich lieber zu beeilen. Ich …*

Ich fühlte, wie meine Finger zitternd nach dem Blatt verlangten, wie sie es langsam und unbeholfen zerknüllten, als gehörten die Zeilen darauf nicht zu mir, sondern zu einem steinalten Greis, und wie sie schließlich auf den Papierkorb zielten. Sie trafen einen guten Meter daneben. Mein Gott, dachte ich entsetzt, was habe ich an Zeit verloren! Wie ein Außenstehender sah ich meinen Fingern zu, wie sie nach dem Fehlwurf einfach weiterzitterten, stärker als jemals zuvor.

Weit aufgerissen waren meine Augen, fassungslos stand mir der Mund offen: Das Entscheidende fehlte. Ich presste die Lippen so fest ich konnte zu einem dünnen Strich zusammen. Das Entscheidende, dachte ich, fehlt also wirklich noch immer, obwohl ich seit Monaten an nichts anderes mehr gedacht hatte als an mein Ende, ohne auch nur einen einzigen klaren Gedanken fassen zu können. Denn nur so hatte ich mein Ende ständig präsent und war vorbereitet, es jederzeit aus meinem Kopf herauszuschreiben. Doch es fehlte noch immer.

Ich richtete mich auf.

Ruhig bleiben, dachte ich, nachdenken! Jetzt erinnerte ich mich wieder daran, wie ich das Zimmer von Daniel Kehlmann überstürzt verlassen hatte. Das war schon einmal ein Anfang. Es fiel mir wieder ein, wie ich durch die dreizehnte Etage an allen Zimmern vorbei und wie ein Verbrecher – das Bild blitzte spiegelverkehrt vor mir auf –, wie eine diebische Elster mit eingezogenem Haupt, niedergedrückt von Schuld und Scham, auf Zehenspitzen Richtung Aufzug geschlichen war. Die längste und eckigste Kurve auf der ganzen Welt war das gewesen. Im Stillen hatte ich auch auf dem Rückweg die Nummern an den Türen mitgezählt. Merkwürdig, dachte ich, dass mir das alles erst jetzt wieder einfiel. 1330. 1328. Und es hatte mich niemand verfolgt, weder Jack Nicholson noch Jack Torrance. 1326. 1324. Ich war auf dem Weg bis zum Lift von allen möglichen und unmöglichen Erscheinungen und Daseinsformen unbeobachtet geblieben.

Nein, es hatte mich niemand gesehen. Bild für Bild gelang es mir, die einzelnen Schritte der vergangenen Nacht zu rekonstruieren. Ich hatte den Schlüssel, seinen Schlüssel, wieder an der Rezeption hinterlegt, genau dort und genau so, wie ich ihn vorgefunden hatte.

Sie war unbesetzt gewesen.

Reflexartig griff ich nach meiner Geldbörse in der Gesäßtasche und überprüfte den Inhalt: Ich erblickte einige Scheine, insgesamt sicherlich im Wert von mehreren Hundert Euro. Das habe ich also gemacht, dachte ich und schluckte. Das also ist wirklich geschehen, sagte ich mir und brauchte eine Weile, bis ich es auch glauben konnte. Kurz lachte ich auf, hysterisch. Als Schriftsteller ist man schon etwas ganz Besonderes, dachte ich: ein Getriebener, unter Umständen sogar ein Lügner und ein Dieb – halb verrückt vor Ehrgeiz und Gier.

»Aber ich habe ihm ja nicht alles genommen«, beruhigte ich mich, »das meiste habe ich ihm sogar gelassen.«

Ob es zweihundert, dreihundert oder siebenhundert Euro waren, vermochte ich nicht mehr zu sagen.

Was war danach geschehen? Ich schnappte nach Luft. Heute war der Tag, an dem ich Daniel Kehlmann treffen würde. Ich spürte, wie mir einzelne Schweißperlen auf der Stirn standen. Mein entscheidender Tag ist gekommen, dachte ich und warf einen flüchtigen Blick auf das zerknüllte Blatt neben dem Papierkorb. Vielleicht waren die Sätze doch nicht so schlecht. Es hing alles davon ab, dass Kehlmann mein Ende auch wirklich verstand. Alles, dachte ich. Ich musste die richtigen Worte finden. Das würde nicht einfach sein. Aber mir blieb noch etwas Zeit.

»Ich bin immer noch im Spiel«, sagte ich. Es war noch möglich, es war noch immer alles möglich.

Dann tauchte ein weiteres Bild auf: Der Rezeptionist war zu mir nach vorne gekommen. Er hatte mich sofort erkannt. Nein, der Copyshop sei nicht mehr geöffnet gewesen, hörte ich mich im Geiste noch einmal sagen. Oh, das tue ihm aber außerordentlich leid, antwortete ich mir in Erinnerung an das Gespräch. Ja, das sei doch längst Schnee von gestern, hatte ich ihm daraufhin geantwortet, ich hätte schon noch meine Möglichkeiten. Es sei eben nicht nur irgendeine Reise, glaubte ich, ihm gesagt zu haben, diesmal entscheide sich mein Leben. Und dann hatte ich ihm erklärt, dass ich nicht Kehlmann sei. Etwas verblüfft hatte er mich angesehen. Und dann hatte ich ihn darauf aufmerksam gemacht, dass da ein herrenloser Schlüssel mit der Nummer 1338 lag. Er hatte sich bei mir bedankt und den Schlüssel sogleich an sich genommen. 1338, wiederholte ich in Gedanken. Und ich war aus dem Schneider gewesen. Ich erinnerte mich an das Gefühl der Erleichterung, jetzt erinnerte ich mich wieder an die gesamte Situation. Ich hatte es geschafft. Offenbar war es mir gelungen, wieder einmal die richtigen Worte zu finden. Das war eine meiner Begabungen.

Daraufhin hatte ich mir die teuerste Flasche Champagner bestellt. Der Portier hatte nicht gleich verstehen wollen. Ich hatte genickt, jetzt fiel es mir wieder ein, ich hatte ihm den Ernst meiner Bestellung mit nur einem einzigen, dafür mehr als bedeutenden, einschüchternden, vielsagenden Hochziehen der rechten Augenbraue unmissverständlich klargemacht.

Die Flasche stand direkt vor mir. Ich griff nach ihr in der Hoffnung, dadurch das Zittern unter Kontrolle zu bringen. Bis auf wenige Schlucke war sie geleert: ein Laurent-Perrier französischer Herkunft. Ich bin, dachte ich, gestern offensichtlich sehr durstig gewesen. Oder hatte mir jemand beim Trinken geholfen? Was war denn sonst noch so alles geschehen?

Ich hatte mit einem Kehlmann-Hunderter oder -Zweihunderter bezahlt, erinnerte ich mich. Sein Geld ist wie kein Geld, hatte ich gedacht, jetzt fiel es mir wieder ein. Und das Restgeld hatte ich gönnerhaft mit einer lockeren, aber keinesfalls überheblich anmutenden Handbewegung auf dem Tresen zurückgelassen. Er dürfe sich damit etwas Nettes kaufen, hatte ich zu ihm gesagt. Im Weggehen hatte ich dem Portier noch die Zunge herausgestreckt und war dann mit der Flasche Laurent-Perrier Richtung Aufzug geeilt. Danach hatte es keine Begegnungen mehr gegeben, weder im Lift noch im Flur.

Ich starrte abwechselnd auf das leere Blatt vor mir und dann auf das zerknüllte neben dem Papierkorb. Es war mir also nicht gelungen, das Ende zu schreiben, trotz des guten Champagners. Mein Puls beschleunigte, etwas zischte, an den Schläfen trommelte es wieder wild von beiden Seiten, als schlügen Hagelkörner in der Größe von Golfbällen von beiden Seiten gegen meinen Schädel.

Ich war noch immer nicht befreit. Ich war noch immer nicht frei. Offenbar hatte ich hier am Schreibtisch die Flasche ausgetrunken, allein, rekonstruierte ich, aber das Ende war mir nicht gelungen. Das Ende ist mir nicht gelungen, wiederholte sich der Gedanke tief in mir wie ein unheimliches Echo, das ich nicht mehr loszuwerden vermochte, zumindest nicht aus eigener Kraft. Das Ende fehlte immer noch. Das Ende würde mein Ende sein.

Ein paar Sekunden lang saß ich einfach starr da.

Der Direktor war also aus dem Fenster gesprungen.

»Nur nicht schlafen«, murmelte ich gedankenversunken vor mich hin. »Nur nicht wieder einschlafen.« Ich schaute hinaus und dachte: Das ist Frankfurt am Main. Das ist mein Frankfurt. Irgendwo da draußen, irgendwo dort unten wird er jetzt wohl sein, schlussfolgerte ich. Er war es gewesen und jetzt wusste ich es wieder genau: Er hatte *Ich und Kehlmann* vor meinen Augen verbrannt.

Dann streckte ich meinen Rücken durch, schüttelte den letzten Schlaf aus den Gliedern und sagte mir, dass ich hier im Grunde der einzige echte Kehlmann-Experte war und niemand sonst. Selbst Kehlmann war kein Kehlmann-Experte, sagte ich mir, dafür war er sich zu nah. Ich war im Rowohlt Verlag, mir konnte nichts passieren. Schließlich waren all meine Bedenken auch recht lachhaft. Elf der zwölf Kapitel hatte ich bereits vollständig und zu meiner gänzlichen Zufriedenheit abgeschlossen, elf Kapitel, die es in sich hatten und nur darauf warteten, von der Welt in Empfang genommen zu werden. Jetzt fehlte eben noch der letzte Teil, mit dem mein Roman, mein *Ich und Kehlmann*, zu seinem Ende kommen würde.

Aber was um Himmels willen, schoss es mir durch den Kopf, wenn Kehlmann mein Ende nicht verstand?

Nein, nein, dachte ich, das kann nicht sein. Ich durfte keine Gespenster an die Wand malen. Jetzt würde ich erst einmal ordentlich frühstücken, vielleicht gab es weiche Eier oder Spiegeleier oder Rührei mit Bohnen und Speck. Ich brauchte etwas Deftiges für den Magen und dazu einen starken Kaffee, danach zurück zum Schreibtisch, sagte ich mir. Einfälle hatte ich schließlich genug. Ich wusste, meine Zeit war nun gekommen. Mein Buch würde einschlagen wie eine Bombe. Zu wichtig war mein *Ich und Kehlmann* für die Welt geworden, viel zu viel hing mittlerweile davon ab. Es waren zu viele Menschen davon betroffen, als dass ich auf den letzten Metern noch versagen durfte.

Jede Seite war eine Abrechnung. Mit jedem und allem rechnete ich in meinem Roman ab, vor allem mit mir selbst. Meinem Ziel war ich jetzt schon so nahe, in allen Fasern meines Körpers spürte ich, dass die Sensation unmittelbar bevorstand.

»Einschlagen wie eine Bombe«, sagte ich und ein feuriges Lodern erwachte ganz tief in mir. Mit diesem Gedanken fühlte ich mich allen anderen gleich wieder überlegen. *Ich und Kehlmann* war mein heimlicher Triumph, den ich in meinem Herzen bewahrte. Alles andere würde sich von selbst regeln. Alles würde sich fügen. Es reicht, beruhigte ich mich, erst am frühen Nachmittag zum Messegelände zu fahren.

Ich hatte vollständig bekleidet am Tisch geschlafen. Meine Hose war zerknittert. Die Vorderseite meines Hemdes wurde von einem ovalen Champagnerfleck dominiert, ich würde wieder das andere anziehen müssen. Aber so und nicht anders hatte ich reisen wollen: mit meiner schwarzen Aktentasche. Im Grunde hatte ich nur noch diese Aktentasche.

Ich zog mich aus und duschte lange heiß. Über die frischen Socken freute ich mich besonders.

*

Das Frühstücksbüfett erfüllte meine Erwartungen. Ich belegte meinen Teller sehr gewissenhaft und ausreichend mit Salami, Speck und Schinken, mit verschiedenen Sorten Hartkäse, Tomaten und Mozzarella, entschied mich nach reichlicher Überlegung doch für den grünen Aufstrich (Basilikum?) und zog den Brötchen zwei Scheiben Schwarzbrot vor. Leider war das Rührei gerade aufgebraucht, als ich an der Reihe war und schon nach dem Schöpfer gegriffen hatte. Aber man versicherte mir, die Schüssel werde in Kürze nachgefüllt.

Der Speisesaal war insgesamt sehr weitläufig, hoch und hell. Ein kleiner, stickiger, überfüllter Raum wäre jetzt nichts für mich gewesen. Das Frühstück wird entscheidend sein, dachte ich, ob und wie mir das schwierige Kapitel XII gelingen wird. Einen Weltroman entsprechend abzuschließen, war nicht einfach, aber für jemanden wie mich möglich. Mir blieb auch keine andere Wahl. Ich erkannte mich als denjenigen, dem man diese schier unlösbare Mission anvertraut, den man mit gutem Grund beauftragt hatte. Wer, dachte ich, wenn nicht ich? Die Vorhänge an der Glasfront waren vollständig aufgezogen, sodass die ersten Sonnenstrahlen bereits freundlich zu uns hereinlächelten. »Ein sonniger Tag«, sagte ich zu mir und war sogleich frohen Mutes. »Alles wird gut!«

Ich suchte mir einen kleinen Tisch im hintersten Eck und hoffte, dass sich niemand zu mir setzte. Für ein Guten-Morgen-Gespräch, egal mit wem, fehlte es mir an Lust und Kraft und vor allem am Interesse für die andere Person. Aber das war ohnehin eher unwahrscheinlich, es gab noch genug freie Plätze. Von meinem Hinterhalt aus war es mir möglich, nahezu den gesamten Raum zu überwachen. Auf den ersten Blick erkannte ich nirgendwo Daniel Kehlmann. Vielleicht, dachte ich, will er heute ausschlafen. Auch für ihn war das ein besonderer Tag.

Im Innside nächtigten, wie ich feststellte, die unterschiedlichsten Gäste aus aller Herren Länder: keinesfalls ausschließlich Intellektuelle oder Menschen mit universitärem Abschluss. Manche von ihnen hatten womöglich noch nie im Leben Rilke gelesen oder sich um Mitternacht sternhagelvoll während einer laut aufgedrehten Wagner-Oper (*Parsifal*, Atto II, Prelude: »Die Zeit ist da«) mit Zarathustra auseinandergesetzt, noch nie im Leben die zwölf Schläge der Glocke verspürt und damit zugleich sich selbst. Oh Kevin! Gib acht! Ich wusste, dass es solche Menschen gab. Wahrscheinlich gab es sogar Menschen, selbst hier in Frankfurt, die mit dem Namen Kehlmann nichts anzufangen vermochten. Bei diesem Gedanken verschluckte ich mich, und Kälte schlich mir den Rücken hinab.

»Nein«, sagte ich mir schnell, »das wäre doch sehr unwahrscheinlich. Nein, so etwas Albernes kann und darf es nicht geben.«

Der Kaffee schmeckte wässrig, wie es in deutschen Hotels immer der Fall war. Das Brot war trocken, vielleicht wären Brötchen doch die bessere Wahl gewesen. Aber ich beklagte mich nicht. Danach würde ich mir noch etwas Süßes holen, vielleicht einen mit Marmelade gefüllten Krapfen.

In meiner unmittelbaren Nähe saßen sehr viele Pärchen, etwa von Mitte zwanzig an aufwärts. Mit vorgehaltener Hand wurde geflüstert, getuschelt, gekichert. Stärker fühlt man sich in diesem komplizierten Leben zu zweit, schien ihr geheimes Nuscheln mir sagen zu wollen. Jedenfalls wähnte man sich haushoch überlegen gegenüber allen verlorenen Singles dieser Welt.

Schon etwas turbulenter ging es da an den größeren Tischen mit Familien zu. Je mehr Kinder, desto höher war der allgemeine Lärmpegel und desto angestrengter, verzweifelter der Blick beider Elternteile: aneinander vorbei. Von ihnen war niemand zu beneiden. Alle paar Augenblicke fiel etwas zu Boden. Messer, Gabel, Schere, Licht, dachte ich, sind für kleine Kinder nicht. Immer wieder wurde der eigene Nachwuchs ermahnt, bitte endlich etwas leiser zu sein, immer wieder der erhobene Zeigefinger vor dem zischenden Mund.

Mir fiel das nervöse Umherschauen einer jungen Mutter zu den benachbarten Tischen über sämtliche Köpfe hinweg auf nach dem Motto: Es fühlt sich hoffentlich kein Frühstückender gestört von mir und meiner quirligen Tochter? Ihre Sorge entging mir ganz und gar nicht. Als Mutter, vor allem als junge Mutter, dachte ich, steht man eben unter ständiger Beobachtung. Auf dem Prüfstand: das Muttersein. Ich dagegen saß viel zu weit entfernt von ihr, niemals hätte sie mein heimliches Observieren, meine stierenden Augen, die minutenlang nur auf sie und ihr kreischendes Kind gerichtet waren, wahrnehmen oder gar als unangenehm empfinden können.

Ein Mann, der allein an einem Tisch frühstückte, wischte mit seinem Zeigefinger in kurzen Abständen über sein Smartphone, als überflöge er gerade die neuesten Schlagzeilen, um wie gewohnt die gewaltigen Veränderungen, die sich innerhalb der letzten Stunde zugetragen hatten, in Erfahrung zu bringen. Er sah aus wie jemand, der stets auf dem Laufenden bleiben, der den Anschluss, woran auch immer, keinesfalls verpassen wollte, wie jemand, der danach gierte, etwas Dramatisches zu lesen, der wollte, dass irgendwo auf dieser Welt, bloß nicht hier bei ihm, schon wieder etwas Sensationelles oder Skandalöses, etwas Ungeheuerliches, auf alle Fälle etwas Schlimmes vorgefallen war.

Wie jemand, dachte ich, der innerlich bereits zerbrochen ist.

An einem Tisch in seiner Nähe schaute sich eine Frau mit kabellosen Kopfhörern in den Ohren auf ihrem Smartphone gerade eine Serie an, während sie mit dem Teelöffel ein weiches Ei köpfte. Vielleicht die neue Staffel von *Squid Game*, dachte ich, in der sich die Spieler selbst eliminierten, bis niemand mehr am

Leben war. Ihr unruhiger Blick ging einen Augenblick zwischen den Tischen umher und kehrte dann wieder zu ihrem Bildschirm zurück.

Es gab einige Geschäftsleute in eleganter Kleidung. Die meisten davon sprachen neben Deutsch entweder Französisch, Italienisch, Russisch oder Englisch. Zahlreiche Rentner, ein paar Suchende, ein paar Verlorene. Ich schätzte, dass mehr als die Hälfte aller Gäste hier im Saal gleich nach dem Frühstück zur Buchmesse aufbrachen. Bitte, fragte ich mich, was erwarten sich denn die dort drüben von uns? Glaubten all diese massenhaften Messebesucher etwa im Ernst, Literatur entstünde einzig und allein zwecks Unterhaltung? Als Alternative zu Netflix, als lockerer Zeitvertreib für zwischendurch? Als gäbe es Belletristik nur zum Spaß? Ich setzte eine wichtige Miene auf und schüttelte den Kopf. Was erwarteten sich denn all diese blinden, ferngesteuerten Konsumenten von uns Schriftstellern, die wir für den Roman lebten? Wir, die wir sie bedienen müssen, dachte ich. Wir, die abliefern, die punktgenau und fristgerecht abzuliefern hatten. Wir sind die Literatur, dachte ich gequält. Wahrscheinlich befanden sich in dieser frühstückenden Gesellschaft auch ein paar andere Schriftsteller, am ehesten so wie ich: an Einzeltischen, vereinzelt, versteckt. Wir Künstler, sagte ich mir, haben es auch nicht einfach in einer solchen Welt!

Ich stellte mir die junge, von sich und ihrem Schicksal überforderte Mutter vor, wie sie mein Buch auf der Messe kaufen und gleich nach dem ersten Kapitel wieder in irgendeinem Schrank, vielleicht unter der Unterwäsche, verschwinden lassen würde. Das Triviale, dachte ich, ist meine Sache nicht.

Ob es hier neben Kehlmann und mir noch andere Prominente gab? Noch speisten wir alle in einem Raum. Doch schon bald würden sich einige von ihnen meine Nähe wünschen. Ich freute mich darauf, meine ersten eigenen Bücher zu signieren, und stellte mir das Szenario bildlich-lebhaft vor: Eine sich windende Schlange von Wartenden, die sich hintereinander vor mir anstellten, in etwa so wie an einem großen Flughafen bei der Passkontrolle. Leser mit dicken Brillen und nachdenklichen Gesichtern stellte ich mir vor, die noch während des Anstellens über meine Metaphern, Allegorien nachgrübelten, über Anspielungen, Querverweise, intertextuelle Bezüge. So viele Rätsel gab es zu enträtseln in meinem Werk, kleine wie große, und nur langsam, wenn überhaupt, nur reflektierend war es möglich, dem Geheimnis auf die Spur zu kommen.

Noch schneller zu signieren, als ich es in meiner Vorstellung ohnehin schon tat, war allerdings schwer. Man würde sich also weiterhin geduldig zeigen müssen und das zeigte man sich auch. Für so manche von ihnen mochte meine Unterschrift heilig sein. Ich freute mich auf finanzielle Unabhängigkeit und eine schöne Wohnung mit Kachelofen, Bodenheizung und Solarium. Auch das stellte ich mir bildlich vor und dachte: Ja, doch, schön! Ich würde einen Finanzberater und einen Immobilienmakler konsultieren.

Ich nahm mein verbogenes italienisches Brillengestell ab und putzte das rechte Glas. Das Problem mit dem Sehen ist ärgerlich, dachte ich, es muss so bald wie möglich behoben werden. Ich fragte mich, ob hier in Frankfurt Optiker am Samstag auch nachmittags geöffnet hatten.

Zwei Tische weiter erhob sich äußerst umständlich ein älterer Mann mit nur noch spärlich übrig gebliebenem Haupthaar. Mit seiner bunt gestreiften, tatsächlich kreisrunden Brillenfassung sah er aus wie ein gemeiner Laubfrosch. Oder wie ein Lurch, wobei ich an den Feuersalamander, Max Frisch und seinen Herrn Geiser dachte. Er trug ein altmodisches Jackett mit drei kugelrunden Knöpfen und schien in vorarlbergischem Dialekt, der weder im restlichen Österreich noch sonst irgendwo auf dieser Welt praktiziert, geschweige denn von jemandem verstanden wurde, mit sich selbst zu sprechen. Einen Moment lang glaubte ich, es wäre Michael Köhlmeier. Da blitzte mir überfallsartig ein einzelner Gedanke durch den Kopf: Bierdose!

Vor lauter Zittern stellte ich die Tasse ab.

Bierdose, dachte ich. Die Bierdose! Was war mit der Bierdose los? Ich hatte im Zimmer von Daniel Kehlmann eine Dose Warsteiner getrunken. Das war nicht nur geträumt, daran erinnerte ich mich genau. Draußen auf dem Balkon war das gewesen und das war nicht nur eingebildet. Was hatte ich mit der leeren Dose gemacht? Ich wusste es nicht mehr. Mir war klar, dass ich bei meinen Recherchen in seinem Zimmer grundsätzlich sehr sauber gearbeitet und bestimmt keine offensichtlichen Spuren hinterlassen hatte. *SOKO Donau* sei Dank. Diese Erkenntnis beruhigte mich gleich wieder etwas. Vermutlich hatte ich die Dose einfach mitgenommen, mutmaßte ich, ja, das war am wahrscheinlichsten.

Dennoch fühlte ich mich im Speisesaal auf einmal nicht mehr wohl, als wären alle Blicke nur noch auf mich gerichtet. Ich ließ den letzten Schluck Kaffee in der Tasse zurück, stand etwas zu überstürzt auf und hoffte, dass mich niemand sah.

Bis zum Ausgang musste ich den gesamten Saal durchqueren, an vielen Tischen vorbei. Es war ein weiter Weg. Hoffentlich erkannte mich niemand!

Meine Schritte waren zielbestimmt und sicher. Mit jedem weiteren Meter, den ich zurücklegte, fühlte ich mich souveräner.

Am Büfett wagte ich es sogar noch, einen flüchtigen Blick auf das dargebotene Angebot zu riskieren. Ja, es gab wieder reichlich Rührei. Da fasste mich eisig und von hinten eine stark unterkühlte Hand genau an der Schulter. Mir gefror das Blut in den Venen. Ich drehte mich um. Es war Andrea Weber.

Na, wen haben wir denn da?

»Hi!«, rief sie. »Anna. Von gestern!«

Ich dachte an das Overlook-Hotel und räusperte mich. Ich bin nicht fähig, hier zu leben, dachte ich und etwas nagte an mir: Das bin ich nie gewesen! Ich hatte immer nur so getan, als wäre ich das. Meine Krankheit bin ich selbst, dachte ich, mein Wahnsinn bin ich vielleicht selbst. Ich passte einfach nicht hierher.

»Hi«, wiederholte sie.

Pfeifend atmete ich durch die Nase ein. Das war die betrunkene Frau mit der dicken Wollmütze. Wieso hatte sie mich hier erkannt? Ohne Schminke sah sie ganz anders aus, viel jünger. Auch schienen mir ihre Haare nicht mehr ganz so hochgesteckt zu sein wie noch gestern Abend oder heute Nacht. Sie ließ mit ihren kalten Fingern meine Schulter nicht mehr los. Mehrere Gäste, die sich wie ausgehungerte Nagetiere eifrig und emsig am Büfett, insbesondere am Rührei bedienten, schauten neugierig zu uns herüber. Meine Lippen bewegten sich, aber es kam nichts heraus.

Schön, dass wir uns nun endlich einmal persönlich kennenlernen. Hallo, da bin ich wieder. Du weißt schon, wer ich bin, Kevin, du weißt es. Vor mir wegzulaufen, Kevin, macht keinen Sinn. Ich bin immer bei dir gewesen, die ganze Zeit. Ich bin in dir, Kevin, ich bin …

»Haben Sie Andi dann noch gefunden?«

Bitte, wen?

Ich bin ich, Kevin!

Ich schluckte, um mir Zeit zum Nachdenken zu verschaffen. Ich war übermüdet. Ich hatte unruhig geschlafen, schlecht geträumt. Aber Träume waren belanglos. Träume verkündeten weder rätselhafte Weissagungen, noch ließen sie sich als böse Zukunftsvisionen deuten. Träume waren, was sie waren: Träume sind Träume, sagte ich mir. Nicht weniger und nicht mehr. Ich musste nur einmal kurz nachdenken. Schnell würde ich sie abgewimmelt haben. Es kam jetzt nur noch darauf an, spontan die richtigen Worte zu finden. Gerne hätte ich gesagt: »Hallo Anna! Schön, dich wiederzutreffen. Ich hoffe, du hast gut geschlafen.« Aber das sagte ich nicht.

Ich bin kein Mensch, Kevin! Hörst du? Ich bin in dir, wie ein Untoter, und trotzdem bin ich da, wie ein Untoter, und trotzdem kannst du mich hören. Du und ich, hörst du, wir gehören zusammen. Untote sind wir beide, Kevin. Und trotzdem fühlst du mich. Denn wirklich am Leben sind wir beide nicht.

»Sie sind Daniel Kehlmann«, rief sie. Mein Herz setzte kurz aus. »Ich erinnere mich, Sie sind Daniel Kehlmann!«

Das bist du nicht, Kevin! Du weißt, dass du das nicht bist! Erkennst du denn nicht, wer ich bin und wer du bist? Du bist nicht Daniel Kehlmann, Kevin, und du wirst es niemals sein! Du bist …

Ein jüngerer Herr mit Anzug und Krawatte, keinen Meter von uns entfernt, gab den Löffel samt Rührei aus der Hand. Sehr verstört blickte er mich an, zog die Augenbrauen böse zusammen. Ich blinzelte zurück und gab ihm damit zu verstehen, dass es sich um eine Verwechslung handelte. Die Dame habe gestern sehr viel getrunken, blinzelte ich, man dürfe sie nicht ernst nehmen. Das alles ließ ich ihn durch mein Blinzeln wissen, glaubte aber, dass er mich nicht verstand.

»Geht es Ihnen nicht gut?«, fragte sie mich, und zwar genau

wie jemand, der selbst grobe seelische Verletzungen im Leben auf die leichte Schulter nahm. Sie sah traurig aus, als sie das sagte. Sie hatte weiche, schöne braune Augen. Ihr ganzes Wesen war in diesem Moment voller Schmerz. Wie in einem verzerrten Spiegel erkannte ich mein eigenes Entsetzen in ihrem Gesicht. Ich erkannte meine Augen, diese schmalen Schlitze. Sie waren schwarze Löcher, schwarz vor Kränkung. Ich sah mich in ihr als eine einzige Spiegelung in ganzer Größe, in Riesengroßaufnahme, als wäre die Spiegelung die Totale: meine breite Brust unter dem bis zum Kragen sorgfältig zugeknöpften Hemd, mein Gesicht, über das ich mich jedes Mal wunderte, wenn ich hineinschaute mit den dicken, kaputten Brillengläsern.

Was für eine Frage, Kevin! Wie soll es einem Untoten schon gehen? Dass ich nicht lache, hörst du? Untoten geht es weder gut noch schlecht. Das solltest du längst wissen und dir ein für alle Mal hinter die Ohren schreiben!

»Doch, doch.«

Wie bitte? Was muss ich da aus deinem Mund vernehmen?

»Haben Sie Andi gestern noch gefunden?«

Ich spürte, dass sich mein Kopf von links nach rechts bewegte und wieder zurück, um zu verneinen. Aber die Frau ließ nicht locker. Die Sache mit Andi schien sie zu interessieren.

»Nein«, sagte ich nach einer Weile und steckte die Hände lässig in die Hosentaschen, um meine Angst, hier öffentlich als Lügner und Dieb entlarvt zu werden, besser zu verbergen. Normalität versuchte ich vorzutäuschen, als wäre ich ruhig und gelassen. Zur Sicherheit, um jede weitere Verwirrung zu verhindern, ließ ich auch diesen Satz noch auf sie los: »Ich habe Andi gestern leider nicht mehr gefunden.« Dabei versprach ich mich und sagte *gestunden* statt *gefunden*.

Ich wusste nicht, wer Andi war. Dennoch atmete ich innerlich auf, als der Herr mit Anzug und Krawatte seinen bohrenden Blick von mir ließ, um sich wieder dem Rührei zu widmen. Die Lage schien sich zu entspannen. Sie nahm sogar ihre kalte Hand von meiner Schulter.

»Anna Zimmermann«, sagte sie, in mein Gesicht blitzend. Es tue ihr total leid, mich gestern noch so spät gestört zu haben. Sie habe nicht gewusst, dass ich ein Freund von Andi sei. Das ändere nämlich alles. Und außerdem, das müsse sie mir jetzt gestehen, sei sie ja schon recht betrunken gewesen. Das hätte ich vermutlich ohnehin bemerkt. Ob ich es bemerkt hätte?

Ich zuckte möglichst ungekünstelt mit den Achseln. So vernünftig wie möglich sagte ich: »Das ist halb so wild!«

Das Gespräch hatte sich zu meinen Gunsten gewendet. Sie war die Betrunkene gewesen, nicht ich. Das hatte sie ja gerade eben selbst bestätigt. Sie war diejenige gewesen, die mich gestört hatte. Ich war derjenige gewesen, der mitten in der Nacht und aus heiterem Himmel von ihr überrascht worden war. Sie war diejenige gewesen, ich war derjenige gewesen. Ich hatte nichts falsch gemacht. Und mit jeder weiteren Sekunde, mit jedem weiteren Wort fand ich meine verloren geglaubte Sicherheit wieder. Es gefiel mir, wie ich ihr gegenüber auftrat, wie ich sprach. Es gefiel mir, dass sie sich hier vor allen anderen Gästen, sozusagen vor Zeugen – Zeitzeugen –, mir gegenüber lautstark und aufgebracht entschuldigt hatte. Womöglich würde mir das noch helfen. Dennoch wollte ich das Gespräch an dieser Stelle rasch beenden.

»Hören Sie –«, sagte ich.

Aber sie ließ mich nicht zu Wort kommen. Ich sei ein Freund von Andi, meinte sie, eifrig gestikulierend, wie nur Frauen gestikulieren konnten. Das bedeute, ich sei auch ein Freund von ihr. Mit einem Ruck zog sie mich zur Seite, damit andere Gäste, die ich nicht wahrgenommen hatte, besser an uns vorbeikamen. Dass wir anderen im Weg standen, hatte ich gar nicht bemerkt. Dann erzählte sie mir, dass sie sich gestern noch prächtig amüsiert habe. Das müsse ich mir nämlich alles bildlich vorstellen, sagte sie, bildlich, in Farbe und mit Ton. Und sie gestikulierte mit beiden Händen, mit den Füßen, mit dem ganzen Körper. Bildlich möge ich es mir vorstellen, sonst wirke es nicht. Zunächst sei sie einige Zeit unten im Foyer gesessen und gar nichts habe sich ereignet, in einem dieser ungemütlichen roten Lederfauteuils. Die seien mir bestimmt auch schon aufgefallen, sagte sie. Ob ich sie einmal ausprobiert hätte?

Ja. Nein.

Ah, machte sie, das mache nichts. Die seien jedenfalls äußerst unbequem. Genau dort habe sie auf Andi gewartet, auf Andi, sagte sie. Insgeheim aber habe sie auf mich gewartet.

Vor allem auf mich, wie sie nach einer kurzen Pause, in der sie tief Luft geholt hatte, betonte. Sie lachte und schaute mir mit ihren braunen Augen tief in meine braunen Augen. Ich schaute zu Boden. Und dann, etwas verspätet, lachte ich auch, so natürlich wie möglich. Zugleich achtete ich darauf, ganz normal zu wirken. Ich versuchte, möglichst normal auszusehen, möglichst normal zu sein.

Aber Andi sei nicht gekommen, fuhr sie fort. Sie habe schon befürchtet, ich sei nicht ganz ehrlich zu ihr gewesen und hätte sie doch oben im Zimmer, vielleicht im Bad oder hinter dem Vorhang, sagte sie, womöglich unter dem Bett vor ihr versteckt. Ich erwiderte, Andi sei wirklich nicht bei mir gewesen. Das glaube sie mir, sagte sie unverzüglich. Mir sehe man es sofort und selbst aus der weitesten Entfernung an, wenn ich lügen würde. Meine Augen könnten überhaupt nicht lügen, versicherte sie und lachte erneut laut auf. Ich fragte mich, was an mir, an meinem Aussehen bloß so lustig war. Es sei ohnehin egal gewesen, sie habe sich dann eben mit dem Portier noch etwas länger unterhalten. Das sei ein unglaublich liebenswerter Mann, eine gute Seele von Mensch, wie sie sich ausdrückte. Den müsse man einfach mögen, fand sie und formte mit den Fingern beider Hände ein kleines Herz. Und dann habe sie sich noch mit ein paar älteren Herrschaften an der Bar ausgesprochen köstlich und überaus prächtig amüsiert. Die Adjektive *köstlich* und *prächtig* sprach sie übertrieben langsam aus. Sie betonte jede Silbe, zischte diese förmlich heraus und verdrehte die Augen. Ich wusste nicht, was das zu bedeuten hatte.

»Bist du noch mit Georg unterwegs gewesen?«, fragte sie mich.

»Was?«, stammelte ich und verstand nichts.

Ob ich Georg getroffen hätte? Ja, ja. Georg, ja, doch. Ich sei mit Georg unterwegs gewesen, log ich. Sie nickte und strich sich die Strähnen aus der Stirn. Sie machte das, als wären die Strähnen widerspenstige Borsten, die es auf ihre Augen abgesehen hätten. Ich kannte mich nicht mehr aus. Mit hochgesteckter Frisur war sie mir gestern wesentlich größer vorgekommen. War das noch dieselbe Frau? Ohne Make-up und nüchtern stand da jetzt ein völlig neuer Mensch vor mir, dessen Gesicht dennoch gezeichnet war von der erlebten Nacht.

Ihre traurigen Augen, in denen ich mich sah, machten mir Sorgen. Ich blickte in die Finsternis und in die Vergangenheit. Das sei dann also doch kein Abschied für immer gewesen, sagte sie und grinste zweideutig. Ich solle Andi lieb von ihr grüßen, darauf bestehe sie.

»Bis bald, Daniel!«

Ich bin kein Mensch. Du bist kein Mensch. Untote sind wir beide, Kevin, bestimmt zur ewigen Verdammnis hier! Wir sind …

»Ja, bis bald.«

Mit einem flauen Gefühl im Magen drehte ich mich um und damit von ihr weg. Ich würde in der nächsten Zeit mit überhaupt niemandem mehr ein Gespräch führen, das nahm ich mir fest vor, mit überhaupt niemandem. Nach außen hin tat ich, als sei nichts weiter vorgefallen.

Mit angemessenem Tempo verließ ich den Speisesaal. Mir war, als wären von hinten alle Augen auf mich gerichtet. Wie ein Getriebener hetzte ich draußen durchs Foyer. Ich achtete nicht darauf, ob die Rezeption besetzt war. Das war mir jetzt egal.

Von den drei weißen Kerzen im Kerzenständer brannte nur noch eine.

Im Aufzug drückte ich mehrmals auf die Taste 3 für meinen Stock, bis sich die Türen endlich schlossen und ich endlich wieder frei atmen konnte.

Am Türknopf meines Zimmers brachte ich geistesgegenwärtig das *Bitte-nicht-stören!*-Schild an. Erst danach wähnte ich mich in Sicherheit, zumindest für eine Zeit. Ab jetzt gab es nur noch mich und Kehlmann. Kein Zimmermädchen dieser Welt konnte mich jetzt noch davon abhalten, das Ende, *mein* Ende, aus meinem Kopf heraus- und aufs Papier zu schreiben. Mein letztes Kapitel: Kapitel XII.

Das Frühstück hatte mir gutgetan. Genau das war es, was ein Mensch wie ich an einem Morgen wie diesem brauchte: Speck und Salz, reichlich Alkohol im Blut als Treibstoff und vor allem Zeit. Nur etwas mehr Zeit noch brauchte ich zum Fertigschreiben. Ich fühlte mich wie Sebastian Zöllner, der Protagonist aus irgendeiner Geschichte von Daniel Kehlmann, bloß gab es für mich noch Hoffnung. Nichts würde mich von meinem Buch abhalten können, gar nichts, sagte ich mir.

Bitte nicht stören!

Ich setzte mich an den Schreibtisch und schaltete das Handy ein. Nina hatte mir auf der Mailbox eine Nachricht hinterlassen. Ich hörte sie mir an. Sie habe über meinen Anruf noch einmal nachgedacht.

Wann hatte ich sie angerufen?

Sie finde alles, was ich je gesagt hätte, ungeheuerlich. Was ich mir überhaupt einbilden würde, vernahm ich ihre Stimme an meinem Ohr, um diese Uhrzeit und in einer solchen Verfassung noch bei ihr anzurufen, betrunken und mitten in der Nacht! Das sei jetzt der Höhepunkt, diese Beschimpfungen lasse sie sich nicht länger bieten. Dieses leidige Kehlmann-Gefasel halte sie nicht mehr aus. Sie wolle vom Ende nichts mehr wissen. Das Ende sei ihr egal. Das Ende sei ihr *völlig egal*, wiederholte sie mit verrückter, aufgekratzter Stimme. *Alles* sei ihr egal. Dieses verfluchte Kapitel XII, sagte sie – sie habe bereits mit ihrem Anwalt gesprochen. Denn ich müsse wissen, hörte ich sie sagen, sie habe Angst. Sie mache sich Sorgen.

Seit wann Nina einen Anwalt hatte, fragte ich mich. Das stimmte sicherlich nicht, wahrscheinlich wollte sie mich damit nur auf den Arm nehmen, sie hatte einen komischen Humor.

Ich dürfe in den nächsten Tagen mit einem Schreiben rechnen, einem behördlichen nämlich. Ich solle lieber alles zurückbezahlen. Sie habe immer zu mir gehalten, doch jetzt sei der Punkt erreicht, an dem sie nicht mehr weiterwisse. Sie wisse einfach nicht mehr, wer ich sei. Ob ich das selbst noch wisse, wollte sie wissen. Sie erkenne mich nicht wieder. Ich wisse überhaupt nicht mehr, wie man lebe. Ich hätte mich selbst verlassen und vergessen – vergessen, wer ich sei. Sie habe Angst. Meine Worte ergäben keinen Sinn, seien trostlose Zeugnisse meines Zustands, Zugeständnisse meines Wahnsinns. Ich bräuchte dringend Hilfe, und zwar professionelle. Sie höre meine Stimme, schluchzte es aus meinem Handy, und sie müsse sogleich weinen. Sie fühle blanken Zorn, echte Abscheu, aber auch Mitgefühl, es tue ihr unendlich leid. Es habe einmal eine gemeinsame Zeit gegeben, aber die sei nun endgültig vorbei. Das jetzt sei nicht mehr unsere Zeit. Grenzenlos sei der Hass in ihr. Sie wolle nichts mehr von mir hören, ich sei für sie gestorben. Sie sei sicher, dass es mit mir noch ein schlimmes Ende nehmen werde. Sie könne mir nicht mehr helfen. Niemand könne das.

Ich legte das Telefon zur Seite und schaltete es zur Sicherheit aus und den Fernseher ein: Zwei neue US-Militärschiffe wurden begeistert vorgestellt, ich schaltete weiter. Ein alberner Koch mit schwarzem gekringeltem Schnurrbart und schief aufgesetztem, spiegelndem Zwicker schaute direkt in die Kamera und rührte scherzend in der vor ihm köchelnden, dampfenden Soße herum, ich schaltete weiter. Gekenterte Schlauchboote im Mittelmeer, ich schaltete weiter. Eine bildgewaltige, von Steuergeldern finanzierte, mächtig inszenierte Werbekampagne als Appell und Drohung zugleich an alle und jeden gerichtet für etwas seitens der Bundesregierung, ich schaltete weiter. Irgendwelche sich über ein Baseballspiel unterhaltende CIA- oder FBI- oder CIS- oder NSA-Agenten vor den Überresten einer tausendfach zerstückelten Kinderleiche, ich schaltete weiter. Eine wasserstoffblonde Moderatorin stellte ein neues hirnloses Quizspiel vor, als Hauptpreis ein ganz schnelles Auto, ich schaltete ab.

Die allgemeinen Widerstände der Welt sind groß, dachte ich,

und sie werden größer, je größer das individuelle Ziel ist. Ich war erfüllt von Glückseligkeit und Lust und Gier, stolz auf mich selbst, den Schöpfer aller Welten. Literatur, dachte ich, ist über Sport, über Wirtschaft, über Politik erhaben. Ich fühlte, dass mein ganzes Leben nur auf diesen Augenblick hingeführt hatte.

Bitte nicht stören!

Dann griff ich nach dem schwarzen Kugelschreiber und fing mein Ende zu schreiben an: *Ich fühlte mich wie eine weiße Wand, an der keine Bilder hingen, wie ein doppelter Boden, auf dem kein Teppich lag. Keine Fotos an den Wänden, keine Topfpflanzen, nichts.*

VIII

Noch einmal überflog ich mein Ende.

Heiße Perlen standen mir auf der Stirn. Wie Flammen brannten sie auf meiner Haut und das Licht reflektierte sich darin. Vor lauter Erschöpfung zitterte ich am ganzen Körper, als hätte mich ein Fieberschub befallen. Durch die durchgehende nervliche Angespanntheit in den letzten Stunden und die totale Überstürzung hatte ich manche Sätze sehr unleserlich niedergeschrieben. Bei einigen Wörtern musste ich tatsächlich mehrmals ganz genau hinschauen, als stammten diese flatterhaften Hieroglyphen von einem anderen, mir völlig unbekannten Menschen. Zudem schmierte der billige schwarze Kugelschreiber ununterbrochen, zu Hause war ich besseres Material gewohnt!

Auf jedes einzelne Wort kam es jetzt an. Also biss ich die Zähne zusammen. Denn es hing alles davon ab, dass Kehlmann die Bezüge verstand, dass er die Symbole korrekt auflöste, die Metaphern angemessen deutete und für sich und die Welt entsprechend entzifferte. Aber so einfach war das nicht. All meine aufwendig konstruierten Chiffren mussten von ihm einem Kreuzworträtsel gleich erst einmal decodiert werden. Davon hing meine Verwandlung ab.

Das waren jetzt also meine letzten Seiten: neun Blätter, doppelseitig beschrieben. Ich konnte es nicht glauben, mein Roman war abgeschlossen. Endlich hatte ich mein *Ich und Kehlmann* konsequent zu Ende gebracht. Nun stimmte alles, jedes einzelne Komma. Ganz genau so, wie das Ende hier vor mir lag, ganz genau so musste es sein. Und ganz genau so würde ich es nie wieder hinbekommen. Ich schluckte schwer. Nie wieder würde mir so etwas gelingen, gestand ich mir ein, und dieser Gedanke, beklemmend und tonnenschwer, erinnerte mich an die Reise, auf der wir uns befanden. An die Reise der Liebe und Hoffnung, Erfüllung, der Sonnenblumen und Schmetterlinge – und an die Einsicht, die einen ergriff, nachdem man alles verloren hatte, das von Bedeutung war.

Alles hatte mir der Roman abverlangt. Und alles hatte ich für ihn gegeben. Es ist leicht, dachte ich, in dieser Welt etwas anzufangen. Jeder vermochte heutzutage mehr oder weniger alles anzufangen. Aber abzuschließen? Ein paar Sekunden horchte ich in die Stille hinein, die mich vollständig umgab. Nichts. *Ich und Kehlmann* war abgeschlossen und anstelle des Textes trat in mir eine Leere ein, so tief und so einnehmend, wie ich es noch nie zuvor in meinem Leben erfahren hatte.

»Allegorie, Katachrese, Metonymie«, hörte ich mich sagen. »Zuallererst bin ich Schriftsteller, sogar bevor ich Mensch bin. Nicht mehr und nicht weniger als eine Spiegelung. Onomatopoetika, Oxymoron, pars pro toto. Jedes Dasein ist eine Spiegelung von jemandem oder etwas, gleich den Sternen im Kosmos, die leuchten, verglühen und vergehen. Personifikation, Synästhesie, Synekdoche, Topos.«

Hoffentlich würde er all meine rhetorischen Figuren verstehen, hoffentlich würde er an den ironischen Stellen die Ironie herauslesen, an den sarkastischen den Sarkasmus. Bei dem Gedanken, er würde die ironischen Stellen sarkastisch verstehen und die sarkastischen ironisch, fröstelte es mich. Er würde dann nicht ein einziges Kapitel erfassen, geschweige denn meinen ganzen Roman. Hoffentlich hatte ich ihn nicht überschätzt, hoffentlich war das alles nicht zu viel für ihn. Er mochte ein bekannter Autor sein, das war die eine Sache. Aber wie gut kannte er sich wirklich aus, wenn es um Fragen des Stils, um Stilbrüche und um Stilmittel ging? Ob er meinem *Ich und Kehlmann* überhaupt gewachsen war? Ob er den Unterschied zwischen einem auktorialen und einem personalen Erzähler in meinem Schreiben durchschauen konnte? Den Unterschied zwischen Wahrheit und Lüge, zwischen Schein und Sein? Vielleicht waren die Bruchstellen zwischen Wirklichkeit und Fiktion doch zu subtil für ihn. Ob er das alles überhaupt erahnen konnte? Ich selbst war mir auf einmal gar nicht mehr so sicher, was das elementare Wesen einer einzigen rhetorischen Frage war.

Es hatte sich verdammt gut angefühlt, endlich wieder in einem Text zu sein. Fast hatte ich vergessen, wie das war: zu schreiben, zu erfinden, zu konstruieren. Und zu leben. Ich war wieder zu Hause gewesen in meinem Schreiben, zumindest für ein paar Stunden. Da hatte ich wieder so etwas wie eine Zuflucht gefunden. *Ich und Kehlmann.* Es ist das Produkt eines Getriebenen, dachte ich, das Erzeugnis eines Besessenen. »Goethe, Brecht – dann ich«, hörte ich mich sagen. »Ich bin ich. Das ist der Roman meines Lebens.«

Begeistert rief ich im Büro von Frau Thurner an, aber es meldete sich nur der Anrufbeantworter. Ich sprach ihr aus der Emotion heraus sehr überschwänglich und deshalb auch etwas unstrukturiert aufs Band, dass endlich alles fertig sei. Sie könne sich entspannen, sagte ich, ich hätte es geschafft. Endlich dürfe sie durchatmen, es sei überstanden. Ich hätte es eben doch noch rechtzeitig zu Ende gebracht, gerade noch, aber auf mich sei eben Verlass.

An dieser Stelle lachte ich mit verstellter, extrem tiefer Stimme übertrieben laut in die Sprechmuschel. Für jemanden, der mich nicht kannte, wäre so ein Lachen beängstigend gewesen.

Mehrfach entschuldigte ich mich, selbst für die banalsten Dinge. Dann bedankte ich mich für das Entgegenkommen, ich bedankte mich gleich im Voraus für das noch Kommende und vor allem für das viele Verständnis. Es sei eben doch nicht so einfach gewesen, sagte ich und war von meiner Ehrlichkeit ihr gegenüber überrascht, für uns alle nicht. Es habe uns allen reichlich Kraft und Energie gekostet, aber jetzt sei es ja endlich überstanden. Alles sei erledigt. Großes brauche nun einmal seine Zeit. Über die Spesenabrechnung könne man von mir aus auch erst morgen sprechen, ergänzte ich. Wir hätten gewonnen, triumphierte ich abschließend und betonte dabei noch einmal und ganz besonders das verbindende Personalpronomen: wir. Dann fiel mir ein, dass Frau Thurner gar nicht im Büro sein konnte.

»Sie ist ja auf der Messe«, murmelte ich und legte auf.

Es war 15:37 Uhr, wie ich meiner Armbanduhr entnahm. Alles ist nun gut, dachte ich und erhob mich aus dem Stuhl, wobei mir ein wenig schwindlig wurde. Unruhig ging ich im Zimmer auf und ab, dann setzte ich mich wieder hin. Mit *Ich und Kehlmann* war mir etwas Großartiges gelungen, dessen war ich mir sicher. Ich sah das Buch schon auf dem ersten Platz der *Spiegel*-Bestsellerliste, für Monate durchgehend und unangefochten. Man würde bald eine zweite Auflage benötigen. Übersetzungen würden folgen, nicht nur in die wichtigsten Sprachen der Welt und Lesungen in Ländern, in denen ich noch nie zuvor gewesen war. Man würde mich auf die Longlist, dann auf die Shortlist des Deutschen Buchpreises setzen. Dann würde ich ihn natürlich gewinnen. Manche Preise würde ich ablehnen, zum Beispiel den aus Rauris. Ja, und irgendwann würde *Ich und*

Kehlmann die richtige Antwort auf die Literaturfragen sämtlicher Quizshows im Fernsehen sein.

Zuerst wollte ich Kehlmann persönlich informieren. Obwohl er nach außen ganz anders wirkte, sich in den Medien ganz anders zeigte, war er in seinem tiefsten Inneren bis zum Schluss ein sensibler Künstler geblieben. Er kannte die Branche, er würde mich verstehen.

Erneut stand ich auf, diesmal um ins Badezimmer zu gehen. Die Anstrengungen der letzten Stunden waren mir anzusehen, *Ich und Kehlmann* hatte tiefe Spuren in meinem Gesicht hinterlassen. Etwas Krummes steckte in meiner Haltung, ich war nicht mehr so jung. Ich war nicht mehr der, der ich vorher einmal gewesen war. Am Kinn hatte ich mich beim Rasieren geschnitten, aus der Wunde quoll immer noch Blut. Der Körper hängt von der Seele ab, dachte ich. Knochenlos fühlte ich mich, schwer vor Fragen. Was hatte Nina bloß damit gemeint, man könne mir nicht mehr helfen, meine Worte ergäben für niemanden mehr Sinn? Ich schüttelte den Kopf, betrachtete mein Spiegelbild. Und wann hatte ich das letzte Mal frisches Obst gegessen? Wann hatte ich das letzte Mal länger als ein paar Sekunden nicht an mein Ende gedacht?

Und jetzt war es geschafft. Ich setzte mich wieder an den Schreibtisch und las Kapitel XII, diese neun doppelseitig beschriebenen Blätter, ein letztes Mal. Das war es jetzt also. Um mich herum verschwamm alles. Es gab keinen Zweifel: Das hier vor mir waren die Zeilen eines schöpferischen Geistes. Ich sog die Luft zwischen den Zähnen ein. Das war die Sprache eines Süchtigen. Und auf einmal schien es mir nur logisch und konsequent, den tragischen Helden am Ende eben doch sterben zu lassen. Jahrelang hatte ich mir darüber den Kopf zerbrochen, aber auf einmal war mir alles klar und deutlich erschienen. Kein anderes Ende hätte es geben dürfen, als meinen Ich-Erzähler zuletzt eben doch sterben zu lassen.

Mein Ende endet mit dem Tod, dachte ich, tragisch. Der Tod beendete mein Ende, so und nicht anders musste es sein.

Zufrieden faltete ich die Zettel zusammen und unterzeichnete schwungvoll auf der Vorderseite mit Ort und Datum, damit alles seine Richtigkeit hatte. Abgeschlossen im Innside, Frankfurt am Main. Mir war, als schlösse sich in meinem Leben gerade viel mehr als ein bloß angefangener Kreis. Alles fühlte sich richtig an, in jeder meiner Bewegungen erkannte ich auf einmal Sinn. Als steckte von nun an etwas Magisches selbst in meinem banalsten Tun, als beobachtete man mich fortwährend mit einer unsichtbaren Kamera. Wenn ich zum Beispiel meinen Arm hob und mich am Kopf kratzte, dachte ich, ein wichtiger Schriftsteller höbe gerade den Arm und kratzte sich am Kopf, als verfolgte mich ein unsichtbares Kamerateam auf Schritt und Tritt. Oder wenn ich mit den Fingern wahllos durch die Luft strich, dachte ich, ein großer Intellektueller streiche mit den Fingern gerade wahllos durch die Luft. Ich kam mir wichtig vor, bedeutsam für die Welt. Eine zarte Hülle voller Zauber umschmeichelte mein gesamtes Wesen.

»Abgeschlossen im Innside«, sagte ich, »Frankfurt am Main.« Ich grinste meinem Spiegelbild in der Fensterscheibe breit entgegen.

Das Spiegelbild zwinkerte zurück.

Schon immer hatten sich das Faule und das Verlogene in der Welt als der leichtere Weg getarnt. Es war nur folgerichtig, dass sich ein epochaler Roman wie dieser nicht von selbst schreiben ließ. Das wäre nicht richtig gewesen. *Ich und Kehlmann* hatte mir mein Innerstes abverlangt. In jedem Kapitel hatte es nach meiner

Seele gegriffen und ich war bereit gewesen, sie offenzulegen. Es gibt Phasen im Leben, hatte ich mir gesagt, da muss man etwas riskieren. Und am Beginn einer jeden großen Künstlerkarriere, einer jeden literarischen Leistung von Weltformat, stand natürlich immer auch eine gehörige Portion Glück. Dieses Glück hatte ich mit beiden Händen am Schopfe gepackt. Ich hatte es erkannt, zugegriffen und nicht mehr losgelassen. Ich war hartnäckig und standhaft geblieben. Selbst in den dunkelsten Nächten hatte ich nicht aufgegeben. Es war klug und richtig von mir gewesen, hoch zu pokern und mein Leben, mein Leben und mein Sterben, alles in eine Waagschale zu werfen.

Jetzt war der Zeitpunkt gekommen, um Entsprechendes einzufordern, in meinem Sein, in meinem Dasein auch einmal etwas zurückzubekommen.

Sehr fokussiert packte ich meine Aktentasche. Ich wollte nichts vergessen, vergewisserte mich mit aufmerksamen Blicken, denen nichts entgehen konnte, in allen Schubladen und auch noch einmal im Bad. Schade, dass ich nicht genug Stauraum hatte, um ein Handtuch mitgehen zu lassen. Das wäre ein schönes Andenken gewesen in Zell am See. Eine kleine Tube Shampoo und zwei Stückchen Seife passten zumindest noch rein. Selbst unter der Bettdecke sah ich nach, doch zum Glück war der Umfang seines Gesamtwerks ein bescheidener. Ich hatte wieder alle Kehlmann-Bücher chronologisch nach Erscheinungsjahr einsortiert, zweimal *Wo ist Carlos Montúfar?* Kurz überlegte ich, *F* gleich hier im Zimmer zu lassen. Den Roman würde ich ohnehin nie wieder benötigen. Aber wer bitte schön sollte sich darüber freuen? Dann packte ich ihn doch ein und eine angenehme Erschöpfung breitete sich in mir aus. Ich war bereit zum Auschecken. Ich war bereit für die Buchmesse.

Für alles war ich bereit.

»Auschecken bis spätestens 12 Uhr«, meinte der Rezeptionist streng und klopfte mit dem Zeigefinger auf das Ziffernblatt seiner goldenen Armbanduhr. Er tat so, als gehörte die Zeit ihm. Diese Überheblichkeit ging mir auf die Nerven. Was sich die Menschen alles einbildeten! Was glaubten die Menschen eigentlich, wer sie waren? Jedenfalls war er nicht zum Scherzen aufgelegt, das erkannte ich sofort: Schief schaute er mich mit verzogener Miene, mit gerümpfter Nase, irgendwie mürrisch, zerknirscht und von oben herab an. »Dieser angefangene Tag ist zu bezahlen.«

Ich nickte. »Das habe ich nicht gewusst.«

»Das ist Ihnen beim Einchecken mitgeteilt worden«, belehrte er mich. »Sie haben die Bestimmungen selbst unterschrieben.« Plötzlich war sein Gesicht von einer eigenartigen Entrücktheit, als wäre er kein Mensch, als funktionierte er nur. Ich erkannte erst jetzt, dass es sich bei dem Rezeptionisten um einen anderen als am Vortag handelte. Die sahen sich in ihrer Uniform alle zum Verwechseln ähnlich, selbst mit ihrem Gehabe und Getue.

»Natürlich«, antwortete ich, räusperte mich und spürte, dass meine Stimme wieder etwas von ihrer gewohnten Autorität zurückgewonnen hatte. In seiner stupiden Borniertheit wirkte der Portier auf einmal alt. »Unterschrieben. Aha. Ja, doch.« Ich erinnerte mich nicht. »Ich erinnere mich. Ich habe unterschrieben.«

»Das macht 185 Euro.«

»Natürlich«, erwiderte ich erneut, »aha«, und tat so, als würde mich der Preis nicht schocken. »Wieso hat man mich um 12 Uhr nicht rufen lassen?«

»Das habe ich. Dreimal sogar. Um 11:45 Uhr, dann eine Minute später und noch einmal um Punkt 12. Kein einziges Mal sind Sie drangegangen.« Er fasste sich ans rechte Ohrläppchen, in dem ein goldener Stecker steckte. »Und dem Zimmermädchen haben Sie nicht aufgemacht.«

Fragend schaute ich ihn an.

»Das *Bitte-nicht-stören!*-Schild«, sagte er achselzuckend. »Unser Dienstpersonal hält sich daran.«

»Aha, verstehe«, gab ich zurück und schaute drein, als verstünde ich.

Es dauerte ein paar Sekunden, bis ich mich wieder zurechtfand, ich ließ mir aber nichts von meiner Verstörung anmerken. Ich räusperte mich noch einmal und rückte die verbogene Brille zurecht. Das würde mir etwas Zeit zum Nachdenken verschaffen, die Erklärung lag ja auf der Hand. Vermutlich hatte ich in meinem Schreiben die störenden Unterbrechungen nicht wahrgenommen. Ein Phänomen, das ich in der Vergangenheit immer wieder an mir hatte feststellen können. Das war bei großen Künstlern nichts Außergewöhnliches. Selbst Goethe hatte von ähnlichen Erlebnissen in seinen Tagebüchern berichtet. In Phasen intensiver Konzentration erlosch beim schaffenden Genie die unmittelbare Umwelt für unbestimmte Dauer zugunsten einer anderen Wirklichkeit. Allerdings konnte man das einem hölzernen Menschen, der mit dem Schöpferischen so rein gar nichts am Hut hatte, einem Pinocchio wie diesem Portier hier, nur schwerlich erklären.

»Verstehe«, murmelte ich erneut und zog die Augenbrauen zusammen, holte noch einmal tief Luft und verstand so gut wie nichts. Ich fingerte belanglos an meiner Unterlippe herum. Der Rezeptionist betrachtete mich mit offenem Mund. »Dann schulde ich Ihnen also 185 Euro.«

»So ist es.«

»Also, 185, haben Sie gesagt.«

»So ist es.«

Ich griff in die linke Gesäßtasche, in der sich mein Portemonnaie befand. Die nächsten Sekunden verliefen ereignislos, bis auf einen verstörenden Moment: Während ich mit einem gelben Kehlmann-Zweihunderter bezahlte, stellte ich fest, dass die Scheine immer weniger wurden. Ich hätte mir doch mehr von ihm ausleihen sollen. Nur für alle Fälle, dachte ich.

Auf die Frage, ob es zufällig einen Drucker im Haus gebe, erhielt ich in brüskiertem Ton sofort die Antwort, dass ein Drucker selbstverständlich vorhanden sei. Was so eine Frage überhaupt solle, es handle sich sogar um ein ganz ausgezeichnetes Gerät der Firma Samsung. Man habe erst kürzlich den Toner erneuert, ergänzte er. Selbst aufwendige Panoramafotos ließen sich damit in Farbe, einwandfrei und hochauflösend, drucken. Allerdings stehe dieser nur dem höheren Hotelpersonal zur Verfügung, und zwar ausschließlich für dringliche Hotelangelegenheiten. Es tue ihm leid, er persönlich könne nichts für diese strikten Vorschriften.

Es war mir, als ähnelten sich die beiden Rezeptionisten, bei denen es sich doch um zwei verschiedene Individuen handelte, nicht nur in Größe und Aussehen, sondern als wären neben der Argumentation selbst Stimmlage, Gestik und Mimik identisch.

Er ließ mir ein Taxi kommen. In der Zwischenzeit nahm ich in einem der acht roten Lederfauteuils Platz und atmete lange aus. Sogleich verfiel ich in einen wohligen Zustand der Erleichterung, den die angenehme Pianomelodie, die aus den Boxen in den Wänden zu mir drang, noch unterstützte. Mir gegenüber saßen zwei Hotelgäste in fortgeschrittenem Alter, ein Mann und eine Frau. Um sie herum herrschte ein schweres Schweigen. Sie schienen zusammenzugehören, beide spielten wortlos mit ihren Smartphones herum, als wäre der Bildschirm das Einzige, das ihnen noch etwas zu sagen hätte. Ohne Smartphone denkbar ist keiner mehr, dachte ich, wir alle sind zum Gerät geworden. Alle paar Augenblicke machten sie ein Foto von sich. Die Jahre hatten ihre Gesichter verwandelt, ihre Augen erschöpft, ich sah Enttäuschung darin: Das Lähmende dieser Enttäuschung hatte sie ernst gemacht, auch wenn sie es auf ihren Selfies zu vertuschen, zu retuschieren, vor sich selbst zu verstecken versuchten. Zwischen ihnen waren zwei große Koffer abgestellt. Entweder sind sie also gerade angereist, kombinierte ich, oder sie checken so wie ich demnächst aus.

Die Sache mit dem Drucker ärgerte mich. Denn auf Jürgen Schneider konnte ich mich nicht zu hundert Prozent verlassen. Leider erinnerte ich mich nicht mehr an die Öffnungszeiten, ich war mir aber relativ sicher, dass der Copyshop in der Frauenhofstraße sowohl samstags als auch sonntags durchgehend geschlossen blieb.

Wenigstens hatte ich das Ende bei mir. Ich klopfte mehrmals auf die schwarze Aktentasche. Das beruhigte mich. Diese neun Zettel, doppelseitig beschrieben, konnte mir niemand mehr nehmen. Was man einmal hat, das hat man. Das Ende trug ich handschriftlich bei mir, alle anderen Kapitel digital. *Ich und Kehlmann* war bereit für die große Bühne, bereit für die Welt.

Als der Rezeptionist von drüben mit lauter und kräftiger Stimme meinen Namen rief, bewegte ich mich nicht. »Fellner! Kevin Fellner!«, wiederholte er bestimmend. Ich reagierte nicht nur nicht, sondern schloss sogar die Augen. Wen um Himmels willen geht dieses Rufen eigentlich etwas an, fragte ich mich. Der Rezeptionist rief ein drittes Mal, noch lauter und kräftiger als zuvor; der Mann und die Frau sahen beide wie benommen nach mir. »Kevin Fellner!« Dieser Name, dachte ich, hat etwas Trauriges. Gerade als ich mich darüber wunderte, weshalb sich dieser Kevin Fellner nicht meldete, fiel mir ein, dass ich das war. Das war mein Name. Ich bin das, dachte ich. Das bin ich.

Das Taxi sei bereit, teilte er mir mit, es stehe draußen in der Einfahrt. Der Fahrer warte bereits. Ohne mich noch einmal umzudrehen, verließ ich zielstrebig das Innside samt schwarzer Aktentasche, samt abgeschlossenem Kapitel XII, das mein Ende war, durch die mich frontal spiegelnde Glasschiebetür. Wie eine Romanfigur, dachte ich noch im Hinausgehen, verschwinde ich, ohne eine Spur zu hinterlassen. Denn hierher würde ich nie wieder kommen, beschlich mich eine Ahnung, und so ein Abschied war wie so oft im Leben Sekundensache.

»Zum Messegelände«, sagte ich. »Sie kennen den Weg?« Der Taxifahrer nickte und fuhr los.

Ich schloss die Augen und lehnte mich zurück. Eine kurze Erholung würde mir sicherlich nicht schaden, das war immerhin eine anstrengende Nacht gewesen. Ich rieb mir die Schläfen an beiden Seiten und wunderte mich: Teuren Champagner vertrug ich einfach nicht. Na gut, ich hatte meinen Roman fertiggestellt. Das, was mich in den vergangenen Jahren nicht nur beschäftigt, sondern regelrecht von mir Besitz ergriffen hatte, war abgeschlossen. Es fühlte sich gut an. Leer, aber gut. Das zweite Buch, das Buch nach dem Bestseller – das würde das schwierigste sein. Ich atmete durch und fühlte mich allen weiteren Aufgaben gewachsen.

Sanft kutschierte mich der Fahrer durch die Stadt. Es war tatsächlich einer, der es schaffte, nichts zu sagen. Dafür würde ich ihm Trinkgeld geben. Im Radio lief *La Le Lu* von Heino Gaze.

Wie ein samtener Schleier zog sich vor meinen Augen ein Vorhang zu; ich war in einen angenehmen Halbschlaf gesunken. Ein nahezu traumloses Schlummern, das ich früher an meinen Schülern so oft und in unterschiedlichster Ausprägung hatte feststellen dürfen. Ganz egal, ob in der Klasse, im Theater, beim Gottesdienst zum Schuljahresbeginn oder -abschluss oder gar auf der Wienwoche beim Länderspiel im ausverkauften Ernst-Happel-Stadion – Schüler schliefen; sie schliefen immer und sie schliefen überall.

Immer wieder hielt der Wagen an roten Ampeln, aber das dröhnende Hupen kam mir vor wie von ganz weit weg.

Es war alles eine Frage der Perspektive. Im Leben kam es darauf an, in den entscheidenden Momenten loszulassen, um wieder frei atmen zu können. Es gibt für jeden Menschen den Zeitpunkt im Leben, begann ich langsam zu begreifen, ab dem man Abstand nehmen muss vom Objekt der Begierde, auch wenn das noch so schwierig, zuweilen fast unmöglich ist. Das Glück lag im Luxus der Zufriedenheit. Die pure Intensität war mörderisch, selbstmörderisch; sie ergab sich schlichtweg aus dem Mangel der Fähigkeit zur Abstraktion. »Logisch«, murmelte ich. Die Wirklichkeit war einem permanenten Wandel ausgesetzt: dem Wechsel zwischen Fernsicht und Zoom.

Der Fahrer hielt unmittelbar vor dem Eingang der Halle 3 (Ost) am Parkplatz für den Pendelbusverkehr. Um uns herum herrschte reges Treiben, scharenweise strömten Menschen in alle Richtungen. Direkt neben uns hielt ein anderes Taxi, drei Frauen in schicker Winterbekleidung stiegen quasselnd aus. Da ich Bargeld sparen wollte, reichte ich dem Taxifahrer meine Kreditkarte. Er steckte sie ins Lesegerät eines kleinen Apparats, wartete einen Augenblick, schaute etwas eigenartig und meinte schließlich, sie sei wohl gesperrt. Ich sagte, das sei völlig ausgeschlossen. Er solle es noch einmal versuchen. Es folgte dasselbe Prozedere mit demselben Ergebnis. Am Gerät liege es nicht, sagte er und zuckte kalt mit den Schultern.

Ich dachte daran, dass Daniel Kehlmann trotz seines Niedergangs mehr Geld hatte, als ich womöglich jemals verdienen würde. Obwohl, völlig ausgeschlossen war das natürlich nicht. Verärgert bezahlte ich mit weiteren Kehlmann-Scheinen und hoffte, der Rest möge für das Zugticket retour nach Zell am See noch reichen.

Ich betrat Halle 3 und gefiel mir bei dem Gedanken, den Weg aus der Mittelmäßigkeit gefunden zu haben. Die schwarze Aktentasche fühlte sich an meiner Seite schwer und wichtig an. Alles, was mich ausmachte, befand sich darin, als hinge mein gesamtes Dasein von ihr ab. Letzten Endes kommt es doch nur darauf an, sagte ich mir im Stillen, das eigene Talent richtig einzuschätzen. Darauf kommt es im Leben letzten Endes immer an. All meine früheren Schreibversuche, dachte ich, stehen in keiner Relation zu *Ich und Kehlmann*. Und es stimmt in der Tat, dass man sich im Leben in Sprüngen weiterentwickelt. »Entwicklung ist eben nichts Lineares«, murmelte ich gedankenversunken vor mich hin. Manchmal musste man zurückspringen, um danach doppelt so weit vorwärtszukommen. Und mein letzter Sprung war ein Quantensprung. Das müsste ich unbedingt gleich Kehlmann erzählen, dachte ich aufgeregt. Es brannte mir auf den Nägeln. Kehlmann würde mir zu meinem letzten Sprung, zu meinem Quantensprung, gratulieren.

Auf der Stelle blieb ich stehen und griff nach dem Kugelschreiber in meiner linken Brusttasche. Ein Mann rempelte mich wuchtig von hinten an, fluchte und schritt kopfschüttelnd an mir vorbei. Ich rief ihm nach, ob er keine Augen im Kopf hätte. Dann notierte ich auf einen Schmierzettel: *Bei meinem letzten Sprung handelt es sich um einen Quantensprung.* Das wollte ich auf keinen Fall vergessen. Es war ein guter Satz. Zufrieden steckte ich Kugelschreiber und Zettel wieder ein.

Ich schaute mich in der Halle um. Das war der Bereich für Kinder- und Jugendmedien, selbst mit nur einem Auge erkannte ich das. Als Lehrer hätte mich dieser Abschnitt früher sehr interessiert. Was war der engagierte Pädagoge schon anderes als ein ewiger Jäger und Sammler? Der Ansturm auf neue E-Books, Audio-CDs und Hörbücher war gigantisch. Aber ich war nicht als Besucher hier. Das musste ich mir immer wieder sagen: Ich bin nicht als Besucher hier!

Irgendwo musste es doch einen Lageplan oder eine Übersichtskarte geben. Die Beschriftung war mehr als schlecht, man kannte sich hinten und vorne nicht aus.

Genervt von dem pausenlosen Gedränge schob ich mich an unzähligen Comicständen vorbei; schnappte zwischen Handtaschen, Köpfen und klobigen Rucksäcken auf dem Cover eines Magazins das bunte Bild eines bekannten Helden aus längst vergessenen Jugendtagen auf. Irgendwie ein beruhigendes Gefühl, dachte ich, dass Super-, Spider-Man und Co. in ihren Paralleluniversen immer noch Tag für Tag die Welt retteten und sich mit all ihren Superkräften dem radikal Bösen heroisch entgegenstemmten, moderne Versionen des alten Odysseus, dessen listiger Verstand die weitaus stärkere und bedeutendere Waffe war als rohe physische Gewalt. Batman war von allen Figuren immer mein Liebling gewesen: dieser stille Wächter, dieser wachsame Beschützer, der dunkle Ritter. Wie Fledermäuse war auch er nachtaktiv, Bruce Wayne schlief niemals. Batman machte für sich in Gotham die Nacht zum Tag, kämpfte im Schutz der Finsternis, um die Moral des Gegners zu zerstören. Er war der notwendige Antiheld in einer sehr düsteren Welt, der Gegenpol; er lebte einsam, tragisch, traurig, versteckt. Das hatte mich schon immer beeindruckt. Er flüchtete, weil die Flucht sein stiller Triumph war und sein ganzer Erfolg.

Was wäre das für eine verlorene Jugend, dachte ich, gäbe es keine Comics und keine Superhelden und auch keine bösen Schurken mehr. Ich fühlte mich wie der Cowboy der Literatur, als wäre ich Charles Bronson und die Mundharmonika mein Roman.

Im Bereich »Bildung und Religion« ließ der allgemeine Andrang langsam etwas nach, hier konnte man fast schon wieder normal gehen. In der nächsten Halle wurden auf einem Podium mehrere Sachbücher vorgestellt. Für einen Augenblick stellte ich mich in die hinterste Zuschauerreihe und folgte den enthusiastischen Worten des Mannes mit dem Mikrofon. Es ging gerade um die Reportagen eines niederländischen Afrikaforschers, wobei die hohe Qualität der Bilder, die künstlerischen Ansprüchen entsprächen, lobend hervorgehoben wurden.

Ich dachte an meinen Roman *Außerhalb* und fragte mich, ob er das Zeug dazu hätte, in überarbeiteter Form nach einem angemessenen zeitlichen Abstand *Ich und Kehlmann* als mein zweites Buch zu folgen. Ich brauchte ein starkes Folgebuch, davon würde meine weitere Karriere abhängen. Alles hing im Grunde vom Folgebuch ab. Mit *Ich und Kehlmann* lag die Latte allerdings unerreichbar hoch. Was man von mir erwartete, war ein Folgebuch, das in Wahrheit nicht zu schreiben war, weder von mir und schon gar nicht von ihm.

Plötzlich verstand ich, wie sich Kehlmann seit Jahren fühlen musste. Ich begriff, wie es in seinem Inneren, wie es im tiefsten Inneren dieses sensiblen Schriftstellers aussah. Womöglich war sein Abgrund noch tiefer als der meine. Als ich das vollständige Ausmaß begriff, ergriffen mich sein kometenhafter Aufstieg und der bevorstehende totale Fall, als blickte ich unmittelbar in seine geschundene Seele hinein. Es war erstaunlich, wie erschreckend nahe wir beide uns in so vielerlei Hinsicht standen. Mir war dasselbe Los bestimmt wie Kehlmann, ich fühlte eine direkte Verbindung zu diesem kränkelnden Mann. Das Tragische verband uns miteinander. Auch waren wir beide begeisterte Freunde der griechisch-römischen Mythologie, der Dichtung, der Märchen und Sagen, der Geschichte an sich. »Ein Hoch auf das Vergangene«, murmelte ich, »und auch auf das Zukünftige, das einmal genauso vergangen sein wird.«

So wirr und so fest fühlte ich mich auf einmal mit ihm verknotet, dass sich dieser Gordische Knoten niemals mehr vollständig lösen ließe. Ein kaltes Kribbeln verursachte mir Gänsehaut auf dem Unterarm. Als suchte Daniel Kehlmann nach mir, so wie ich nach ihm.

Auf dem sehr weitläufigen Innengelände kam es mir vor, als sei ich der einzige Nichtraucher. Vermutlich war ich das hier draußen wirklich. Die letzten Sonnenstrahlen des Tages taten gut. Viele Gedanken schwirrten mir durch den Kopf, ich fühlte mich leicht und schwer zugleich. Endlich war es mir gelungen, mich von meinem Kehlmann-Stoff zu befreien, da hingen Last und Verpflichtung und Erfolgsdruck des Folgebuches schon bleischwer um meinen Hals.

Vor mir tauchte das rot-gelb gestreifte Lesezelt auf. Im vergangenen Jahr hatte ich Stunden darin verbracht. Erdrückt, mit gesenkten Schultern und hängenden Armen schlurfte ich wie eine Maschine, wie ein Roboter, daran vorbei. Denn um zu lesen, war ich nicht nach Frankfurt gekommen. Den ganzen Tag zugedeckt auf der Couch zu liegen, immer wieder aufzuwachen und erneut einzudösen, zu naschen, unbekümmert zu bröseln, das Aufräumen auf später zu verschieben und als sanfte Hintergrundkulisse eine BBC-Dokumentation über das Paarungsverhalten des Riesenkalmars zu gucken – das war Urlaub.

Doch das war nichts mehr für mich.

Ich betrat das ARD-Forum und machte mir Sorgen wegen des Folgebuches. Zwei Jahre, überschlug ich grob, hätte ich vermutlich noch Zeit. Bei diesem Gedanken atmete ich kräftig durch. *Ich und Kehlmann* würde mir noch etwa zwei weitere Jahre Lebenszeit verschaffen, maximal zweieinhalb. Danach würde es für mich in Österreich und Deutschland von Tag zu Tag ungemütlicher werden. Die Presse war gnadenlos, das Feuilleton tödlich. Ich könnte mit fadenscheinigen Gründen ins Ausland flüchten, überlegte ich mir, um mir über diese Hintertür noch ein paar weitere Lebensmonate zu erschleichen. Aber ich musste vorsichtig sein. Womöglich wurde aus mir noch ein wichtiger deutschsprachiger Exilschreiber, dachte ich ernst und sah mich schon in einem riesigen Dampfer von Rom oder von Marseille aus Europa verlassen, mit Lateinamerika, einer Hafenstadt und Palmen samt Kokosnüssen als Endziel. Letztlich jedenfalls würde nichts vorbeiführen an einem Folgebuch, daran würde alles gemessen werden, mein Leben und mein Sterben, und ich fühlte, dass etwas in mir zerstört, völlig vernichtet war.

Eine neu überarbeitete Fassung von *Außerhalb* käme vielleicht infrage. Mir gefiel der Plot. Mir gefiel der unbekümmerte Hedonismus meines obdachlosen Protagonisten noch immer. Obwohl es sich bei dem Roman um eine frühe Studentenarbeit handelte, stand mir der Text auf einer transzendenten, spirituellen Ebene immer noch nahe. Mich von dem Stürmischen und Impulsiven dieser existenziellen Sprache zu trennen, war mir schwergefallen. In diesem ungestümen Schreiben, in dieser brachialen Wörterwucht steckte eine sanfte, jugendlich-berauschende Mischung aus Hass und Liebe und Größenwahn – in Summe eine gefährliche Komposition.

Auf einmal fühlte ich mich unglaublich produktiv, als hätte ich das Folgebuch längst geschrieben. Ich schreibe, dachte ich, ich schreibe im Gehen. Ich schreibe im Gehen, in Gedanken mein Folgebuch. Ich will Gefühle aufschreiben, dachte ich gehend, in meinem Gehen von Gefühlen schreiben möchte ich, und eine neuerliche, erneute Sehnsucht packte mich.

Ich rief mir all meine Erzählungen in Erinnerung, meine ersten Novellen, die späteren, meine Theaterstücke. Bei dem Gedanken an die unqualifizierten Lektoren stieg die gesamte Wut von damals in mir hoch. Problematisch sah ich meine lyrischen Versuche: Jeder Gedichtband hatte es heutzutage schwer in dieser Welt. Und plötzlich war es mir egal.

Ein Herr mit hölzernem Gehstock, den ich überholte, stank stark nach Kautabak und verströmte mit seiner gesamten Erscheinung nach allen Seiten diesen signifikanten Altmännergeruch. Und plötzlich war es mir, vielleicht zum ersten Mal in meinem Leben, egal. Mochten die Verlage, das Folgebuch und meine Zukunft zum Teufel gehen! Mir blieben noch zwei Jahre! Was zerbrach ich mir jetzt schon darüber den Kopf?

Mit langen Schritten marschierte ich so energisch wie griesgrämig durch die aufwendig mit Blumentöpfen dekorierte Festhalle. Rechts von mir wurde gerade die Präsentation für einen Ehrengast aus Indonesien vorbereitet.

Es war mir entgangen, dass ich mich schon in Halle 5 befand. Das Chaos der Wege, die labyrinthischen Irrwegen glichen, sowie der Mangel an Beschriftung und das Fehlen von Hilfspersonal waren erschütternd. All diese offensichtlichen Defizite an Planung und Organisation hatte ich in den Jahren zuvor nie in dieser Form wahrgenommen: Als wäre mein Sehen mit der Zeit schärfer geworden. Immer wieder musste ich mein verbogenes Brillengestell zurechtrücken. Hinzu kamen das Gedränge, die allgemeine Hektik, die überspannte Stimmung, schreiende Teenager, das blinde Umherlaufen, Mütter mit Kinderwagen, die Hitze, die miserable Luft: Die ganze Messe war mir ein Graus!

Wie besessen hechtete ich mit meiner schwarzen Aktentasche, einer unheimlichen Schattengestalt gleich, im Laufschritt an all den internationalen Ständen vorüber. Es waren griechische, türkische, mittel-, nord-, süd- und osteuropäische, niederländische und italienische Verlage. Für einen Augenblick kam es mir so vor, als hechteten all diese internationalen Stände an mir vorbei.

In der nächsten Halle war mir, als wäre ich im Kreis gegangen. Denn ich erkannte die heimischen Aussteller. Mein Blick war überwiegend nach oben gerichtet auf die Schilder mit den klingenden Verlagsnamen und bunten Logos. Immer wieder stolperte ich, einer unhöflichen Dame musste ich wohl auf die überempfindlichen Zehen getreten sein. Ich hörte noch ihr vulgäres Schimpfen, da war sie weit hinter mir längst wieder von der Menge verschluckt. Nein, das musste ich mir eingebildet haben. Mit dem Knie stieß ich gegen irgendeinen robusten Gegenstand, wurde weitergeschoben, jemand hinter mir schrie. Es war, als überschlügen sich nun die Ereignisse. Und dann erkannte ich unmittelbar vor mir den Stand von Rowohlt.

Benommen zog ich mich aus dem Strom und suchte einen freien Stehplatz zwischen den Tischen, Bänken und Stühlen. Ich rieb mir das Knie. Mit einer ungeschickten Drehbewegung schlug ich einer sitzenden Leserin das Buch aus den Händen, es fiel zu Boden und verblätterte. Wir entschuldigten uns beide.

Hier gehöre ich her, dachte ich, hier will ich sein. Mochte die Welt dort draußen ruhig eine unruhige sein: Das hier war mein Zuhause!

Alle Sitzmöglichkeiten, die es gab, waren belegt. Ich wusste nicht, wo ich stehen sollte und drehte mich um die eigene Achse. Zum Glück hatte ich nur meine schlichte Aktentasche dabei. Denn selbst mit dem kleinsten Trolley wäre ich hier hoffnungslos aufgeschmissen gewesen. Der Lärmpegel war enorm. Um sich zu unterhalten, musste man schreien.

Da erblickte ich keine fünf Meter von mir ein bekanntes Gesicht: Jürgen Schneider, der kleine, von Pickeln übersäte Azubi. Wahrscheinlich arbeitet er nur in Teilzeit, überlegte ich mir. Er war gerade in ein vertrauliches Gespräch mit einer jüngeren Dame verwickelt. Ihre Köpfe steckten so nahe beieinander, dass er mich noch nicht wahrgenommen hatte. Auf den ersten Blick hätte man meinen können, die beiden küssten sich.

Natürlich lässt der Verlag hier an vorderster Front, wo es am ungemütlichsten ist, dachte ich aufgeregt, vor allem die unteren Angestellten schuften.

Von hinten schlich ich mich an ihn heran und achtete sehr darauf, niemandem mehr das Buch aus den Händen zu schlagen. Das war gar nicht so leicht.

»Hallo, Jürgen!«, sagte ich und tippte ihm zwei Mal sachte von der Seite auf die Schulter. Er wandte sich entschuldigend von dem Fräulein ab, drehte sich zu mir herum und starrte mich einige Zeit fassungslos und mit aufgerissenen Augen an, als würde mich der übermüdete Auszubildende in der Hitze des Gefechts nicht erkennen. Ich nickte mit glänzenden Augen und versuchte erst gar nicht mehr, meine Freude zu verbergen.

»Ich bin es«, half ich ihm auf die Sprünge. Meine Worte rauschten durch die Stille und die Stille zog sich in die Länge. »Hast du, also, haben Sie …« – Ich machte eine Kunstpause, in der ich mich ungezwungen räusperte. – »Haben *Sie* das Manuskript fertiggelesen? Es ist jetzt abgeschlossen.« Das sagte ich nicht ohne Stolz.

Dem Praktikanten fehlten die Worte. Er sah abwechselnd mich und dann wieder die junge, zweifelsohne sehr hübsche Dame an. Wäre sie seine Freundin, gar etwa seine Geliebte gewesen, rasende Eifersucht hätte mich sogleich ergriffen. Sie schien zu verstehen, dass es sich bei mir um einen Autor des Hauses handelte, weshalb ich ihren mit Sicherheit sehr belanglosen und naiven Fragen von Verlagsseite aus unverzüglich vorzuziehen war. Mich konnte man nicht einfach so im Regen stehen lassen, schien ich ihr mit meinem gesamten Auftreten, mit meiner charismatischen Erscheinung mitzuteilen. Mir stand es zu, ein simples Gespräch über Druckkosten und Papierpreise oder Ähnliches jederzeit unterbrechen zu dürfen. Ich kam mir wichtig vor.

»Sie!«, kam es aus Jürgen Schneiders Maul herausgeschossen wie ein schriller, schmerzzerfetzter Schrei. Das Gesicht des Jungen war voller Zorn, seine Lippen ein dünner Strich. Mit ausgestrecktem Arm zeigte er auf mich und seine Augen verkleinerten sich. Keinerlei hellere Stellen waren in seinem Blick, nichts als Schwärze vor und hinter seinen Augen. Er presste die Lippen zu einem noch schmaleren Schlitz zusammen und setzte eine noch steinerne Kälte auf. Um uns herum blickte man gespannt, angespannt nach mir; da stimmte etwas nicht, lautete der Tenor. Vermutlich hatte ich ihn überfordert. Womöglich hätte ich ihn nicht unterbrechen sollen. Er schnappte wie ein zappelnder Fisch nach Luft.

»Sie schon wieder! Was suchen Sie denn hier?«

»Hast du das Manuskript fertiggelesen?«, wiederholte ich etwas lauter und fragte mich, ob manche meiner Metaphern vielleicht zu komplex für ihn waren. Vermutlich konnte er mein Werk in seiner Gesamtheit gar nicht erfassen; selbst wenn er es wollte, könnte er es allegorisch nicht verstehen. Vermutlich sprengte mein Schreiben seinen Horizont. Das ist ja noch ein Kind, sagte ich mir. Ich durfte nicht so streng mit ihm sein. Vielleicht hatte er mich vorhin auch einfach nur akustisch nicht verstanden. Bei dieser Kulisse war es schwer, die eigenen Anliegen sachlich und verständlich, geordnet und vernünftig mitzuteilen. Zumindest brauchte ich mich jetzt nicht mehr namentlich vorzustellen. Ich war mir nun doch sicher, dass er mich erkannt hatte, dass er wusste, wer ich war.

»Sie haben vielleicht Nerven!«, schnauzte er mich an und griff mir sogleich an die Gurgel. Die Dame wich erschrocken zurück. Dabei rempelte sie einige Schaulustige an. Sie trug eine kurzärmelige dunkelblaue Bluse und enge Jeans, die ihre schlanken Schenkel betonten. An den Tischen um uns herum wurden alle Gespräche abrupt eingestellt. Ich hörte, wie ein Stuhl verschoben, ein Glas abgestellt wurde und wie sich hinter mir jemand erhob. »Frau Thurner wird Ihnen den Kopf abreißen. Sie wird … sie wird … die Security rufen! Sie haben hier nichts zu suchen!«

»Aber, aber«, entgegnete ich und wich ein paar Schritte zurück. Der Junge ließ nicht los. Er war mindestens zwei Köpfe kleiner als ich, aber kräftig gebaut und offenbar zu allem bereit.

»Frau Thurner!«, schrie er in die andere Richtung und drängte mich einen weiteren Schritt zurück. »Frau Thurner! Frau Thurner! Er ist hier! Kommen Sie schnell, er ist tatsächlich hier!«

Da überraschte ich den Kleinen mit einem Tritt. Diese einstudierte Bewegung hatte ich als Schüler im Schulhof gelernt, sodass ich mich aus seinem ungeschickten Würgegriff locker befreien konnte. Es war ein klarer Teilerfolg. Allerdings rammte ich mit dem Gesäß ziemlich heftig einen Tisch; jemand fragte sehr aufgebracht, was der Krawall bedeute, Gläser zerschellten auf dem Boden. Ein Mädchen weinte. Alle schauten zu mir, sprachen heillos durcheinander. Man verstand kein Wort. Ein Messebesucher hielt sich mit weit aufgerissenen Augen die Hand vor den Mund.

»Frau Thurner! Frau Thurner!«, schrie der Praktikant, aber da war ich längst schon wieder in der schützenden Menge – wie Batman, dachte ich – untergetaucht.

In aufgebrachter Stimmung und gebückter Haltung ließ ich mich vom Strom der Menschen mitreißen, von einem Stand zum nächsten. War diese Begegnung nun gut verlaufen? Schwer zu sagen, ich wusste es nicht. Immer wieder wurde ich geschubst, weggedrängt, weitergeschoben. Ein adäquates Reflektieren war nicht möglich. Von unten erhaschte ich zwischen all den getriebenen, geschobenen, gedemütigten Körpern vereinzelt Blicke auf die Schilder der Aussteller, die sich an der Decke spiegelten: Suhrkamp, Hanser, Kiepenheuer & Witsch. In einem stolpernden Hin und Her, auch Vor und Zurück zogen die Verlage auf beiden Seiten in der Luft wie Schlösser an mir vorüber. Und doch fühlte ich mich von ihnen erotisch angezogen, fühlte mich ihnen so nah wie nie zuvor.

S. Fischer, DuMont, Hoffmann und Campe. Ich verlor die Orientierung. Für Sekunden wurde mir schwarz vor Augen. Eine widerliche Mischung aus Schweiß, Käse, Deo, Achselbehaarung, Zigaretten und Bier und Angst und Größenwahn und Geldgier und Sprachlosigkeit und Selbstüberschätzung und Wichtigtuerei und Kaufkraft und Nagellack und Virtualität und Spiritualität und Existenzberechtigung und Ich-AGs und Gegenwart und Facebook und YouTube und Eitelkeit und Präpotenz raubten mir gänzlich die Besinnung. Jean-Baptiste Grenouille hätte das hier nicht überlebt. Reclam, Deuticke, Luftschacht. Ich wollte schreien, ich wollte atmen. Ich wollte leben, einfach nur sein, ein Zuhause finden, aber mir fehlte die Kraft.

Dann fasste mir eine Hand plump von hinten an den Allerwertesten und schob mich gewaltsam weiter. Wallstein, Czernin, Piper. Als schwömme mein eigenes Fleisch und Blut so zwangwie kopflos quer durch die Belletristik, quer durch die ganze Literatur hindurch. Haymon, Matthes & Seitz, Zsolnay. Milena. Diese unheimliche Halle schien ein Ende nicht zu kennen.

Jedenfalls war das vorhin mehr als knapp gewesen. Ich glaubte nicht, dass mich Judith Thurner gesehen hatte. Allmählich sammelten sich in mir die Gedanken; mein Gehen, meine gesamte Haltung wurden gleich merklich aufrechter. Auch stolperte ich nicht mehr so oft. »Nein, nein«, sagte ich mir, »in dem Tumult hat sie mich bestimmt nicht gesehen!« Falls nötig, würde ich alles abstreiten. Wem würde man denn bitte eher glauben: einem Azubi im ersten unbezahlten Lehrjahr oder dem Verfasser eines abgeschlossenen Romans von unbeschreiblicher und überdauernder Qualität? Wem würde man denn bitte eher glauben?

Und dann erkannte ich aus den Augenwinkeln verschwommen ein Podium. Es wurde von künstlichen, sehr grellen Scheinwerfern bestrahlt – ganz hinten auf der anderen Seite des weitläufigen Saals. Ein unvorstellbarer Menschenauflauf war rundherum versammelt. Alle schauten nach oben und warteten gespannt darauf, was auch immer auf der Bühne gleich geschehen würde. Der Strom schien genau dorthin zu führen, als zögen die Scheinwerfer ihn wie eine Lampe in der Nacht Insekten magnetisch an. Die Menge hatte ein gemeinsames Ziel. Ich ließ mich mitreißen, ich ließ mich treiben, ich ließ mich führen. Als ein Teil dieser Menge verstand ich mich.

Auf einmal erschien auf dem Podium ein Mann, der wie ein Doppelgänger von jemandem aussah. Seine Augen waren weit aufgerissen. Eine diffuse Ahnung schimmerte darin, eine ahnungsvolle Erregung. Es war ein eigenartiges Individuum mit einem scharfen Gesichtszug und einem komischen Körperbau: ein gebrochener Mensch, dachte ich, krumm geworden von der Summe seiner Fehler. Ein blauer, dunkelblauer Schatten hing über seinem Blick. Er schien dem Wahnsinn nahe zu sein. Der Applaus war überwältigend. Man jubelte ihm von allen Seiten zu. Ich hielt mir das rechte Auge zu, um etwas schärfer zu sehen. Er hatte ein Mikrofon in der Hand.

Es war Daniel Kehlmann.

IX

Gedränge und Applaus nahmen spürbar zu, je weiter ich Richtung Bühne geschoben wurde. Wie nahe ich ihm bereits gekommen bin, dachte ich aufgeregt, gleich würde es so weit sein. Meine Verwandlung stand unmittelbar bevor. Ich spürte das Herz im Hals schlagen. Bis in die allererste Reihe wollte ich mich durchkämpfen, ich musste ihn sehen. Bis direkt zu ihm musste ich gelangen, bis ganz nach vorne, und wenn das bedeuten würde, über den Boden kriechen zu müssen.

Aus Lautsprechern hob von weit oben, irgendwo von der Decke kommend, eine betörende Musik an, bereit, mich zu berauschen. Ich vermutete die letzten Sequenzen des zweiten Akts aus Puccinis *Tosca*, war mir aber nicht ganz sicher. Es hätte gut und gerne auch eine Komposition von Johann Sebastian Bach sein können. Jedenfalls berührten mich diese bezaubernden, mir so vertrauten Klänge in meinem ganzen Wesen. Mein Buch würde ein bleibender Eintrag in der Literaturgeschichte sein, freute ich mich, gelesen von Studierenden und Professoren auf der ganzen Welt. Man würde in Vorlesungen daraus zitieren. Man hatte mich unterschätzt. Um die Filmrechte würde man sich streiten, da war ich mir sicher, nicht nur in Hollywood. Wer würde mich wohl spielen: Brad Pitt oder Leonardo di Caprio? Ich sah meinen Roman schon als Vorlage, als Steilvorlage für das Drehbuch zu Tarantinos letztem, seinem tatsächlich allerletzten Film. In meinem Kopf hörte ich Quentin »Thank you, Kevin« und »I love it« sagen. Ich fühlte mich wie ein elementarer

Eckstein der Gegenwartsliteratur, als sei das und nichts anderes mein Ort, an den ich gehörte.

Einen Moment hielt ich inne, um einigermaßen ungestört durchzuatmen. Ungläubig schaute ich mich um. Wo war ich hier eigentlich? Was hatten all diese gewöhnlichen, diese allzu gewöhnlichen Alltagsmenschen auf einer Buchmesse zu suchen? In der Abteilung für Belletristik? Mir war, als wäre ich der einzige echte Lesende auf diesem Planeten.

Ein paar Meter weiter rechts unterhielten sich gerade zwei Schornsteinfeger in voller Montur, als kämen sie direkt von der Arbeit aus dem Rauchfang hierher, lautstark miteinander. Offenbar schienen beide weder Empfänglichkeit noch Gehör für das Zarte, das Zierliche, das Zerbrochene im Streichquartett zu haben, das von dort oben zu uns herabmusizierte.

Ich drehte mich zur Seite. Links hinter mir stand ein bärtiger Mann mit schiefer Hakennase. Er war Anfang vierzig, seine gescheitelten Haare klebten ihm fettig auf der Stirn. Vermutlich kam er sich wichtig vor, so wie er hinter mir stand und gierig durch mich hindurch und geradewegs nach vorne stierte. Überall dieser Ehrgeiz, dieses verlogene Ringen um Anerkennung und Macht und Geld und Erfolg, dachte ich. Also manchmal wäre es tatsächlich angebrachter, lieber rechtzeitig aufzugeben. Man sollte schon erkennen, überlegte ich mir, wenn man einmal geschlagen ist. Aber wahrscheinlich hatte dieser 08/15-Typ überhaupt keine Ahnung, wie er gerade aussah. Die meisten Menschen trugen völlig falsche Bilder von sich in sich, und das ein Leben lang. Dick angeschwollen war ihm die Ader am Hals. Linien der Unzufriedenheit verzogen seinen Mund, Linien der Verschlagenheit seinen Blick. Genau diese Art von Leuten hielt ich nicht aus.

Schubweise wurde von hinten nach vorne gedrängt, man rückte in ungleichmäßigen Intervallen in kleinen Grüppchen Schritt für Schritt dem grell beleuchteten Podium entgegen. Von Kehlmann erkannte ich von hier unten nichts. Und doch vernahm ich seine Anwesenheit. Seine Aura war allgegenwärtig. Ob er mich schon spürte? Wieder bekam ich eine Gänsehaut, als sei ich zur richtigen Zeit am richtigen Ort. Er fühlte mich, davon war ich überzeugt, er fühlte mich ihm näher kommen.

Der Zeitpunkt ist da, dachte ich. Mein Buch musste noch vor seinem Niedergang erscheinen, aber nicht zu weit davor und auf gar keinen Fall danach! Jetzt passte alles zusammen; es stimmte alles und alles fügte sich. Für kurze Zeit würden wir beide im Mittelpunkt des medialen Interesses stehen. Man würde mich in österreichische und deutsche Kultursendungen einladen. Ich würde mit wichtigen Politikern aus dem In- und Ausland über das allgemeine europäische Scheitern, über kulturphilosophische Debatten und natürlich auch über Kehlmanns Schreiben und Sterben sprechen. In jedem Sterben wohnt ein Neuanfang, würde ich in die Kameras sagen. In der ZIB 1 müsste ich im Hauptabendprogramm auf Fragen zu meiner Beziehung zu Kehlmann eingehen und ein paar intime Anekdoten erzählen. Auch das war Journalismus. Ich würde ihn öffentlich als Freund bezeichnen. Man würde mir glauben. Man würde meinen Namen einblenden und den Titel *Ich und Kehlmann.* Man würde mir im Fernsehen auf die Schulter klopfen. Das würde mein Ansehen steigern und ein Folgebuch ermöglichen. Der Bundespräsident würde mir ein großzügiges Stipendium versprechen. Man würde mich in exotische Sprachen übersetzen. Ich würde auf Sardinien oder Korsika oder einer anderen Insel leben und den besten Steuerberater brauchen.

Was machte er dort oben auf der Bühne? Stellte er neue, seine letzten Schreibversuche vor? Gab er Autogramme? Oder ließ er sich einfach nur feiern? Womöglich bin ich hier der einzige Kehlmann-Experte, dachte ich. Es war mir ein Leichtes, alle relevanten Protagonisten seiner Romane namentlich sowohl alphabetisch als auch chronologisch nach Erscheinungsjahr oder nach Körpergröße, Augenfarbe, Haarschnitt, Einkommen oder anderen Kriterien aufzuzählen. Arthur Beerholm. Jan van Rode. Markus Mehring. Elvira Schmidt. Kramer. Bahring. Vor Jahren hatte ich mir einmal den Spaß gemacht – es waren sehr verregnete Sommertage gewesen – alle Haupt- und wesentlichen Nebenfiguren in einer Excel-Tabelle übersichtlich und kategorisch nach Alter, Aussehen und Charakter zu typisieren. In einem farbigen Kreisdiagramm waren alle weiblichen unsympathischen Figuren den männlichen sympathischen gegenübergestellt und natürlich das Ganze umgekehrt in einem zweiten Kreisdiagramm, ebenfalls in Farbe. Zu interessanten Schlüssen, Spiegelungen und merkwürdigen Parallelen war ich damals gekommen.

Es ging wieder ein paar Schritte weiter nach vorne. Dur- und Moll-Akkorde wechselten sich willkürlich ab. Neben mir tauchte eine schwarzhaarige Apothekenangestellte auf. Auf der Brusttasche ihres weißen Kittels war ein rechteckiges Namensschild angebracht: Frau A. Lochner, las ich. Ich fragte sie aus einer mir unerklärlichen Laune heraus, wie sie persönlich eigentlich die letzten Arbeiten von Kehlmann einschätze, ob sie auch den Eindruck habe, sein Schreiben befände sich im rasanten Fall. Im chronischen Tiefflug, sagte ich, wie ein tragischer Untergang. Ob sie das auch so sehe? Spätestens seit *Ruhm*, ergänzte ich, seit diesem falschen Roman ohne Hauptfigur. Neun Geschichten seien neun Geschichten, sagte ich. Neun Geschichten ergäben noch lange keinen Roman. Das wisse sie nicht, erwiderte die Frau verstört und schaute angestrengt auf den Boden, als suchte sie dort etwas. Ich nickte und verstand sofort. Wieso sollte das gerade eine Apothekerin wissen!

Und trotzdem: Ich war schockiert ob der allgemeinen Unkenntnis um mich herum und fremdbeschämt zugleich. Eine Aura der Verlassenheit und des Ausgeschlossenseins umschlich mich und mir war, als hätte es genau so und nicht anders kommen müssen, als erfüllte sich gerade eine fatale Fügung. Ich sah mich auf der einen Seite und ihn auf der anderen ein- und desselben Fadens baumeln, gleich einem Seil über dem Abgrund, und ich dachte: Eine Schnur ist eine Schnur und beide Enden gehören zusammen. »Es ist nie egal, auf welcher Seite einer steht«, sagt Otto Schiendick, schreibt Kehlmann, in *Die Reise der Verlorenen*. Daran dachte ich jetzt.

Dann ließ ich mich wieder ein paar Meter weiter nach vorne schieben. Ich schloss die Augen und ließ mich von der Menge führen. Für Sekunden gab ich dem ganzen Treiben einfach nach. Das waren schließlich auch nur Menschen. Man durfte das Leben nicht zu ernst nehmen. »Ich muss mich besinnen«, sagte ich mir, »immerhin stehe ich ganz knapp vor meinem Ziel.«

Großes war im Wandel, und die jüngsten Ereignisse – das verbissene Schreiben, Kapitel XII, meine letzten Seiten, alle doppelseitig beschrieben – hatten mir ziemlich zugesetzt. Ich sah irgendwie abgekämpft aus. Zudem stank es fürchterlich nach billigem Deo, nach Ruß und Schweiß und Salami oder Hot Dog, da war ich mir nicht ganz sicher, nach Bratwürsten und Bier. In meiner Verwirrung dachte ich an rhetorische Figuren, das entspannte mich umgehend. Metapher. Epipher. Anapher. Das ist ein wunderschöner Gedanke, dachte ich. Klimax. Katachrese. Akkumulation. Sogleich hatte ich mich wieder etwas beruhigt, wenn meine Gefühle auch nicht ganz normal waren. In mir überschlug und drehte sich noch einiges.

»Haben Sie eigentlich *Mahlers Zeit* gelesen?«, fragte ich wahllos eine Person zu meiner linken. Sie zuckte mit den Schultern und rollte mit den Augen, als sei *ich* der Verrückte. Wie konnte man sich hier nur anstellen, ohne eine Ahnung vom Gesamtwerk zu haben, wunderte ich mich. Wie konnte man überhaupt *sein*, ohne den Überblick zu kennen? Dem Herrn vor mir stach ich mit meinem Zeigefinger so lange in die Rippen, bis er sich endlich zu mir umdrehte. Er sah genervt aus. Auf der Stirn hatte er eine eitrige Beule, sicherlich mehrere Zentimeter im Durchmesser, die fiel mir gleich als Erstes auf. Aber sein Blick war verschlossen, sodass es mir nicht möglich war, seine Gedanken zu erraten. Ob er mir das Ende von *Kaminski* erzählen könne? Eine einfache Frage, sagte ich. Ich solle ihn noch *einmal* anfassen, war seine Antwort, dann drehte er sich mit böser Miene wieder nach vorne.

Mein Gott, niemand kannte auch nur ein einziges Buch von ihm! »Warum rede ich überhaupt«, sagte ich und begriff auf einmal, wie unbelesen all diese Menschen waren. Ich vernahm eine tiefe Traurigkeit in mir. Bürdet uns das Leben vielleicht doch zu viele Lasten auf, fragte ich mich. Erwartete ich von meinen Mitmenschen, was nicht zu erwarten war? Kehlmann tat mir leid dort oben, das hatte er nicht verdient. Wie ungerecht konnte das Schicksal sein? Ich wollte nicht, dass er so starb.

In einem dumpfen Aufbegehren kräftiger Blechinstrumente drückte ich mich mit aller Kraft nach unten und machte mich so klein wie möglich, sodass ich ein paar Augenblicke später zwischen all den Beinen und Beinen auf dem Boden kauerte. Um mich herum wurde hektisch getreten, es wurde gestampft, gejammert und geflucht. Man sah zu mir herunter. Man sprach zu mir. Man verstand mich nicht. Man kannte sich nicht mehr aus. Ich hingegen wusste genau, was ich tat. Diese allgemeine Unruhe nutzte ich sofort aus und kroch gleich ein paar Meter vorwärts. Mit einem Trolley hätte das nicht funktioniert. Natürlich war das nicht die eleganteste Methode, um in die erste Reihe zu gelangen, aber ich wollte mir später nichts nachsagen lassen. Alles war eine Frage der Perspektive. Mit der rechten Hand stützte ich mich auf dem Boden ab, der natürlich sehr dreckig war, die schwarze Aktentasche schleifte ich mit der linken neben mir her. Ich versuchte, mich möglichst unauffällig durchzuschlängeln, auf nur ganz wenige Schuhe zu treten. Ein kleines Mädchen mit einer grünen Spange im Haar winkte freundlich zu mir herunter.

Ganz ohne Körperkontakt ging es aber nicht. Immer wieder sah ich mich gezwungen, mich an mehr oder weniger dicken Schenkeln, fetten Keulen, die wie Dampfhämmer stampften, vorbeiquetschen und durchpressen zu müssen. Zum Glück war ich darin sehr geschickt. Nur einmal trat so schwungvoll wie treffsicher die Spitze eines Pumps gegen meinen Hintern. Dabei hatte ich ihr gar nicht mit Absicht unter den Rock geschaut.

Da vernahm ich seine Stimme: »Ich denke, es ist die Zeit.« Es bestand kein Zweifel, das war er. Vor mir tauchten die unrasierten Waden einer unsportlichen Frau auf. Nur an ihnen musste ich noch vorbei, dann hatte ich es geschafft. »Ich denke, es ist die Zeit«, hörte ich ihn wiederholen. Über die Zeit sprach er gern, die Zeit war schon immer sein Lieblingsthema gewesen. Noch konnte ich ihn nicht sehen. Aber was er sagte, ergab für mich elementaren Sinn.

»Es ist die Zeit.« Ein künstliches Summen des Mikrofons ließ seine gewichtigen Worte mechanisch klingen, maschinell. Hätte man es nicht gewusst, hätte man ihn womöglich gar nicht erkannt. »Persönlichkeitsrechte werden von der Zeit, der vergehenden Zeit getilgt, nicht nur in rechtlicher, auch in moralischer Hinsicht.« Mit der Außenseite meines schwarzen Aktenkoffers schob ich die unrasierten Waden behutsam auseinander, um dazwischen durchschlüpfen zu können. Sie trug keine Strumpfhose. »Es hat mit der Natur des Nachruhms zu tun. Wessen Name so lange überlebt, dem billigt man nicht mehr das Recht auf Egoismus zu, auf Eitelkeit.«

Für einen Augenblick dachte ich entsetzt, zwischen den dicken Beinen stecken zu bleiben. Ich kam weder vor noch zurück. Die Dame machte es mir aber auch nicht leicht – als drückte sie meinen Kopf mit ihren Knien mit Absicht noch fester zusammen. Auf dem hässlichen Wandteppich, der die gesamte linke Seite dieses hinteren Hallenbereichs entstellte, erspähte ich von meiner ungünstigen Position aus bereits die ersten Schattierungen seiner Silhouette. »Oder anders gesagt, nein, nein, einmal ganz anders gedacht: Man hat sich eben mit dem Umstand abgefunden, dass er tot ist«, hörte ich ihn sagen. Verarbeitete Kehlmann in dieser Rede, die auswendig gelernt klang, etwa seinen eigenen Niedergang, seine Verwandlung? Sprach er gerade von seinem eigenen Tod? War er sich so fremd geworden, um das Historische und Ahistorische an sich selbst zu verwechseln? Er liegt im Sterben, dachte ich. Er musste es fühlen, so wie ich es fühlte, und deshalb sprach er offen darüber. »Ganz und gar und vollkommen tot. Unserer Welt und ihren Regeln, ihrem Spott entrückt«, fuhr er fort, und mit einem letzten Kraftakt zog ich mich nach vorne. Über mir gab die Frau einen quietschenden

Laut von sich. In Gedanken griff ich bereits nach meinen neun doppelseitig beschriebenen Zetteln. Dann sah ich Daniel Kehlmann von unten direkt ins Gesicht.

Aber es war nicht Daniel Kehlmann.

Das war irgendwer in blauer Latzhose: Unbekümmert stellte dieser Niemand dem gaffenden Publikum einen giftgrünen Rasenmäher vor, als wäre das hier eine Messe für Gärtner oder Hobbyfloristen. Da war es mir, als packte mich etwas mit glühenden Krallen und führte sie in mein tiefstes Inneres, allen Sinn und alle Gedanken für immer zerreißend.

Na, wen haben wir denn da?

»Ganz und gar tot«, flüsterte ich mir selbst ins Ohr und über mein Gesicht fiel ein Schatten. Ich war nicht mehr ich; ich war nur eine gehörige Portion Wahnsinn mit Augen, die aus einem Abgrund des Schreckens und der Schmerzen herauszublicken schienen.

Schön, dass wir beide uns nun endlich einmal kennenlernen! Ich hoffe, du hast mich schon vermisst. Ich hoffe, dir geht nun endlich ein Lichtchen auf! Na, was ist? Erkennst du mich noch immer nicht?

»Vollkommen tot«, murmelte ich.

Und mit diesen Worten sprintete ich davon. Zurück in die Menge und in das Getöse wuchtete ich mich mit aller Entschlossenheit, mit totaler Wut. So blind wie rasend stürmte ich drauf los, achtete weder auf Frau noch Kind. Ich war völlig außer mir. Einem, der sich mir in den Weg stellte, drückte ich im Vorbeilaufen die Kehle zu. Kein einziger Ton war mehr zu vernehmen von Puccinis Oper, als hätte man alle Lautsprecher der Halle zugleich abgedreht. Lediglich in mir schepperten disharmonische Geräusche einer verlorenen Symphonie.

Ich bin es, Kevin! Ich bin es, der die ganze Zeit bei dir gewesen ist. Ich bin es immer gewesen. Und du weißt, wer ich bin. Schon so oft sind wir uns begegnet in diesem Leben und auch in einem ganz anderen. In so vielen Leben schon hast du mich gesehen, ich könnte sie gar nicht mehr der Reihe nach aufzählen. Erinnerst du dich wirklich nicht? Weißt du es denn nicht mehr? Wir haben einmal die ganze Welt in Staunen versetzt! Und zusammen haben wir es jetzt bis hierher gebracht! Glaubst du mir endlich? Na, was ist?

Von allen Seiten rissen, zupften und zerrten sie an meiner Kleidung, als gehörte ich dringend gestoppt. Jemand griff nach meinen Schultern, ein anderer schlug mit Fäusten von hinten auf mich ein. Eine Stimme rief nach der Security. Etwas sehr Schweres fiel hinter mir zu Boden und zerbrach. Eine Drohne schwebte über meinem Kopf, keinen Meter über mir, und blinkte rot: Man filmte mich. Aber es reichte doch schon ein Foto, nur ein einzelnes Foto, und man hatte von einem Menschen sofort alle Daten sämtlicher Aktivitäten im Öffentlichen wie im Privaten.

Ich wusste nicht, was den Schmerz erklärte, den ich auf einmal in der von Menschen nur so brodelnden Halle empfand.

»Ich habe nichts getan«, hörte ich mich sagen. »Ich habe nichts getan, nur Kehlmann bei Rowohlt ersetzt!«

Jedenfalls gab es jetzt für mich kein Halten mehr. Selbst den stärksten Holzhackern gelang es nicht, mich zu bändigen. Fortwährend schrie ich mit einem merkwürdig aufgekratzten Ton: »Ganz und gar tot!« Immer wieder dasselbe: »Ganz und gar tot!« Zugleich schlug ich mit ausgestreckten Armen mit der schwarzen Aktentasche, die mit meinem handschriftlichen Kapitel XII, meinem Ende, und mit seinem in der Summe doch erschreckend spärlichen Gesamtwerk vollgestopft war, unkontrolliert um mich. »Ganz und gar tot! Vollkommen tot! Mausetot!« Eine Frau sah mich auf sich zukommen und lief weg. Letztlich wich man mir nur noch nach allen Seiten aus.

Willst du es noch immer nicht begreifen, Kevin? Willst du es also noch immer nicht wahrhaben? Einmal muss doch auch dir ein Lichtchen aufgehen, Kevin. Du kannst dich nicht für immer in dir verstecken. Erinnerst du dich nicht mehr? Wir haben zusammen schon so viel erlebt. Na, was ist? Mach die Augen auf und hör mir zu! Vertrau mir. Ich bin es wahrlich nicht, der dir Böses tut!

Durch einen seitlichen Notausgang gelang mir die Flucht. »Mich muss man erst einmal zu fassen kriegen«, triumphierte ich lauthals in die schwarze Nacht hinein und hüpfte wie ein kleines Kind vor Ekstase. Aber meine Augen waren glasig vor Sorge. Dann stieß ich ein Lachen aus, ein fürchterliches Lachen, ein Lachen nah am Verzweifeln und doch ein Lachen. »Mich muss man erst einmal zu fassen kriegen! Wieder einmal habe ich es allen gezeigt!«

Hier draußen war es ausgesprochen kalt und so düster wie dunkel, in den finsteren Fenstern zerliefen die Spiegelbilder sämtlicher Lampen. In meinem Zustand registrierte ich gar nicht, dass es bereits vor geraumer Zeit angefangen hatte, in dicken Flocken zu schneien.

Ich lief und lief. Wie im Rausch lief ich an allem und allen vorbei. So wie ich war Leo Richter mit Sicherheit kein einziges Mal in seinem Leben gelaufen, weder in der einen noch in der anderen Geschichte. Über ein dichtes Zaungeflecht aus Maschendraht sprang ich drüber, als gäbe es für mich in dieser Welt, an diesem Abend, für heute keine Hindernisse mehr.

Auch du, Kevin, wirst es einmal einsehen müssen. Aber mach dir keine Sorgen, ich werde dich nicht verlassen. Nein, nein, das verspreche ich: Ich bleibe bei dir. Schon immer bin ich dir am Nächsten gewesen und bis zum

Schluss werde ich dich begleiten. Du kannst mir ruhig vertrauen. Wenn es eine Gewissheit gibt, dann diese: Bis zum Schluss werde ich an deiner Seite sein. Ich werde bei dir sein, ob du willst oder nicht. Bis zum Ende werde ich bei dir bleiben und mit dir gehen, darauf kannst du dich verlassen.

Ich war noch immer nicht frei. Ich bin noch immer nicht befreit von ihm, dachte ich, noch immer nicht frei. Er ist noch immer da drin in mir, dachte ich, noch immer ist er drin in mir und noch immer bin ich nicht befreit von ihm. Ich bin noch immer nicht frei, dachte ich, wie in einer Albtraumwiederholung, noch immer nicht befreit von ihm. Mit verwirrten Augen blickte ich umher, dann senkten sie sich, und der Schein einer Straßenlampe spiegelte sich verdreht, verkehrt in ihnen.

Untote sind wir beide, Kevin, du und ich. Denn wirklich am Leben sind wir beide nicht. Das ist unser Fluch und zugleich unser Segen. Schau dich um, Kevin, schau in den Spiegel! Schön langsam wird es dafür Zeit. Ich weiß, es ist nicht leicht. Ich weiß es aber am besten. Diesem Blick entkommst du nicht. Jede Erkenntnis ist eine Selbsterkenntnis, jedes Erkennen fällt schwer. Abnehmen kann ich es dir nicht: Wir müssen alle durch den Spiegel gehen.

Ich lief immer weiter, selbst dann noch, als es längst schon keinen Grund mehr gab weiterzulaufen. Niemand verfolgte mich. Und doch kamen mir alle Menschen gleichermaßen verdächtig vor. Ich durfte niemandem trauen. Aber mein Ende war Gott sei Dank bei mir. Gerade in dieser Branche musste man auf der Hut sein, selbst der eigene Verleger hatte Zähne wie ein Hai. Weit hinter mir lag das Messegelände, dieses gewaltige Betonareal, als ich unvermittelt zusammenbrach und auf dem schneeweißen Asphalt für unbestimmte Zeit, einer Schlafleiche gleich, traumlos liegen blieb.

*

Vor Jahren war ich einmal mit Ninas Vater angeln an einem nebelverhangenen, verborgenen Tümpel mitten im Wald, umgeben von Sumpf und Morast. Es muss in einem Herbst gewesen sein, bunt rieselte es allseits von den Laubbäumen und Sträuchern. Es wurde viel geschwiegen. Die Welt war für uns in Ordnung. Ab und an das Quaken eines Frosches, das Zirpen einer Grille, das Brechen eines Astes: Sprache der Natur. Der zarte Flügelschlag eines kräftigen Schmetterlings. Ob wir damals auf der Jagd waren nach Barschen oder Karpfen, Forellen? Würmer als Köder, lebendige Köder, Mais oder Maden? Unzählige Flaschen Bier leerten wir beide an diesem zeitlosen Nachmittag und fingen nicht einen einzigen Fisch, weil es darum in dieser Stunde in Wahrheit gar nicht ging. Auf dem fernen Kirchturm war ein Storch gesessen. Er hatte ganz traurig in die andere Richtung geschaut.

Blutiger Dampf stieg auf aus meiner schneebedeckten Behausung, als ich vorsichtig die Augen öffnete. Der Asphalt war nass und kalt. Mühsam richtete ich mich auf, klopfte die Hose zuerst vorne, dann hinten sorgfältig ab. An den Knien war sie etwas dreckig geworden und seitlich an mehreren Stellen aufgerissen. Ich bin, dachte ich, noch nie zuvor so schmutzig gewesen, vermutlich vom vielen Robben, schlussfolgerte ich, vom Schleifen der Kleidung über den Boden. Ansonsten sah man mir nichts an. Mein äußeres Erscheinungsbild war zwar keine Augenweide, aber ich brauchte mich nicht zu genieren. Ich hatte schließlich nicht vor, an einem Schönheitswettbewerb teilzunehmen. So durfte ich mich auf offener Straße durchaus zeigen. Ich bin ein Mann der Straße, versuchte ich mich aufzumuntern, die

Straße ist mein Zuhause. Außerdem war es stockfinster. Man hätte mir schon sehr nahe kommen müssen, um das Verfallene und das Verlorene an mir festzustellen.

Wie geht es jetzt mit mir weiter?, überlegte ich. Sollte ich zurück in die Halle, zurück zur Literatur? Der Menschenauflauf hatte mich ausgespuckt. Vor mir erkannte ich das Hotel Meininger, es sah von außen angenehm und heimelig aus. In einigen Zimmern brannte sogar um diese Uhrzeit noch Licht, das gefiel mir. Ich stellte mir Urlauber mit sonderbaren Strohhüten vor, mit Sonnencreme im Gesicht, die sich keinen Wecker stellten und unbekümmert in den Tag hinein schliefen, denen vielleicht nicht gerade Bücher oder das Lesen an sich, wohl aber die Messe völlig gleichgültig war. Die im Oktober hier in Frankfurt weilten und ein Hotelzimmer nach dem anderen belegten, zugleich aber doch nichts ahnten von dem üblen Verlagstreiben, von den skrupellosen Machenschaften gleich um die Ecke, bloß um eine Ecke weiter, gleich dort hinten, dort drüben.

Ja, solche Menschen gab es, die keine Vorstellungen hatten von dieser entscheidenden Messe, an deren Verlauf und Ausgang einzelne Existenzen hingen. Was glaubten die eigentlich, wie Romane entstanden? Wer weiß, dachte ich, womöglich sollte ich im nächsten Jahr hier im Meininger nächtigen. Möglicherweise durfte man hier sogar bei geringer Zuzahlung deren Drucker nutzen. Mit dem Innside war ich ohnehin nicht gänzlich zufrieden gewesen; in der Erinnerung kamen mir die roten Lederfauteuils im Foyer immer unangenehmer, immer hässlicher vor. Auch schienen mir die Spülung des WCs und der Druck des Wasserstrahls in der Dusche mehr als schwach. Da war ich bei mir zu Hause stärkere Spülungen und Duschköpfe gewohnt. Zugleich würde ich mir hier vom Meininger aus einiges an unnötigen Taxifahrten ersparen, überlegte ich mir.

»Nächstes Jahr das Meininger!«, rief ich laut in die Nacht hinein und klopfte mir auf den rechten Oberschenkel, wie um das Vorhaben so zu besiegeln. »Das Meininger also im nächsten Jahr, abgemacht!« Mit diesem guten Vorsatz marschierte ich auf der linken Straßenseite der Emser Brücke aufs Geratewohl in irgendeine Richtung.

Auf einmal wollte ich so schnell wie möglich zurück nach Zell am See. Was sollte ich noch in dieser vom Stumpfsinn befallenen Stadt? Heimatlos kam ich mir vor, hier gehörte ich anscheinend doch nicht her. Wo aber gehörte ich hin? Frankfurt war ein hartes Pflaster, das hatte ich am eigenen Leib erfahren. Ich würde den nächsten Passanten nach dem Weg zum Bahnhof fragen. *Ich und Kehlmann* war abgeschlossen, selbst das letzte Kapitel war endlich fertiggestellt. Ich hatte es geschafft. Neun doppelseitig beschriebene Seiten machten mein Ende erst zu einem wirklichen Ende. Der Roman war bereit für die Welt.

Aber war die Welt bereit für den Roman? War die Welt, in der wir lebten, bereit für einen derart grandiosen, derart genialen, derart verstörenden Roman? Ist diese Welt, in der wir leben, fragte ich mich, so wie sie ist und uns heute erscheint, bereit für einen Kevin Fellner?

Oder war ich doch keiner von den ganz Großen? Ich war weder Dürrenmatt noch Frisch, das war mir klar, und schon gar kein Bernhard. Ich war kein Kafka und kein Brecht, das brauchte man mir nicht zweimal zu sagen. Ich war weder Joyce noch Dostojewski, das wusste ich. Ich war kein Tolstoi. Ich war nicht Jelinek. Ich war Fellner. Ich war ich. Und manchmal war ich ziemlich gut. Und so wenig war das nicht, für mein Alter hatte ich bereits eine ganze Palette an Texten aller möglichen Genres und Gattungen, vorzugsweise Mischformen, vorzuweisen. Ich durfte auf ein breites Repertoire an Werken zurückblicken, selbst meine lyrischen Experimente ließen sich herzeigen. Mein Schreiben – meine Bilder, meine Sprache – fand nicht nur ich glamourös, so facetten- wie variantenreich. Es gab Menschen, die mich lasen, die mich für gut befanden. Wer brauchte schon diese bescheuerten Lektoren, die mit ihren platten Füßen ein junges Genie nach dem anderen zermalmten?

Was Kritiker schreiben, sagte ich mir, ist mir egal. Billig einkaufen, teuer verkaufen, das war die Seele des Geschäfts; das waren allmorgendlich die ersten Gedanken eines jeden Verlegers. Was die von mir denken, dachte ich, darf mich nicht belasten. Mir war auf einmal, als entfernte ich mich von den Verlagen, je näher ich ihnen kam. Je näher ich ihnen kam, desto unfassbarer, ungreifbarer, unhaltbarer erschienen sie mir. Krank kam es mir vor, ein Leben lang von Messen und von Journalisten und von Preisen und von Moderatoren und von Agenten und von Rezensenten abhängig zu sein. Plötzlich erschien mir der gesamte Literaturbetrieb nur noch wie eine einzige Krankheit, wie eine einzige Karikatur.

Irgendwann bog ich in die Frankenallee ab. Etwa hundert Meter später blieb ich an der Kreuzung Hufnagelstraße stehen. Ich zitterte am ganzen Körper. Es war kalt wie im strengsten Pinzgauer Winter. Dass ich immer noch mit hochgekrempelten Ärmeln herumlief, fiel mir gar nicht auf. Ich wollte zum Bahnhof, so schnell wie möglich, meinen Ausflug von der Provinz in die Großstadt erklärte ich hiermit als beendet.

Sollte ich an irgendeiner x-beliebigen Haustür läuten und nach dem Weg fragen? Immerhin war es doch schon sehr spät. Wie spät eigentlich? Ich würde vielleicht gerade beim Abendessen stören oder beim Fernsehen; vielleicht sah man gerade zusammen, als Familie versammelt, gemeinschaftlich fern. Da wäre ich womöglich nicht willkommen. Dabei dachte ich an meine aufgeschürften Knie.

Nach kurzem Überlegen entschied ich mich dagegen und bog an der Kreuzung nach rechts ab. Gedankenverloren marschierte ich den Pfad geradeaus weiter, allein und für eine sehr lange Zeit.

Man denkt, dachte ich, man hätte ein Leben. Man fühlte sich aufgehoben, irgendwie sogar angekommen, aufgenommen. Und plötzlich wie ein Schlag ins Gesicht: alles weg! Für immer: aus und vorbei! Die Vergänglichkeit war allumfassend, allgegenwärtig. Unsere geheimsten Träume, unsere innigsten Wünsche und Sehnsüchte waren verletzlicher als Seifenblasen, wie nur zum Platzen gemacht.

Am Ende der Camberger Straße begriff ich, dass mein Schreiben, mein wildes, mein tobendes Schreiben nichts anderes war als eine Illusion. Es gab Tage, an denen mein Leben so unauffällig verlief, als gäbe es mich gar nicht, als fände ich nicht statt. Ich kämpfte dann gegen Windmühlen. Ich trat auf der Stelle. Ich hatte dann, wie an jedem Tag, nichts vor. Wer, fragte ich mich, ist mir eigentlich noch nah? Ich habe mich schreibend verrannt, dachte ich, verrannt in meiner fixen Idee. Am Ende einer Sackgasse erkannte ich mich angelangt.

Selbst unsterbliche Romane waren in einer digitalen Welt voller Analphabeten nur noch zu einem sehr flüchtigen Dasein bestimmt. Längst schon unterworfen und ein für alle Mal dem Raubkapitalismus ausgeliefert, sah ich die Kunst im Allgemeinen, die Literatur im Besonderen, *Ich und Kehlmann* im Speziellen. Wozu noch schreiben? Wofür noch leben? Geld und Gier diktierten das Dasein. Muße war zu einem Fremdwort, zu etwas Gefährlichem deklariert worden. Bloß nicht zu viel in sich selbst hineinschauen, dachte ich. Denn sonst sieht man unter Umständen etwas, das man lieber nicht sehen will. Im einundzwanzigsten Jahrhundert ausgestorben: *homo legens.*

Zugleich wusste ich, darin läge meine einzige Chance. Zielstrebig bog ich nach rechts in die Gutleutstraße, als führte mich eine unsichtbare Hand beim Gehen, als nähme ich die Umwelt nachts mit anderen Augen wahr, als verschöbe sich in meiner Wahrnehmung die Geometrie im Raum. Und selbstverständlich musste ich weitermachen! Was denn bitte sonst? Selbst vor dem eigenen tiefsten Abgrund stehend – ich musste weiterschreiben! Ich musste nur einmal tief durchatmen, kurz innehalten und dann weiterschreiben, immer weiter. Ich musste nur wieder weiterschreiben, dachte ich, immer weiter, immer wieder weiterschreiben, pausenlos, ohne Ende, ohne Ziel, weil das die einzige Möglichkeit war für mich. Im Schreiben bestand mein ganzes Sein. Und nichts anderes wollte, nach nichts anderem verlangte ich. Ich wollte nur sein.

Schreiben, dachte ich, schreibend mich von ihm befreien und schreibend mich von mir befreien. Vielleicht, beschlich mich ein unheimlicher Verdacht, bin ich mir selbst die ganze Zeit der ärgste Feind. Ich, erkannte ich erschrocken, bin ein Sklave meiner eigenen Gedanken. »Positiv denken«, befahl ich mir trocken, »das ist das Einzige, was jetzt noch hilft.« Also: Auch im Scheitern liegt Bedeutung, sagte ich mir und fragte mich einmal mehr, was es hieß, ein Schriftsteller zu sein.

Vor der Werner-von-Siemens-Schule blieb ich stehen. Dem baufälligen Gemäuer stand ich wie ausgeliefert gegenüber, die morsche Dachfassade drohte augenblicklich und für immer einzustürzen. Geschichte steckte in jedem einzelnen Ziegelstein. Noch schlief das verfallene Gebäude, aber am Montag ab 8 Uhr würde hier wieder Trubel sein. Ich stellte mir Lehrer und Schüler vor, wie sie morgens durch diese Pforte traten, als blickte ich durch das Gestein in meine eigene Vergangenheit. Gab es einen Ort, in dem mehr Leben steckt als in einem ungelüfteten Klassenzimmer? Stickig im Sommer, im Winter so weiß wie kalt wie kahl. Auf engstem Raum: das Lachen und das Weinen, meistens beides zugleich. Das Erzählen und das Zuhören. Das Schlafen. Das Schummeln und das Mogeln und das Feilschen und das Schwindeln. Und doch auch immer wieder das Vertrauen. Das Staunen und das Jammern und das Klagen. Das Verzweifeln, das Verzagen, das Zerbrechen, das Zerschlagen. Und das Aufgeben und das Verlieren. Das Anlügen und das Anschmieren. Das Lieben und das Leben und das Hassen. Das Küssen und das Schmusen und das Mobben und das Schlagen. Das Aufstehen und das Liegenbleiben. Das Seufzen, das Lernen, das Plagen. Und das Prüfen und natürlich auch das Nichtbestehen, das Versagen. Und das …

Das alles war einmal mein Leben gewesen! Die Sicherheit der staatlichen Sozialversicherung und des wöchentlichen Stundenplans hatte es einmal gegeben für mich. Das Prinzip monatlicher Lohnzettel war mir nicht völlig fremd.

Tief in meinen Gedanken versunken, machte ich mich weiter auf den Weg. Heute habe ich gar nichts mehr, dachte ich, man kann mir nichts mehr nehmen. Das allerdings war ein schwacher Trost. Mir war, als fiele die Welt um mich herum langsam, aber stetig auseinander, als könnte man sie und mich nicht mehr retten. Vielleicht hatte ich es mir mit mir selbst verdorben.

Links von mir zog der Main seine unergründlichen Bahnen.

Einen Moment lang stellte ich mir vor, darin tapfer, unerbittlich gegen den Strom zu schwimmen. »Auf Weniges lässt sich das meiste beschränken«, stellte ich vielsagend fest, »der totale Verfall liegt im Wesen allen Seins.«

So ging ich meines Weges, einen Schritt nach dem anderen, als wüsste ich genau wohin. Schwer lag mir die Aktentasche in der Hand. Das Gewicht zog sie bleiern nach unten.

Keinem einzigen Menschen begegnete ich, der Bahnhof konnte überall sein. »So klein ist Frankfurt nicht«, murmelte ich vor mich hin und dachte lange an ein Bild in Schwarz-Weiß: eine alte Holzschaukel beim Versuch des Überschlags, zwei Schaukelnde kopfüber, bewölkt das menschenlose Hinterland, bloß ein paar kahle Büsche und Bäume und weit in der Ferne, unerreichbar, das Schloss. In dieser Ödnis war man auf sich allein gestellt. Damit der Überschlag gelänge, müsste das physikalisch Unmögliche geschehen. Das Foto, erinnerte ich mich, hatte vor vielen Jahren einen wichtigen Preis gewonnen.

An einer weiteren Kreuzung bog ich nach links ab und überquerte auf einer schmalen Hängebrücke wankelmütig schwankend den breiten Fluss. Unter mir plätscherte das schwarze Gewässer. Mit anteilnehmendem Blick starrte ich hinab und überlegte, ob es im Main wohl auch große Fische gab. Auch das gehört zum Leben dazu, dachte ich, dass man meistens nichts kapiert. Ob hier Schiffe mit Fracht verkehrten? Weiher, Tümpel, Teich, See, Rinnsal, Bach, Fluss, Kanal, Strom, Meer, Atlantik, Ozean: Wasser stand für Wasserader, für Ursprung und Ausgang, für Schmerz und für Leben. Im Wasser hatte schon immer alles angefangen. Und aufgehört, dachte ich.

Im Neckar war bei Heidelberg vor langer Zeit einmal eine Python entdeckt, abgestritten, geleugnet, belacht, wiederentdeckt, fotografiert, gejagt und schließlich erneut gefunden, gefilmt, gefangen und zum Schluss von einem betuchten, gierigen Freizeitjäger mit geladener Flinte werbewirksam abgemurkst worden. Als Werber für das Deutsche Rote Kreuz hatte ich jenen Sommer mit einer ganzen Horde wild zusammengewürfelter, nach Einheiten gierender, nach Einheiten verlangender, nach Einheiten dürstender – denn das Monatsfeld war nichts Geringeres als unser Lebenselixier gewesen –, und bis zur Unterhose ausschließlich weiß gekleideter Gleichgesinnter in Baden-Württemberg verbracht und ein Fördermitglied nach dem anderen mit hohen, manchmal zu hohen und manchmal viel zu hohen Jahresbeiträgen aufgeschrieben. Von den grünen Durchschlägen, die wir wie unsere Geheimspuren an allen erdenklichen Ecken und Enden des Kreisverbandes, in jeder noch so unscheinbaren Behausung mit vergilbten, im Laufe der Jahre und Jahrzehnte blättrig gewordenen Schindeldächern hinterlassen hatten, träumte ich heute noch gerne. Was war das für ein mediales Ausschlachten ein und derselben Story über zig Wochen gewesen – neben Scheidungen, Skandalen, Steuervergehen und den üblichen Busen das bestimmende Thema so mancher Blätter. Die Schlange war vermutlich von einem Bescheuerten als Haustier gehalten und bei einer Größe von mehreren Metern aus Angst am Neckarufer in die vermeintliche Freiheit ausgesetzt worden.

Am anderen Ufer roch es empfindlich nach Schalentier, aber vielleicht bildete ich mir das nur ein. Der eisige Wind war sehr stark, als ich in die Lyoner Straße einbog und mich noch immer nicht auskannte. Tagsüber war das vermutlich eine frequentierte Fahrbahn samt Berufsverkehr. Aber nachts war es hier wie ausgestorben. Nur vereinzelt zischten Autos an mir vorbei wie helle

Sternschnuppen; und schon waren die rollenden Kugeln ins Schwarz der Ferne entschwunden. Ich streckte beide Arme aus und machte Anstalten, mich einfach so auf die Fahrbahn fallen zu lassen. »Ich werde überleben, weil ich den Punkt erreiche, an dem ich wirklich sterben will«, schreibt Kehlmann, erklärt Max Loewe in *Die Reise der Verlorenen* gleich zu Beginn im ersten Teil dem gelangweilten, dem schon gänzlich eingeschlafenen Publikum. Der gewaltige Sog eines vorbeidonnernden LKWs ließ mich auf dem brüchigen Asphalt taumeln.

Also würde ich nicht berühmt sein. Kein Buch von mir würde erscheinen. *Ich und Kehlmann* bliebe also auch in Zukunft mein reines Privatvergnügen. Was nur führte der junge Künstler anderes als eine in sich verlorene, krankhaft selbstbezogene, selbstmörderische Scheinexistenz? Pathologisch der Ehrgeiz, dachte ich, schizophren der Charakter und zerstörerisch das Gemüt.

Es war dunkel, windig und kalt. Also würde ich keinen Vertrag bekommen bei einem renommierten Verlag. Der Roman war abgeschlossen. Das Ende war bei mir, immerhin neun doppelseitig beschriebene Blätter: Kapitel XII. Ich fühlte in der schwarzen Aktentasche meines Endes Gewicht. Wo sollte ich hin? Ich war auf mich gestellt. Wenn man zahlte, ging auf der Welt alles immer sofort: im Taxi, an der Bar, an der Börse, im Hotel, im Restaurant, im Bett. Aber ich hatte kein Geld. Wie ein Advocatus Diaboli kam ich mir vor, wie ein Schelm meines eigenen Verstands. Vielleicht war ich doch kein wichtiger Mann der Gegenwartsliteratur. Vielleicht hatte ich mich und mein Wirken überschätzt. Es würde kein *Ich und Kehlmann* geben. Tief atmete ich die trockene Nachtluft ein und wieder aus. Das kratzte im Hals. Wieso fühlte ich mich auf einmal so leicht und so frei?

An der unübersichtlichen Kreuzung zur Herriotstraße stolperte ich über meine eigenen Füße, als wüsste ich nicht mehr, wohin mit mir und wohin es mich überhaupt verschlagen hatte. Doch hier war ich schon einmal gewesen. Es war, als drehte ich mich im Kreis. Und ich brauchte lange, sehr lange, um zu begreifen. Dann erkannte ich etwa fünfzig Meter vor mir wie ein Schattengespenst der Finsternis das gigantische Hotel Innside Niederrad als einen einzigen gläsernen Architekturkoloss und marschierte sogleich darauf zu, vom grellen Licht wie ein Ungeziefer angezogen. Niemals hätte ich gedacht, an diesen Tatort noch einmal im Leben zurückzukommen.

Was sollte ich hier?

Auf der obersten Steinstufe vor der sie spiegelnden Glasfront des Hoteleingangs saß tief in sich zusammengesunken: Nina.

Sie schlief.

X

Presseartikel:

Österreichischer Charme für neue Mitglieder
Studenten aus dem Nachbarland im Dienst der guten Sache

Poppenweiler. Das Rote Kreuz ist uns allen vertraut. Die Rettungswagen, die unermüdlich durch die Straßen flitzen, die hilfsbereiten Sanitäter, das Zeichen des Roten Kreuzes selbst, welches für so viele Hilfsangebote und Nächstenliebe steht. Diese Dienste für den Menschen erfordern Zeit und ausgebildete Hilfskräfte – das alles kostet natürlich Geld, sehr viel Geld. Nicht jeder kann oder möchte aktiv im DRK tätig werden, aber viele können diejenigen unterstützen, die dazu bereit sind. Wer dem Roten Kreuz hilft, hilft sich selbst. Sie können dies tun, indem Sie in Ihrem Ortsverein passives Fördermitglied werden.

Unsere Dienstleistungspalette ist vielseitig, unsere Hilfeleistungen sind vielfältig. Wir verrichten unsere Arbeit direkt bei Ihnen vor Ort, in der unmittelbaren Nachbarschaft und zugleich auf der ganzen Welt.

In den nächsten Tagen werden über den DRK-Kreisverband Ludwigsburg für den DRK-Ortsverein Poppenweiler junge Werber:innen direkt bei Ihnen zu Hause vorbeikommen, um Sie mit freundlicher Gesinnung und aus Liebe zum Nächsten als förderndes Mitglied zu gewinnen: gemeinsam für die gute Sache! Informieren Sie sich, machen Sie sich schlau – und entscheiden Sie dann. Unsere Mitarbeiter:innen tragen in der Regel weiße Kleidung, also entweder ein kurz- oder ge-

gebenenfalls auch ein langärmliges Rot-Kreuz-Hemd bzw., je nach Witterung, eine Rot-Kreuz-Jacke. Und selbstverständlich können sie sich stets ausweisen. Bitte beachten Sie, dass unsere tapferen Helfer des Außendienstes kein Bargeld annehmen dürfen.

Für unsere Fördermitglieder bieten wir als kleines Dankeschön ein spezielles Bonusheft mit vielen Vorteilen, wie z. B. kostenlose Rückholdienste aus dem In- und Ausland, ermäßigte Schutzimpfungen, soziale Leistungen aller Art sowie enorme Vergünstigungen bei vielen von unseren Vertragsfirmen.

Liebe Poppenweiler:innen, jetzt brauchen wir Ihre Unterstützung!

Denken Sie daran, dass auch Sie vielleicht einmal unsere Hilfe benötigen. Wir würden uns freuen, Sie demnächst als aktives Mitglied und/oder als passiven Förderer begrüßen zu dürfen.

Wenn Sie noch Fragen haben, wenden Sie sich bitte direkt an den DRK-Kreisverband Ludwigsburg, Mitgliederverwaltung (Esmeralda Strunz), Telefon: 07141/ ... oder einfach per E-Mail: info@drk-...

*

»Na dann kommen Sie einmal herein«, meinte der alte Bürger schließlich doch noch zum jungen Werber, verlegen und unbeholfen in seinen über die Jahrzehnte ausgelatschten Pantoffeln an der Schwelle stehend, mit verschränkten Beinen, die Schulter am Türstock angelehnt. Und der junge Werber wusste ganz genau, als er näher kam, als er dem alten Bürger grinsend wie ein Wicht über die Schwelle folgte und in das angenehm aufgeheizte Wohnzimmer samt knisternden Holzscheiten im Kachelofen trat, das wird schwierig, das ist kein einfacher Patient. Aber mit einem Zehner monatlich, sagte er sich, werde ich ihn trotzdem kriegen. »Sie sind ja ganz …«

BÜRGER *den Werber aufmerksam musternd, von Kopf bis Fuß*
... nass am Körper
vollkommen durchnässt
alles klatschnass
WERBER *die blaue Mappe (sehr dick) in der Hand*
Ununterbrochener Regen
dort draußen überall
seit drei Tagen schon
zeigt mit dem ausgestreckten Arm auf das Fenster
Zunächst die unerträgliche Hitze
ein Sonnenstich nach dem anderen
Hitzekollaps* und Herz-Kreislauf-Versagen
Köper-Geist-Zusammenbruch
der ungeheuerliche
atmet tief aus, zeigt auf seine durch und durch durchnässte Kleidung
Und jetzt dieser permanente Regen
und zugleich der penetrante Wind
kopfschüttelnd
Was für ein Welt-Wetter
was für ein Welt-Klima
BÜRGER *geht ans Fenster und schaut hinaus in das Weite*
Die Welt verändert sich
dort draußen in einem fort
und nichts können wir tun
als blind dabei zuzuschauen

* Betreff: Anweisung an den Schauspieler/die Schauspielerin. Bitte vor allem bei zusammengesetzten Hauptwörtern jeden einzelnen Wortteil für sich sehr betont aussprechen; falls möglich: übertrieben betont. Das gilt für das gesamte Stück. Danke. K. F.

wendet sich vom Fenster ab, zum Werber direkt

Was wollen Sie denn
überhaupt von mir

WERBER *steht nach wie vor in der Mitte des Zimmers, zwei Meter abseits vom Tisch*

Ich suche Menschen
die helfen wollen
die *wirklich* helfen wollen

laut, mit Nachdruck

Gerade in dieser atomaren Netz-werk-zeit
gerade in dieser weltweiten Krisen-not

geschrien

gerade jetzt gerade jetzt gerade jetzt
muss der Mensch zusammenhalten

BÜRGER *wendet sich vom Werber ab, schaut wieder hinaus aus dem Fenster in das Weite*

Ich habe immer geholfen
allen und allen und überall
und was war der Dank dafür

mit Nachdruck

Ich bin des Helfens satt
mir hilft auch niemand

wendet sich erneut vom Fenster ab, kommt ein paar Schritte auf den Werber zu

Sie sind noch jung und stark
schauen Sie sich doch bloß mal an
wie Sie hier in meinem Zimmer
ganz unbekümmert vor mir stehen

leise, zu sich selbst

Was würde ich dafür geben

noch einmal so jung
noch einmal so gesund
noch einmal so dumm zu sein

WERBER *kommt ein paar Schritte auf den Bürger zu, stellt sich (wie geschult, wie antrainiert, sehr automatisch) genauso hin, dass sie zueinander im rechten Winkel stehen*

Für das Helfen
ist man nie zu alt

klappt geschickt die blaue Mappe auf und hält sie dem Bürger unmittelbar vor das Gesicht

Hier geht es um IHRE Rettung
um das ÖRTLICHE Rote Kreuz
da macht JEDER mit

BÜRGER *wendet sich entrüstet vom Werber ab*

Das Rote Kreuz
gerade das ÖRTLICHE
gerade das ÖRTLICHE
kann mir gestohlen bleiben
Die bekommen von mir
überhaupt nichts mehr

mit Nachdruck

Als meine Frau gestorben ist
was für eine Un-Verschämtheit
was für eine Un-Verschämtheit

geht mit stampfenden / wütenden / schleifenden / polternden / tobenden Schritten an den Wandschrank und entnimmt daraus eine Flasche Rum und zwei Gläser*

* Betreff: Schritte. Ganz nach individuellem Ermessen des Schauspielers/der Schauspielerin, hier dürfen Sie frei spielen. Danke. K. F.

Ich werde Ihnen sagen
was da passiert ist
kommt mit der Flasche Rum und den zwei Gläsern zurück, stellt alles auf dem Tisch ab, und zwar dermaßen laut, dass es kracht
Was für eine Un-Verschämtheit
was für eine Un-Verschämtheit*
füllt beide Gläser mit Rum (das dauert einige Zeit), danach deutet er dem Werber mit der Hand, dass er zu ihm an den Tisch herkommen soll
Die haben meine Frau abgeholt
nach dem ihrigen Schlag-Anfall
gibt dem Werber sein Glas
Ich bin mitgefahren
in das Kranken-Haus
Und dann ist sie gestorben
im Rettungs-Wagen hinten drin
leise, nur zu sich
Rettungs-Wagen
Sterbe-Wagen
Leichen-Wagen
WERBER *das Glas in der Hand*
Das tut mir leid
BÜRGER *trinkt, ohne mit dem Werber anzustoßen, das Glas in einem Zug leer*
Weil die zu langsam waren
schenkt sich mit zitternder Hand nach
Und als ich mich dann aufgeregt habe
dort vorne im Rettungs-Wagen bei denen

* Betreff: Wiederholung. Überlegung für den Regisseur: An dieser Stelle, aber nur an dieser eventuell 3x wiederholen. Danke. K. F.

leise, nur zu sich

Rettungs-Wagen
Sterbe-Wagen
Leichen-Wagen

zeigt mit dem ausgestreckten Arm auf das rot leuchtende, rote Rot-Kreuz-Emblem auf der rot leuchtenden, roten Rot-Kreuz-Jacke des Werbers

Dort vorne im Rettungs-Wagen bei denen
beschwert und beschwert und beschwert
weil die zu langsam waren
weil die zu langsam waren
weil die meine tote Frau
auf dem Gewissen haben

kleine Pause

Und dann sind die einfach
stehen geblieben irgendwo

trinkt erneut das Glas in einem Zug leer, schenkt sich mit zitternder Hand nach

Und dann haben die mich
dort einfach ausgesetzt irgendwo

trinkt erneut das Glas in einem Zug leer, schenkt sich mit zitternder Hand nach

Und dann haben die mich
mit meiner toten Frau
dort einfach stehen gelassen irgendwo
am staubigen stinkigen Straßen-Rand

holt tief Luft

Und dann haben die
zu mir tatsächlich gesagt
das sei jetzt nicht mehr
die ihrige Zuständigkeit

trinkt erneut das Glas in einem Zug leer

Und den Leichen-Wagen
haben die dann zu mir gesagt
müsse ich mir jetzt
schon selbst rufen

*leise, nur zu sich (zum dritten und zum letzten Mal)**

Rettungs-Wagen
Sterbe-Wagen
Leichen-Wagen

WERBER *nimmt einen winzigen Schluck, verschluckt sich dabei und hustet sogleich fürchterlich (sehr übertrieben)*

Das tut mir leid

BÜRGER *stellt das leere, ausgetrunkene Glas auf dem Tisch ab, geht wieder an das Fenster und schaut nachdenklich hinaus in das Weite*

Und dann sind die weggefahren
mit Blau-Licht auf und davon
Und ich am Straßen-Rand
mit meiner toten Frau
alleine
uferlos im Nirgendwo

leise, zu sich selbst

Worum geht es
in diesem Leben
Was ist es
das was zählt

WERBER *stellt das Glas (noch fast ganz voll) auf dem Tisch ab, wat-*

* Betreff: Wiederholung. Als Appell und als Aufmunterung zugleich, an alle Beteiligten vor und hinter der Bühne, die ihr alle tolle Arbeit leistet: In der dreimaligen Wiederholung liegt die ganze Kraft. Danke. K. F.

schelt mit der aufgeschlagenen Mappe zum Bürger an das Fenster, bei jedem Schritt quietschen seine nassen Schuhe auf dem Fußboden*

Wir haben hier
keinen Mindest-Beitrag

BÜRGER *leise, zu sich selbst*

Die Welt das Leben die Zeit
beim wahren Namen nennen

laut, mit Nachdruck

Der normale Mensch dort draußen
auf beiden Augen blind
sprachlos sinnfrei stumm
auf beiden Ohren taub

rennt zum ausgeschalteten Fernseher, der in der hinteren Ecke verstaubt auf dem Boden steht, zeigt darauf mit dem ausgestreckten Arm

Medien erreichen mit ihrem Zeigen
dass wir Konsumenten glauben
was wir hören
was wir sehen

kleine Pause

Immer erreichbar immer ansprechbar
immer in Kontakt und überall
das ist der manipulierte Mensch
unserer digitalisierten
Netz-Werk-Jetzt-Zeit

schlägt mit dem ausgestreckten Arm mehrmals und so fest wie möglich auf den ausgeschalteten Fernseher; aber kraftlos, dieser zerbricht freilich nicht

* Betreff: Geräusche. Auf das Quietschen ist die größte Priorität zu legen. Niemals darf auf das Quietschen verzichtet werden. Der Werber bringt von draußen die Nässe (u. Kälte, emotional) herein. Danke. K. F.

Die Welt das Leben die Zeit
beim wahren Namen nennen
kleine Pause
Digitalisierte fotografierte
weltweit global vernetzte
visuelle Geistes-Prostitution
leise, zu sich selbst
Wir haben es verlernt
zu schweigen zu genießen
zu fühlen zu ruhen
zu empfinden zu denken
kleine Pause
(wieder) still zu sitzen
(wieder) stumm zu sein
kleine Pause
und (wieder) zu staunen
und (wieder) zu lauschen
und (wieder) zu staunen
sehr leise, fast ganz lautlos jetzt
mehr Mensch sein (wieder) dürfen
mehr Mensch sein (wieder) wollen
laut, mit Nachdruck
Willenlose und Kopflose
Manipulierte und Hypnotisierte
gerade in einer virtuell-vernetzten
und lauten und lärmenden und
knirschenden und krachenden
Welt
kleine Pause
gerade in einer mehrdimensionalen

und also sehr windschiefen
Zeit
holt tief Luft
in der wir doch den stärksten Willen
denkende Köpfe bräuchten
WERBER *watschelt mit der aufgeschlagenen Mappe vom Fenster zum Bürger an den ausgeschalteten Fernseher, jeder Schritt erneut ein übertrieben quietschender*
Ein paar Euro im Jahr
das ist doch nicht zu viel verlangt
da machen ALLE mit
BÜRGER *geht vom ausgeschalteten Fernseher wieder zurück an das Fenster und schaut erneut hinaus in das Weite*
Alle jagen sie dort draußen
bloß einer einzigen Sache
hinterher
mit Nachdruck
Alle Träume gänzlich und
endlos und
für immer ausgeträumt
und leer
kleine Pause
Alle kennen wir
den Arsch von Paris Hilton
den von Jude Law
die Brüste* von Heidi Klum

* Betreff: Brüste. Gerne darf ein passender oder aktueller (je nach Stadt und Zeit, in der die Aufführung stattfindet) Name eingesetzt werden. Ihrer Fantasie sind keine Grenzen gesetzt, aber trauen Sie sich ruhig, provokant zu sein. Danke. K. F.

und jene von Soundso
Dafür interessieren wir uns
das fordern erwarten verlangen wir
holt tief Luft
Ein ganzer globaler Erd-Teil
der hinein sich in die Lüge flüchtet
hinein in die virtuelle Falle tappt
sehr laut
Der massenmediale Massen-Mensch
was für ein bewusst-gemachtes
was für ein bewusst-erzeugtes
was für ein bewusst-gelenktes
kleine Pause; erneut geschrien
und blind-folgendes
und schweigsam-verblendetes
und hochgradig-verlogenes
Opportunisten-Volk
holt tief Luft
Das konsequente Zerstören
die systematische Vernichtung
des moralischen Gewissens
*spuckt auf den Boden**
WERBER *watschelt mit der aufgeschlagenen Mappe vom ausgeschalteten Fernseher zum Bürger an das Fenster, jeder Schritt erneut ein (übertrieben) quietschender*
Für die gute Sache
hilft doch jeder gern

* Betreff: Spucken. Meine dringliche Bitte an den Schauspieler / die Schauspielerin: Bitte tun Sie nicht nur so, als ob. Spucken Sie wirklich. Danke. K. F.

BÜRGER *leise, nur zu sich selbst*

Die Welt das Leben die Zeit
beim wahren Namen nennen

wendet sich vom Fenster ab und stürmt sehr plötzlich genau in die Mitte der Bühne

Alles hier unten alles
hat seine Konsequenzen
Alles hier unten alles
hat seinen Preis

direkt ins Publikum

Geht es im Leben darum
sehr alt zu werden
Geht es im Leben darum
wer am ältesten wird

kleine Pause

Oder worum geht es
in diesem Leben
Was ist es
das was zählt

XI

»Schläfst du?«, fragte sie.

»Nein«, antwortete ich und stürmte auf sie zu. Bei jedem Schritt spürte ich am ganzen Körper, wie hart die Sohlen auf dem Kopfsteinpflaster aufschlugen, das gefroren und rutschig war. Ich sprang über eine kleine Unebenheit, und zwar in einem beispiellosen Bogen, gleich einer Antilope, fast so, als könnte ich fliegen. Beinahe hätte ich in der Luft los- und meine schwarze Aktentasche fallen gelassen, das italienische Brillengestell verloren. »Was tust du hier?«

Nina musterte mich von oben bis unten, sie strahlte wie ein Kind. Sicherlich war ich noch immer mehr als zwanzig Meter von ihr entfernt, jetzt noch zehn Meter, fünf, da roch ich im Wind, der sich mir kraftvoll entgegenstemmte, das Parfüm, das ich ihr an unserem ersten Jahrestag geschenkt hatte. Niemals würde ich ihre Augen an jenem Abend vergessen, ihr Funkeln, ihr Flimmern, *Eternity* von Calvin Klein.

»Ich wusste, dass du zurückkommen wirst«, sagte sie, als ich vor ihr stand. In ihrem Mundwinkel hing eine Zigarette. Sie musste beim Friseur gewesen sein. So hatte ich sie nie zuvor gesehen: Sie trug ihre Haare geglättet wie Mia Wallace in *Pulp Fiction*, pechschwarze Mascara, violett schattierte Augen, ein Hauch von cremigem Orange auf den Wangen, den Lippenstift dick aufgetragen, knallrot. Lange schauten wir uns an, blickten tief ineinander hinein. Ihre braunen Augen waren klar und ruhig. Nichts Verstörendes war in ihnen. Sie sah bezaubernd aus:

irgendwie anzüglich-verlockend und verführerisch zugleich. Ihr Parade-Outfit, genau so hatte ich sie vor Jahren, mein Gott, dachte ich, vor so vielen Jahren in der kleinen Buchhandlung in Innsbruck, lesend (wie sonst), kennengelernt: schwarze Leggins und weiße Bluse mit aufgestelltem Kragen und die obersten drei Knöpfe offen.

In ihrer ganzen Haltung war keine Spur von Müdigkeit festzustellen, keine Spur von Gereiztheit, als hätten wir uns noch nie im Leben gestritten. Die lange Anreise hatte sie offensichtlich reibungslos bewältigt. Vermutlich ein Nachtzug, dachte ich, der ohne Zwischenstopp und in rekordverdächtiger Geschwindigkeit gefahren ist.

Wo ist ihr Koffer, fragte ich mich.

Sie nahm einen letzten, tiefen Zug. Dann blies sie den Rauch durch die Nase und schnippte den Stummel auf die Straße. »Was für ein unfreundlicher Rezeptionist dort drin«, informierte sie mich, »also das kann ich dir sagen.« Damit sprach sie mir aus der Seele. Nina fiel mir in die Arme.

»*Eternity?*«

Sie nickte.

»Ich liebe dich.«

Sie drückte mich noch fester an sich. Ihr warmer, pulsierender Körper an meiner Brust fühlte sich so weich an, so versöhnlich und ach! – so gut. Ich streichelte sie mit den Fingerspitzen vorsichtig im Nacken, schützte sie vor der Kälte, die sich von allen Seiten beißend auf uns niederließ. Wie hatte ich sie vermisst! Sie vergrub ihr Gesicht in meiner Schulter, ihre Haare kitzelten mir in der Nase. Mit der anderen Hand hielt ich meine schwarze Aktentasche hinter ihrem Rücken und fragte mich, ob ihre Augen gerade auch geschlossen waren. Nie wieder würde ich sie verlassen. Zusammen sind wir stark, dachte ich, gemeinsam werden wir jede Aufgabe bestehen.

»Ich dich auch.«

Woher wusste sie eigentlich, dass ich hier war?

»Ich hab bei Rowohlt angerufen«, antwortete Nina in mein Hemd hinein, noch bevor ich ihr die Frage überhaupt gestellt hatte. »Judith Thurner«, sagte sie. »Ich hab das Hotel und die Adresse des Hotels von deinem Verlag erhalten.«

»Wieso hast du mich nicht angerufen?«

»Dein Handy!«, schimpfte sie sogleich streng und tippte mit dem Zeigefinger ein paar Mal gegen meine Stirn. Sie grinste dabei wie jemand, der sich allen Regeln und Vorschriften dieser Welt erhaben wähnte. »Dein Handy«, sagte sie. »Dein Handy war die ganze Zeit aus.«

Ich machte einen kleinen Schritt zurück. Während der verkrampften Umarmung war mir der rechte Fuß eingeschlafen. Heimlich schüttelte ich ihn aus. Dann wechselte ich die Aktentasche von der rechten Hand in die linke und knetete meine Finger in der Luft, um die Durchblutung meines Körpers zu stimulieren. Alles, was sie sagte, ergab natürlich Sinn, passte zusammen und löste schlagartig etwas in mir auf. Nina war zum Anknabbern. Mit ihr war eine Veränderung vorgegangen. Ein helles Leuchten, ein Strahlen, ging von ihrer gesamten Erscheinung aus. Ich fragte mich, was nun gewichtiger, für die Menschheit von größerer Bedeutung war: sein Gesamtwerk oder mein Ende?

»Mein Gott! Es ist so schön, dich hier zu sehen«, sagte ich und konnte eine Träne des Glücks nicht mehr aufhalten.

Alles wollte ich ihr erzählen. Nichts wollte ich vor ihr verheimlichen. Es hatte sich so vieles in mir angestaut in den vergangenen Monaten. Womit sollte ich bloß beginnen?

Überfordern durfte ich sie jedenfalls nicht. Dass ich meinen Roman fertiggestellt habe, überlegte ich mir, damit werde ich anfangen. Dieser Satz brannte mir regelrecht auf der Zunge. Mein Roman war abgeschlossen. Wie überragend das selbst unausgesprochen klang! Mein *Ich und Kehlmann* war zu Ende gebracht! Ich hatte mein Werk gerade noch rechtzeitig abgegeben und damit meine Verwandlung in die Wege geleitet. Man konnte die Dinge nun einfach geschehen lassen, es würde alles seinen natürlichen Lauf nehmen. Meine Verwandlung war voll im Gange. Ich fühlte es in mir brennen. Sie würde schon bald überstanden sein. Gleich würde ich ihr sagen, dass es gar nicht so einfach gewesen war, dass man sich den Druck, der all die Jahre auf mir gelastet hatte, als Außenstehender vermutlich gar nicht vorstellen konnte. Nina würde alles verstehen, daran hatte ich keinen Zweifel mehr. Ich würde ihr erklären, dass nun alles ausgestanden war: dass dieser unerhörte Mensch, und vielleicht sollte ich doch lieber gleich damit beginnen, dachte ich jetzt, dass dieser aufdringliche Mensch, an dem unsere Beziehung fast zugrunde gegangen wäre, mich nie wieder jagen und verfolgen, mir nie wieder nachspionieren würde. Omnipräsent war Kehlmann in unserem Leben gewesen, für eine nicht auszuhaltend lange Zeit. Selbst von unseren privatesten, intimsten Momenten, ja gerade von ihnen, war dieser Mann nicht ausgeschlossen geblieben. Aber diese Periode ist nun überstanden, wollte ich ihr am liebsten doch gleich als Erstes sagen, ich habe ihn aus unserem Schlafzimmer, aus unseren geheimsten Träumen und innigsten Fantasien ein für alle Mal verbannt. Nie wieder würde Daniel in unserem gemeinsamen Bett auftauchen.

Das alles wollte ich ihr erzählen, als wäre es ein Versprechen. Dass er sterben müsste, und zwar schon sehr bald. Dass er einen grausamen Tod stürbe, den niemand verdient hätte und der sich seit Jahren schon hinzöge. Dass es in der Natur der Sache liege, dass er bereits begonnen hätte, Abschied zu nehmen. Dass wir frei wären. Dass ich mich verwandelt hätte, es hätte wirklich funktioniert. Dass sie sich keine Sorgen mehr machen bräuchte, ich wäre nun endlich gerettet. *Wir* wären gerettet. *Wir*. Dass …

»Wieso ist deine Brille zerbrochen?«

»Was?«

Mit dem Zeigefinger fuhr sie mir von außen durch das leere Gehäuse und kratzte mich an der linken Wange. Das kitzelte. Sie trug gelben Nagellack. Die Farbe war sehr kräftig, wie frisch aufgetragen.

»Ach, das ... daran hab ich mich schon gewöhnt.«

Nina lachte. Wir küssten uns. Mit beiden Händen umfasste sie mein Gesicht. Hoffentlich würde sie sich an meinen borstigen Bartstoppeln nicht stechen, dachte ich und kicherte verliebt. Für einen Augenblick vergaß ich meine schwarze Aktentasche. Ich vergaß, dass es diese Tasche in meinem Leben überhaupt gab, zumindest für den Augenblick. Dann fiel mir das Ende wieder ein – meine neun doppelseitig beschriebenen, meine entscheidenden Blätter: Kapitel XII.

Wir küssten uns so freizügig wie unverblümt; wir küssten uns, als gäbe es kein Morgen. Das war mehr als ein Küssen. Wir küssten uns so aufrichtig, so innig wie ergeben, dass meine Augen wässrig wurden. Es war mir während dieses Kusses, als streichelte eine kleine ganz zarte Hand, ein Händchen mit Grübchen zwischen den ausgestreckten Fingerchen und ohne auch nur einen einzigen Ring, liebevoll meine zermarterte Seele.

Ich bekam einen Kuss und gab mein Herz dafür.

Passanten aus Oberbayern oder Hessen oder Baden-Württemberg hätten sich mit Sicherheit gestört gefühlt in ihrem Tun, in ihrem Streben, in ihrem deutschen Dasein, hätten sie uns bei diesem österreichischen Küssen zugesehen. Aber es kamen keine Passanten an uns vorbei. Niemand sah uns zu, weder jemand aus Oberbayern noch aus Hessen und schon gar nicht jemand aus Baden-Württemberg. Dieser Kuss gehörte in dieser Nacht, in dieser mond- wie sternlosen Stunde, nur uns zwei.

»Morgen werde ich dich zu einem Optiker bringen.« So hatte ihre Stimme noch nie geklungen. »Was würdest du nur ohne mich tun?« Ich rückte die Brille, die beim Kuss von meiner Nase gerutscht war, wieder zurecht und zuckte mit den Schultern. Dann öffnete ich den Mund. Irgendetwas hatte ich sagen wollen, etwas Wichtiges, aber ich hatte es vergessen.

»Wollen wir ins Innside gehen?« Ich glaubte, ihren Worten etwas Verspieltes, etwas Neckisches zu entnehmen. Was es auch war, es gefiel mir. »Wollen wir aufs Zimmer gehen? Heute Nacht fahren keine Züge mehr.«

»Hinein mit uns«, sagte ich. »Worauf warten wir?«

*

Die Rezeption war unbesetzt. Zum Glück, dachte ich. Denn in Wahrheit wollte ich diese arrogante Person mit dem geschniegelten Anzug, der goldenen Armbanduhr und dem goldenen Ohrstecker nicht noch einmal sehen. Die Sache mit dem Drucker und das mit dem Copyshop ärgerte mich nach wie vor. Kurz spielte ich mit dem Gedanken, hinter den Tresen zu springen und einen Schlüssel, irgendeinen Schlüssel, irgendeinen von den vielen, die dort hinten hingen, zu entwenden. Es wäre mir ein Leichtes, überlegte ich, ihn morgen bei passender Gelegenheit, am besten noch vor dem Frühstück, unbemerkt an den entsprechenden Haken zurückzuhängen.

»Was ist?«, fragte mich Nina. Sie war ein paar Meter vor mir. Ich bemerkte erst jetzt, dass ich an der Theke stehen geblieben war.

»Ich hab einen Schlüssel«, sagte sie und lachte triumphierend. Mir kam der Verdacht, dass sie mir immer um mindestens einen Schritt voraus war, als könnte sie meine Gedanken lesen. Mit der rechten Hand brachte sie etwas in ihrer Hosentasche zum Klimpern. »Wir sind im obersten Stock.«

Wir waren das perfekte Paar. Das tat mir gut. Sie schlang sich um meine Schulter. Ihr Körper war an meinem federleicht und ich dachte, das Leben sei ein Würfelspiel, als drohten die größten Katastrophen bei der Wahl der Schuhe, beim veralteten Klingelton, beim falschen Make-up oder unpassenden Outfit. Im Gleichschritt spazierten wir zum Aufzug; ich fühlte mich sicher mit ihr an meiner Seite. Die sanften, wohlwollenden Klänge des Klaviers im Hintergrund taten ihr Übriges. Ich ertappte mich bei einem kleinen Hopser.

Es konnte uns nichts geschehen. Ich drückte den Knopf. In irgendeiner Etage weit über uns setzte sich der Lift surrend in Bewegung.

Wir warteten. Melancholisch schaute ich noch einmal über ihre Schulter zurück und betrachtete das Foyer nun mit ganz anderen Augen: der dunkle Parkettboden, die sanfte rote Beleuchtung. Der flauschige Samtteppich, wie immer wie erst vor einer Minute frisch gesaugt. Die tiefen Lederfauteuils neben dem Eingangs- und Empfangsbereich, die sauber und symmetrisch um den Glastisch herum angeordnet waren. Sie waren unbesetzt, alle acht, als schliefe das gesamte Innside heute Nacht.

Dort drüben hatte der Praktikant mit all seinen Pickeln verträumt auf mich gewartet. Er würde seinen Weg in dieser wirren Welt schon noch finden. Dort hinten hatte ich mich mit angehaltenem Atem, panisch, vor ihm versteckt, nachdem er wie ein rosafarbener aufgedunsener Flamingo aus dem Aufzug stolziert war. Das alles war erst gestern gewesen. Fassungslos schüttelte ich den Kopf. Das alles war noch vor meinem Ende gewesen, mit dem eine neue Zeitrechnung angefangen hatte. Die Nussschälchen auf dem Glastisch waren randvoll gefüllt, als warteten sie sehnsüchtig auf die nächsten Gäste. Morgen würde hier von dem einen oder anderen wieder die Zeit totgeschlagen werden. Ganz hinten in der Ecke erspähte ich das kleine Beistelltischchen mit dem Kerzenständer. Am tiefsten abgebrannt, etwas tiefer als am Tag zuvor: die mittlere Kerze; nur noch zaghaft leckte sie an der Finsternis. Ich pustete mehrmals sachte und sie ging aus.

Wir warteten. Ich hätte selbst im fantasievollsten Traum nicht daran gedacht, noch einmal hierher zurückzukommen. Heute Morgen war ich noch vor dem leeren Blatt Papier gesessen und wäre fast daran verzweifelt. Fast hätte ich es, dachte ich, nicht geschafft. Selbst dem ärgsten Feind wollte man so einen Trieb nicht wünschen, der einen regelmäßig um drei Uhr nachts aus dem Bett springen ließ, um lose Schlagworte auf einem Zettelchen zu notieren, auf die man sich tags darauf einen Reim machen musste. Es waren uralte Kräfte, gute wie böse, die den schöpferischen Geist von allen Seiten zugleich an der Seele zupften, ihn mit ihren sanften Schnitten zerfetzten und zerschlitzten. »Aber diese Zettelchen schaffen Unmögliches«, murmelte ich vor mich hin. »Sie erlauben dem Suchenden neue Perspektiven, wenn sie einen nicht umbringen.«

Und genau davon, dachte ich und atmete erleichtert aus, genau von diesen inneren Schnitzereien der Nacht habe ich mich nun befreit, zumindest für eine Weile, da es mir gelungen ist, mein Ende fertigzustellen. Damit hatte ich mich aus eigener Kraft davon losgesagt, mich aus meinem Sklaventum befreit, mich endgültig von ihm freigeschrieben. Ich habe ihn, dachte ich, aus mir hinausgeschrieben. Er hat sich in mir eingenistet, dachte ich, wie ein lästiger Furunkel, und ich habe ihn mit meinem Ende endgültig aus mir hinausgeschrieben. Für Jahre und Jahrzehnte hat er es sich gemütlich gemacht in mir, dachte ich und lachte bei diesem Gedanken, an den ich ab sofort und für alle Zukunft nicht mehr zu denken brauchte, laut auf. Der Parasit in mir war all die Jahre Daniel Kehlmann gewesen. Erst durch das Schreiben, dachte ich, erst durch das unsagbare Schreiben, und all diese Gedanken kamen mir jetzt erst durch das Fertigstellen des letzten Kapitels. Erst durch mein Kapitel XII war es mir gelungen, mich loszuschreiben: in eigenen Worten, in eigener Sprache, in eigenen Bildern.

Ich hatte mich ihm und seinen Worten, seinen größten Ängsten, seinen tiefsten Wünschen, seinen geheimsten Sehnsüchten, seinen innigsten Hoffnungen und seinen wildesten Fantasien zuerst vollständig und hingebungsvoll und leidenschaftlich und unnachgiebig ausliefern müssen. All *seine* Abgründe hatten zunächst *meine* Abgründe werden müssen, um davon loszukommen, und so auch er von mir. Eine Alternative hatte es für uns beide nie gegeben.

»Und so auch er von mir«, flüsterte ich gedankenversunken in mich hinein und drückte noch einmal auf den Knopf. Nina schaute mich aufmerksam von der Seite an. Etwas war in ihrem Blick. Ihre braunen Augen waren ruhig und gefasst, aber auf ihrer Stirn bildeten sich Falten. Vermutlich nimmt auch sie, überlegte ich mir, meine Veränderung, meine Befreiung wahr. Vermutlich erkannte nun auch sie den großen Schriftsteller. Ich hatte etwas Charismatisches an mir, einen besonderen Charme, der sich weder in Worte fassen noch sonst adäquat beschreiben ließ. Meine eindringliche Wirkung auf andere hatte ich lange Zeit unterschätzt. Nicht vielen Menschen war eine solche Ausstrahlung gegeben. Aber wer mich kannte, wer mich wirklich kannte, der mochte mich. Ich war eine Autorität. Meiner Aura, das wusste ich, konnte man sich nur schwer entziehen. Ich war hier in Frankfurt am Main, hier im Innside, zu einer echten Persönlichkeit gereift und gewachsen, und ich wurde, das musste ich mir nun eingestehen, wie Wein genießbarer mit jeder Sekunde, die verstrich. All das waren Beweise meiner Verwandlung, die gerade vonstattenging. Anders konnte ich mir ihr Verhalten nicht erklären.

Mit einem leisen Summton öffnete sich die Aufzugstür. Eine Frau lehnte in der Kabine lässig mit der Schulter an der Wand. Sie trug ihr dichtes schwarzes Haar senkrecht nach oben gesteckt. Eine Angst überkam mich. Es war Andrea Weber. In ihren Augen stand der Schmerz, aber sie waren weit weg und trüb vor Sorgen. Sie lächelte ein kleines trauriges Lächeln. Erschrocken ließ ich Nina los und für lange Sekundenbruchteile war es vollkommen still. Damit hatte ich nicht gerechnet. Ihr bohrender Blick war nur auf mich gerichtet. Hasserfüllt starrte sie mich an. Sie keuchte, schnaubte in ihrer Wut, als wäre ich ein Torero und sie der Stier. Dann kam sie mir mit ausgestreckten Armen langsam entgegen. So sahen Zombies in billigen Filmen aus. Mit den Fingern tat sie so, als wollte sie mich würgen.

A… A… Andrea, dachte ich.

»Ich bin nicht Andi!«, war die Antwort.

Hallo Kevin, da bin ich wieder! Hast du mich schon vermisst? Ich bin es. Du weißt es, ich bin es immer gewesen. Mich wirst du hier nicht mehr los, Kevin. Das kann ich dir schriftlich geben.

»Ich bin Frau Zimmermann«, hörte ich sie sagen. »Und Sie«, sagte sie und zeigte auf mich, »Sie sind ein fieser Betrüger. Von wegen Georg! Sie sind ein Dieb. Sie sind ein Schuft. Ich habe Sie angezeigt!«

Ihr Gesicht war vor Zorn dunkelrot angelaufen. Über ihre Stirn zogen sich dicke Adern. Ihre Pupillen glichen kleinen Kieselsteinen. Dieser kalte Ausdruck erfüllte mich mit Schrecken und in mir steigerten sich ihre Gedanken zu einem hysterischen Gekeife. Sie trug ein fast durchsichtiges, lachsfarbenes Cocktailkleid mit tiefem Ausschnitt; zwischen ihren weißen Brüsten baumelte ein großer und wahrscheinlich sehr teurer Diamant. Ich wusste nicht, wohin ich schauen sollte. Böse presste sie die Lippen aufeinander. Sie sah gefährlich aus. Weil ich nichts sagte, erwiderte Nina etwas durchaus Vernünftiges. Aber alle Einwände schien die Frau in ihrer Rage ganz einfach zu ignorieren, so als wären die Sätze meiner Freundin, als wäre meine Freundin selbst nur Luft, durch die man hindurchschauen konnte. Wie eine beleidigte Diva klapperte sie mit ihren Stöckelschuhen. Sie verschwand hinter uns im Foyer und drehte sich nicht mehr zu uns um.

»Dieser Spiegel«, sagte Nina im Aufzug, als wäre nichts geschehen. Sie drückte den Knopf für die oberste Etage. Die Schiebetür ging lautlos zu. »Dieser Spiegel«, wiederholte sie und etwas kratzte mich im Hals. Ich musste schlucken. Ninas Hände zitterten. »Schau uns beide doch einmal in diesem Spiegel an.«

Ich wusste nicht, was sie meinte. Für Sekunden brachte ich

es nicht fertig, in den Spiegel zu schauen. Was fürchtete ich? Ein Stockwerk nach dem anderen transportierte uns der Lift nach oben. Und dann tat ich es. Ich hob meinen Kopf und schaute in den Spiegel. In meinem Gesicht erkannte ich ihr Gesicht, als wäre es darin gespiegelt.

Im Spiegel konnte ich mich meines Anblicks nicht erwehren: struppiges Haar, unrasiert, Augenringe, verbissener Mund, sorgenvoller Blick. Auf meinem Gesicht stand das Entsetzen. Natürlich sah ich ramponiert aus, die Schnürsenkel meines rechten Schuhs, der überhaupt nicht mehr neu aussah, obwohl erst vor ein paar Tagen extra für Frankfurt gekauft, hingen an beiden Seiten lose herab. Vielleicht war ich deshalb vorher so oft gestolpert. Die verschmutzte Hose war an meinem linken Knie großflächig aufgerissen. Ich würde sie zu Hause im Pinzgau in die Altkleidersammlung geben müssen oder doch lieber gleich ganz wegschmeißen. Das zerknitterte Hemd trug ich am rechten Arm noch immer hochgekrempelt. Der Knopf über dem Gürtel war ausgerissen. Man konnte meinen Bauchnabel sehen. Insgesamt erweckte ich den Eindruck, in einen fürchterlichen Faustkampf verwickelt gewesen zu sein, bei dem es um nicht weniger als das Leben, das Überleben gegangen war und den mein Gegner gewonnen hatte: Mein Gesicht war zerschlagen, als bestünde ich nur noch aus Haut und Knochen, als wäre ich nur noch Natur und machte gerade meine Rechnung mit dem Tod.

Ich zwinkerte in den Spiegel und mein Spiegelbild zwinkerte zeitlich verzögert aus dem Spiegel wieder zurück. Ich trat näher heran. Seitlich über den Schläfen ließen sich bei genauerem Hinsehen meine Geheimratsecken gar nicht mehr so leicht geheim halten. Aber so alt bin ich doch noch gar nicht, dachte ich. In ein paar Jahren werde ich mich mit dem Gedanken an eine

Glatze abfinden müssen, fand ich mich schließlich mit dem Gedanken ab.

Der Aufenthalt in Frankfurt hatte merkliche Spuren an mir hinterlassen. Ich wirkte von außen irgendwie fertig, völlig überfordert. Das, was mir da im Spiegel gegenüberstand, war keine bloße Übermüdung mehr. Ich war abgeschrieben. Ich war leer, als hätte ich etwas Wichtiges verloren. Mein Körper war unbefriedigt von den vergangenen Stunden. Es kam mir vor, als wären meine Wangen deutlich eingefallener als noch am Tag zuvor, als hätte ich über Nacht ein paar Kilo abgenommen, alleine im Gesicht. Mein Spiegelbild erweckte den Anschein, eine fremde Maske zu tragen. Dunkle Ringe lagen tief verborgen hinter dem verbogenen Brillengestell, das wie ein Körperteil, wie an ihr angewachsen auf meiner Nase saß. Als versteckten sich hinter den Gläsern beschämt zwei runde Augen, die mit dem Sehen in dieser Welt nicht mehr zurechtkamen.

Dass ein Glas fehlte, erkannte man sofort. Das rechte Auge erschien mir durch die Reflexion der Spiegelung doppelt so groß und feuerrot, mehrere Äderchen waren geplatzt. Winzig dagegen war das linke. Es war fast unsichtbar, als kröche es angeschlagen, traurig und verletzt nach hinten zurück in seine Höhle.

Etwas eigenartig Schiefes steckte in meiner Haltung. Meine rechte Schulter war viel höher, auch breiter, als zöge sie mich die ganze Zeit nach unten. Die schwarze Aktentasche nahm ich gar nicht mehr als schwarze Aktentasche wahr, längst schon war auch sie zu einem Teil von mir geworden.

Ich kratzte mich im dichten Bart am Kinn. Dann schaute ich erst zu Nina, ein dünnes Lächeln stand auf ihrem Gesicht, danach wieder auf das Spiegelbild. Ich schaute lange in den Spiegel.

Na, wen haben wir denn da? Ich schon wieder, Kevin, ich bin es. Ich bin es immer gewesen! Schau doch nicht so, als würdest du mich nicht erkennen. Na, du wilder Schreiberling, du? Wie geht's, wie steht's?

Schnell schaute ich vom Spiegel weg.

»Das Ende«, sagte ich mechanisch, nur um etwas zu sagen. Mir war, als hätte ich im Spiegel statt meines Gesichts ein ganz anderes gesehen: eines mit spitzem Kinn und hohlen Wangen, mit giftigen, stechend blauen Augen und einem unheimlichen, gespenstischen Blick. Im Spiegel hatte ich fiebrig ausgesehen. Und für den Bruchteil einer Sekunde hatte ich geglaubt, auf meinem Kopf eine bunte, klappernde Schellenkappe zu erkennen. Ich fragte mich, wie viele Etagen dieses Hotel eigentlich hatte.

»Darf ich dir mein Ende vorlesen?«

Gerne darfst du das, Kevin, gerne. Aber eines sag ich dir: Dein Ende ist mir bekannt, dein Ende weiß ich schon jetzt. Soll ich es dir verraten?

»Unbedingt«, antwortete Nina.

Ich stellte die schwarze Aktentasche auf den Boden und öffnete sie mit einem sanften Druck auf die silberne Schnalle. Ich war ganz bei mir, als ich voller Vorfreude auf die Zeilen gierig nach meinen neun letzten, wichtigsten und doppelt beschriebenen Blättern griff. *Ich und Kehlmann.* Nina würde begeistert sein. Ich hatte mein Ich am Ende nun also doch sterben lassen. Damit würde sie mit Sicherheit nicht rechnen. Niemand würde das. Aber gerade dieses unerwartete Sterben, diese brutale Überraschung am Schluss, zeichnete das Ende meines Romans aus. Nichts hatte in den Kapiteln zuvor darauf hingedeutet. In keiner Weise war davon auszugehen gewesen, völlig unerwartet kam der Tod. Diese bittere Tragik, diese schmerzvolle Wendung am Ende als ultimativer Höhepunkt. Nina würde überwältigt, sie würde sprachlos sein.

Aber da war nichts: Ich fand kein Ende in meiner Aktentasche. Hektisch wühlte ich im vorderen Fach herum, doch da war nichts. Da war kein Ende. Immer stürmischer, immer hektischer, immer ungestümer wurde mein Tun. Es war kein Suchen mehr. Suchen sah anders aus. Das hier war nur noch ein wütendes Wüten, nur noch ein wütendes Wühlen jetzt.

Na, du törichter Schreiberling, du! Was jetzt? Hast du etwa tatsächlich geglaubt, du würdest dich ungestraft davonstehlen können? Einfach so tun, als wäre nichts geschehen? Hast du das ernsthaft geglaubt?

Frustriert schaute ich zu Nina hoch. Ein besorgter Ausdruck erschien auf ihrem Gesicht.

Hast du dich verschrieben, oder was?

Sie sagte nichts.

Jetzt sag du doch auch mal was! Oder hat es dir die Sprache verschlagen? Da bleibt dir jetzt die Spucke weg, mein lieber kleiner Kevin, oder? Aber merke dir das Folgende gut: Nichts im Leben bleibt ohne Konsequenzen. Das würde ich mir an deiner Stelle lieber hinter die Ohren schreiben. Man kann nie wissen, wann man es noch einmal braucht.

Mir wurde schwindlig. Ich schluckte etwas Großes, Breiiges hinunter und glaubte, mich jeden Moment übergeben zu müssen.

Der Aufzug hielt an und es summte. Ich fühlte den Boden unter mir nicht mehr. Ich hoffte inständig, niemand würde einsteigen.

Niemand stieg ein. Dann ging es weiter nach oben. Ich wühlte und sah, wie mein Spiegelbild dasselbe tat. Wir wühlten beide. Wir wühlten, wüteten so lange im vorderen Fach unserer schwarzen Aktentaschen herum, aber nicht synchron, sondern zeitlich versetzt, als machte mir das Spiegelbild jeden Handgriff nach. Oder als machte ich es nach.

Na, du abschreibender Schreiberling, du! Na, Kevin, was jetzt? Du lügender, klauender, diebischer Schreiberling! Was jetzt? Du billiger Imitierender, du! Was jetzt? Du bist auch bloß ein fader Nachmacher mit fadem Beigeschmack! Du bleibst eine billige Kopie! Ohne dein Ende bist du gar nichts. Nichts bist du. Hast du etwa ernsthaft geglaubt, du kommst durch damit? Hast du etwa ernsthaft geglaubt, wer einmal stiehlt, den kriegt man nicht? Na, du, Kevin, was jetzt? Ist es das alles wert gewesen? Hat es sich gelohnt? Na, du, Kevin, du kleiner Lügenbold, du kleiner Lausbub, du!

Aber dann: Das vergilbte, verbogene Papier ließ sich irgendwo zwischen *Kommt, Geister* und *Der fernste Ort* – und schwer zu sagen, von wem von uns beiden als Erstes – doch noch finden.

»Das Ende!«, schrie ich heiser. »Das Ende!« Meiner Stimme fehlte jede Kraft. »Das ist das Ende! Da ist es!«

Was für ein Triumph. Mit den zerknitterten Zetteln in der Hand richtete ich mich heroisch wieder auf. Mein Spiegelbild und ich küssten das Manuskript. Wir rochen instinktiv daran. Dann küssten wir es wieder. Dann rochen wir wieder daran. Dann küssten wir es wieder. Diese eigentümliche Handschrift gehörte mir. Ich war das. Ich. Das war von mir. Das war ich. Das war mein Geruch. Meine Schrift. Ich küsste mich. Wir. Ich küsste das Papier. Ich küsste mich. Wir küssten das Papier. Wir küssten mich, bis wir uns vor lauter Küssen die Lippen schwarz verschmierten.

»Das ist mein Ende«, wiederholte ich.

Das mag schon sein, Kevin. Die Frage ist bloß: Was bringt es dir? Glaubst du etwa im Ernst, dein Ende würde dir noch etwas bringen? Dich gar etwa retten? Und bitte vergiss das nicht: Ich bin kein Mensch.

»Ich will mit dir schlafen«, sagte Nina.

Ich bin immer bei dir gewesen, Kevin. Ich bin es die ganze Zeit gewesen. Und du weißt, wer ich bin, du weißt es.

Der Aufzug hielt abrupt an und mit einem

… Tyll bin ich. Ich bin der Tyll …

gewaltigen Ruck in der obersten Etage, ehe ich ihr darauf zu antworten vermochte. Es rumorte in meinem leeren Magen. Dann ertönte der Summton, lautlos öffnete sich die Schiebetür.

Die neun doppelseitig bekritzelten Blätter klemmte ich lose unter meinen Arm. Ich griff nach der Aktentasche und fasste Nina mit der anderen Hand hemmungslos an den Hintern.

Der Hintern einer Frau, dachte ich und ich dachte an Daniel Kehlmann. Wenn er doch nur eine literarische Figur wäre, dann wäre vieles einfacher gewesen, wenn er doch bloß nicht wirklich wäre. Wenn er doch nur eine Erfindung von mir wäre, dann wäre die ganze Verwandlung ein Kinderspiel. Und dann dachte ich an mein Ende, das ein wirkliches war.

»Ich werde es dir vorlesen«, verkündete ich. »Das wird ein Fest!«

»Bestimmt. Dein Kapitel XII ist sensationell«, meinte sie.

»Wenn du da bist, vergesse ich immer so viel«, erwiderte ich.

»Ist es nicht seltsam, dass das Wünschen und Fragen, das Zweifeln und das Zagen bis zuletzt nicht aufhört?«, fragte sie.

»Man trifft sich im Leben immer zweimal und man grüßt sich freundlich. Dann geht jeder seiner Wege«, philosophierte ich.

»Wie kein anderer kenne ich das Geheimnis, wie man gefällt«, resümierte sie.

»Ein Verrückter braucht kein Motiv«, antwortete ich.

»Man tut im Grunde alles, was man eben so tun soll, duscht sich regelmäßig, putzt sich gewissenhaft die Zähne, schneidet sich die Nägel mit Bedacht, zieht sich am Abend die schmutzigen Sachen aus, die man tagsüber getragen hat, und die flauschigen Sachen an, die man über Nacht anhaben soll«, erklärte sie.

»Tagsüber verhindern die umständlichen Gewohnheiten eines ganzen Lebens das wahre Schauen«, belehrte ich sie.

»Das Innside ist ein Hotel, in dem die Literatur entsteht«, gab sie zurück und fügte noch hinzu: »Weltliteratur.«

»Wie bin ich eigentlich hierhergekommen?«, fragte ich.

Wie Betrunkene torkelten wir eng umschlungen durch den Flur, ergriffen vom Rausch des Augenblicks. Unser synchrones Schreiten musste unheimlich, fast einstudiert wirken. Was hätte uns beide heute Nacht noch trennen sollen? Meine Freundin würde mein Ende von mir vorgelesen bekommen. Ich würde für Stunden ihr innigster Vorleser sein. Nichts fehlte uns zu unserem Glück und in mir offenbarten sich die herrlichsten Töne, die stimmungsvollsten Stücke.

Ich achtete nicht einmal mehr auf die Nummern all dieser versperrten Suiten, die auf beiden Seiten an uns vorbeiflogen. 1338. Von Nicholson/Torrance und seiner schneidenden Grimasse war nicht mehr der leiseste Ansatz einer Spur. Es war mir egal, was sich in der Vergangenheit hinter diesem geschichtsträchtigen Gemäuer abgespielt hatte. Heute lebte ich im Hier und Jetzt, das war meine Gegenwart.

Ich zog Nina noch näher an mich heran. Ganz leicht und warm wurde mir bei diesem Gedanken. Sie war zu mir gekommen. Sie hatte mich zu Hause in Zell am See also doch vermisst. Wir gehörten zusammen, nichts und niemand vermochte uns zu trennen. Wir waren ein Herz und eine Seele, auf ewig füreinander bestimmt.

Vor dem letzten Zimmer blieb sie stehen.

Und mit ihr die Zeit.

Sie zeigte darauf und sagte mit lasziver Stimme, dass diese höchste Nummer hier im Hause unser Zimmer sei. Ihren ausgestreckten Zeigefinger führte sie langsam in den Mund, wieder heraus, wieder hinein; sie beulte die Wange von innen mit der Zunge aus. Wir seien am Ziel, sagte sie, man dürfe sich freuen. Ich nickte aufgeregt und verstand.

Ein Geheimnis ist nur sicher, wenn keiner davon weiß, heißt es irgendwo bei Kehlmann, dachte ich, vielleicht sein einziger guter Satz. Ohne Geheimnis war der Mensch ständig in seinem Dasein bedroht.

Der Schlüssel raschelte verlockend in ihrem Schoß. Dann schaute ich aus dem Seitenfenster. Die Nacht dort draußen hütete unsere Geheimnisse und sie ließ Dinge zu, die das Tageslicht scheuten.

Tief unter uns lag die Stadt. Frankfurt am Main. Man blickte von hier oben weit über sie und noch viel weiter blickte man von hier oben über all ihre winzigen Bewohner. Fern am Horizont ging die Sonne auf. Das erinnerte mich an ein farbenprächtiges Ölgemälde eines unbekannten Malers, das ich vor langer Zeit einmal betrachtet hatte. Ich tippte mir mit dem Zeigefinger mehrmals an die Schläfe und rief mir dieses richtungsweisende Kunstwerk für Symbolismus, Avantgarde und Anachronismus ins Gedächtnis. Niemals würde ich den schelmischen Hasen vergessen, über das leere Blumenbeet hoppelnd im Sonnenaufgang.

Oder war es ein Untergang gewesen?

Ich drückte gegen die Tür des Notausgangs und trat entschlossenen Schrittes hinaus auf die Feuertreppe und damit ins Freie. Hier oben wehte eine erfrischende Brise. Der rostige Fluchtweg führte über kantige Ecken senkrecht nach unten. Ich rief nach Nina. Sie solle kommen, diese tolle Aussicht müsse sie sehen, das dürfe ihr nicht entgehen.

Ihr werde ich meinen Roman widmen, dachte ich: *Ich und Kehl-*

mann habe ich nur für sie geschrieben. Dann ist das also eine Liebesgeschichte, hörte ich Nina in mir sagen und ich hörte mich antworten: Natürlich, nichts anderes. Und noch etwas hörte ich sie mir feucht ins Ohr flüstern und ich schmunzelte.

In der Hosentasche vibrierte mein Handy. Eine SMS von Nina: »Wo bist du?« Dann hörte ich sie fragen, wo ich sei. Ganz deutlich vernahm ich ihre Stimme, immer wieder wiederholend in mir, »Wo bist du?«, immer mit derselben Frage.

Ich hatte mich von ihm gelöst, ich hatte mich von ihm durch das Schreiben befreit. Im Schreiben war es mir gelungen, mich von ihm zu befreien. Nun war mir, als stünde er dort unten vor dem Eingang des Hotels – Daniel Kehlmann –, als blickte er unablässig und zielgerichtet zu mir hoch, als spränge er auf dem Gehsteig mit seinen zarten Beinchen immer wieder in die Luft, wild gestikulierend und in seiner gesamten Erscheinung riesengroß, grausig lachend und mit herrischem Ton. Es zuckte in meinen pulsierenden Adern, totenbleich und wie gelähmt starrte ich nach unten, als glühten und sprühten Feuerströme tief in mir.

»Ganz und gar tot!«, brüllte ich auf einmal wie ein sprechendes gehetztes Tier. »Ganz und gar tot! Vollkommen tot!«

Spring! Spring! Spring! Tyll sagt dir das, dein lieber Tyll. Und er sagt dir das im Guten. Spring! Spring! Spring! Denn ohne Sprung bist du verloren.

Mit gewaltiger Kraft fasste ich mir an das italienische Brillengestell. Ich hielt mir das Auge hinter dem fehlenden Glas zu, um noch klarer zu sehen. Mein Blick war nun ausschließlich nach unten und auf ihn gerichtet. Ich trat auf die erste Sprosse des Geländers und beugte mich schwankend vornüber. Weit und niedrig war der Horizont, durch das zunehmende Sonnenlicht ließen sich allmählich immer deutlichere Konturen der Metropole erkennen. Das orangefarbene Strahlen stieg wärmend zwischen der fernen Skyline zu mir empor. Man konnte von meinem hervorragenden Beobachtungsplatz aus neben all den Wolkenkratzern in der Ferne sowohl Messeturm als auch den beeindruckenden Tower der Commerzbank identifizieren.

Da erfasste mich von der Seite ein kräftiger Windstoß. Mir entglitten die neun Blätter, sodass mein Ende in einem heillosen Zickzack tanzend über Frankfurt dahinsegelte, als flöge mein Ende meiner Zeit voraus. Und mir war, als hinterließe ich hier gar nichts, als löschte das Papier all meine Spuren aus.

Gedruckt mit freundlicher Unterstützung durch

Umschlag: Boutique Brutal, www.boutiquebrutal.com
Druck und Bindung: Finidr s.r.o.
© Milena Verlag 2023
ALLE RECHTE VORBEHALTEN
ISBN ISBN 978-3-903460-14-0

Weitere Titel und unser Gesamtverzeichnis
finden Sie auf www.milena-verlag.at